문장의 법칙

文則

중국 최초의 수사학 자료

문장의 법칙

文則

진규 지음
박상수 역주

옛 사람의 글 짓는 방법

도서출판
수류화개

해제[1]

1. 진규陳騤와 《문칙》

《문칙》은 송나라 진규(1128~1203)의 작품이다. 그의 자는 숙진叔進 또는 숙진叔晉이다. 남송 고종高宗 건염建炎 2년(1128)에 태어나 영종寧 宗 가태嘉泰 3년(1203)에 향년 76세로 세상을 떠났다. 국가 도서관에 해 당하는 비서감秘書監에서 10년을 재직하면서 수많은 도서를 편수하는 등 상당량의 책을 접하면서 도서관 총목록인 《중흥관각서목中興館閣書 目》을 편제하기도 하였다. 저서로는 《문칙》 이외에 《고학구현古學鉤玄》, 《남송관각록南宋館閣錄》 등이 전해진다.

《문칙》의 서문에 따르면 "한갓 외우기만 하고 고찰함이 없는 것은 종 일 음식을 먹으면서도 맛을 모르는 것과 같다. 그래서 나는 고찰한 것이

---

1 이승훈, 〈文則의 비유에 대한 연구〉《중국문학》 제56집(한국중국어문학회, 2008), pp.393-411에서 상당 부분 형식과 내용을 가져왔다.

있으면 따라서 기록을 하여 마침내 간독을 채우게 되었다."라고 하였다. 이렇게 다양한 서적을 섭렵하는 과정에서 메모해둔 자료들이 《문칙》을 짓는데 큰 도움이 되었음을 알 수 있다. 또 서문에 "옛사람의 문장에는 법칙이 있어 그대로 지었기 때문에 《문칙》이라고 이름 지었다."라고 하여 문장의 체제와 창작 방법을 포괄하였음을 아울러 밝히고 있다.

오늘날 전해지는 《문칙》의 주요 판본은 금릉간본金陵刊本(1351), 보안당비급본寶顏堂祕笈本(1573), 이경당장서본詒經堂藏書本(1813), 대주총서본台州叢書本(1817)이 있다. 본 역서는 인민문학출판사人民文學出版社에서 2016년 간행한 《문칙文則·문장정의文章精義》를 저본으로 하였다.

2. 《문칙》의 구성과 내용

《문칙》은 상·하권으로 구성되어 있고, 그 속에 천간天干의 순서에 따라서 상권에는 갑甲에서 기己까지, 하권에는 경庚에서 계癸까지 총 10가지 항목으로 분류하였는데, 자세한 내용은 다음과 같다.

상권(갑甲~기己)		
자서自序		
갑甲	1조. 육경의 문체를 논하다	
	2조. 육경의 창작 의도를 논하다	
	3조. 문장은 자연스럽고 음조가 조화를 이루어야 한다	
	4조. 문장은 간명簡明해야 한다	
	5조. 서사문은 뜻을 함축하는 것을 훌륭하게 여긴다	
	6조. 반복된 말은 정확한 의미전달을 바탕으로 한다	
	7조. 문장의 대우對偶는 이렇게 해야 한다	
	8조. 옛말을 샅샅이 찾아 지금의 일을 서술하는 것은 적당하지 않다	
	9조. 저작의 이름을 짓는데도 근거가 있다	
을乙	1조. 어조사의 쓰임을 논하다	
	2조. 어구의 도치에 관하여 논하다	
	3조. 석자析字에 관하여 논하다	
	4조. 어폐가 있는 말[病辭]과 명확하지 않아 의심스러운 말[疑辭]에 관하여 논하다	
	5조. 완급과 경중을 통해 글의 뜻이 확립됨을 논하다	
	6조. 문장의 꾸밈에 관하여 논하다	
병丙	1조. 10가지 비유법에 관하여 논하다	
	2조. 인용에 관하여 논하다	
	3조. 《국어國語》와 《춘추좌씨전春秋左氏傳》에서 글을 인용하는 방법에 관하여 논하다	
	4조. 《춘추좌씨전》에 잔치를 할 때 시를 읊는 방법에 관하여 논하다	

정丁	1조. 점층하는 수사법에 관하여 논하다	
	2조. 중복하는 수사법에 관하여 논하다	
	3조. 기사문記事文은 앞뒤로 같은 문구를 사용한다	
	4조. 사람의 행적을 열거하는 세 가지 격식	
	5조. 기사문記事文에서 논단하는 두 가지 방법	
	6조. 중복 및 중복을 피하는 방법	6-1. 중복
		6-2. 중복을 피하는 방법
	7조. 문답을 기술하는 수사법	7-1. 물음에 관한 수사법
		7-2. 대답에 관한 수사법
	8조. 이름을 말하는 방법	
무戊	1조. 《예기》에서 "천근한 말[淺語]"을 사용한 실례	
	2조. 당시 민간에서 통용되던 《서경》〈반경盤庚〉의 말	
	3조. 《시경》 문장에 나타난 방언	
	4조. 《의례儀禮》와 《논어論語》의 언어적 특징	
	5조. 다른 책을 인습한 《효경孝經》	
	6조. 《이아爾雅》〈훈석訓釋〉과 《주서周書》〈시법諡法〉을 모방한 사례	
	7조. 《논어》와 《춘추좌씨전》 등의 문장 우열 비교	
	8조. 반어적 수사법	
	9조. 지나친 고어古語의 사용으로 문장을 해친 사례	
	10조. 투식적으로 진부한 말을 사용하여 문장의 추함을 드러내는 사례	
기己	1조. 《예기》〈단궁 상檀弓上〉의 기사는 문장이 간결하면서도 치밀하고 뜻은 깊으면서도 명확하다	

		3-1. 양명量銘
3조. 명銘		3-2. 정명鼎銘
		3-3. 반명盤銘
		3-4. 정명鼎銘
4조. 가사歌詞		4-1. 공자의 노래[孔子歌]
		4-2. 접여의 노래[接興歌]
5조. 가요歌謠		5-1. 진나라 노래[晉謠]
		5-2. 성 쌓는 노래[築謳]
		5-3. 많은 사람들의 노래[興誦]
6조. 축하祝嘏와 뇌시誄諡		6-1. 사우 축사[士虞祝辭]
		6-2. 정혜문자 시사[貞惠文子諡辭]
7조. 송도公頌禱		
계癸	1조. 조명詔命과 봉책封策	
부록 : 《문칙》 발문		

  진규는 《문칙》의 상권에서는 주로 서술하면서 나타나는 경서經書의 다양한 수사법에 관하여 논의하고, 하권에서는 주로 허사虛辭와 문체 文體에 관하여 논의하는 등 매우 다양하고 포괄적으로 자료를 정리하였다. 물론 이후에 나온 다양한 수사학에 관련된 책에 비하여 구체성이 떨어지는 면도 없지 않지만 최초의 수사학 관련 자료임을 감안한다면 매우 의미 있는 자료임은 확실하다.

3. 《문칙》 전후의 비유比喩

진규는 《문칙》의 병丙 1조에서 "널리 경전을 채록하고 요약하여 논해보면, 비유를 취하는 방법으로 대개 10가지가 있다."라고 하면서, 직유直喩를 비롯하여 허유虛喩까지 총 10가지의 비유를 정리하였다. 이러한 비유를 《시경詩經》 대서大序에는 "비유는 현세의 잘못을 곧바로 언급하지 않고 유사한 사례를 통하여 말하는 것이다.[比 見今之失 不敢斥言 取比類而言之]"라고 하였는데, 정현鄭玄은 경학적 관점에서 직접 언급할 수 없는 특정한 정치적 사안에 대해 간접적으로 제시하는 수단으로서의 비유의 가치에 주목하고 있다. 이후 육조시대 양나라 유협劉勰(465~521)의 《문심조룡文心雕龍》〈비흥比興〉에서 "무엇을 비유라고 하는가? 대개 의미를 부여하여 사물을 묘사하고 상황에 적절하게 말을 하는 것이다.[何謂爲比 蓋寫物以附意 揚言以切事者也]"라고 구체적으로 설명하고 있다.

진규는 먼저 전반적인 수사에 대한 관점과 태도를 밝히고 나서 다양한 수사적 기교에 대해 구체적인 분석을 하였는데, 병丙 1조에 비유比喩에 관한 수사법을 다루고 있다. 여기서 우리가 주목할 부분은 그가 비유를 단순히 수사적 기교의 하나로 간주한 것이 아니라 언어 표현의 기본적인 속성으로까지 파악하고 있다는 점이다. 그는 비유적 수사를 통해 언어를 전달하는 문장을 창작하는 데 있어 필수적인 요건임을 강조하고 있어 그가 다루고 설명하고 있는 10개의 비유에 관한 수사법에 관하여 설명하고자 한다.

1) 직유直喩

직유는 '유猶'·'약若'··'여如'·'사似'의 경우처럼 직접적이면서도 명확한 수사이다.

① 《맹자》〈양혜왕 상梁惠王上〉에 "마치 나무에 올라가서 물고기를 구하는 것과 같다.[猶緣木而求魚也]"라고 하였다.

② 《서경》〈오자지가五子之歌〉에 "마치 썩은 새끼줄로 여섯 마리의 말을 모는 것과 같다.[若朽索之馭六馬]"라고 하였다.

③ 《논어》〈위정爲政〉에 "비유하자면 북극성과 같다.[譬如北辰]"라고 하였다.

④ 《장자》〈대종사大宗師〉에 "쓸쓸한 가을과 같다.[凄然似秋]"라고 하였다.

2) 은유隱喩

은유는 직유에 비하여 뜻이 분명하지 않지만 뜻을 숨겨 비유한 수사이다.

① 《예기》〈방기坊記〉에 "제후는 물고기를 잡듯 여색을 탐하여 취하지 않는다.[諸侯不下漁色]"라고 하였다.

② 《국어》〈진어晉語〉에 "평공이 죽을 때까지 군정에 잘못이 없었다.[沒平公 軍無秕政]"라고 하였다.

③ 《춘추좌씨전》 애공哀公 22년조에 "이는 오나라를 짐승으로 기르는 것이다.[是豢吳也夫]"라고 하였다.

3) 유유類喩

유유는 동일한 종류를 취하여 차례에 따라 비유한 수사이다.

① 《서경》〈홍범洪範〉에 "임금이 살필 것은 해이고, 경사가 살필 것은 달이고, 사윤이 살필 것은 날이다.[王省惟歲 卿士惟月 師尹惟日]"라고 하였다.

② 《신서》〈계급階級〉에 "천자는 당堂과 같고, 여러 신하는 섬돌과 같고 뭇 백성은 땅과 같습니다.[天子如堂 群臣如陛 衆庶如地]"라고 하였다.

4) 힐유詰喩

비난하는 형식으로 힐난하는 수사이다.

① 《논어》〈계씨季氏〉에 "범과 들소가 우리에서 뛰어나오고, 거북 껍질과 옥이 함 속에서 훼손됨은 누구의 잘못인가?[虎兕出於柙 龜玉毀於櫝中 是誰之過歟]"라고 하였다.

② 《춘추좌씨전》 소공昭公에 "사람이 담을 쌓는 것은 나쁜 일을 막기 위함인데, 담에 틈이 생긴다면 누구의 허물인가?[人之有牆 以蔽惡也 牆之隙壞 誰之咎也]"라고 하였다.

5) 대유對喩

먼저 비유하고 나서 증명하여 비유와 증명이 서로 부합되게 한 수사이다.

① 《장자》〈대종사大宗師〉에 "물고기는 강이나 호수 속에서 서로를 잊고 사람은 도의 세계에서 서로를 잊는다.[魚相忘乎江湖 人相忘乎道術]"라고 하였다.

② 《순자》〈대략大略〉에 "구르는 탄환이 움푹한 곳에서 멈추듯이 유언비어는 지혜로운 사람에 의해 멈추게 된다.[流丸止於甌臾 流言止於智者]"라고 하였다.

6) 박유博喩

하나의 예로는 부족하여 연관되는 다양한 사물을 동원한 비유이다.

① 《서경》〈열명 상說命上〉에 "만약 쇠라면 너를 사용하여 숫돌로 삼을 것이며, 만약 큰 시내를 건넌다면 너를 사용하여 배와 노로 삼을 것이며, 만약 큰 가뭄이 든 해가 된다면 너를 사용하여 장맛비로 삼을 것이다.[若金 用汝作礪 若濟巨川 用汝作舟楫 若歲大旱 用汝作霖雨]"라고 하였다.

② 《순자》〈권학勸學〉에 "마치 손가락으로 강물의 깊이를 헤아리고, 창으로 수수를 방아 찧고, 송곳으로 박 속을 긁어먹는 것과 같다.[猶以指測河也 猶以戈舂黍也 猶以錐殖壺也]"라고 하였다.

7) 간유簡喩

간략하지만 뜻이 분명한 비유이다.

① 《춘추좌씨전》 양공襄公 16년조에 "명성은 덕을 담는 수레이다.[名 德之輿]"라고 하였다.

② 《양자》〈수신修身〉에 "'인仁'은 집과 같다.[仁 宅也]"라고 하였다.

8) 상유詳喩

많은 사례를 빌려 표현한 비유이다.

① 《순자》〈치사致士〉에 "불을 비춰 매미를 잡는 사람은 그 불을 환히 밝히고 그 나무를 흔드는 데에 힘써야 하니, 불이 밝지 않다면 비록 그 나무를 흔들더라도 아무런 소득이 없을 것이다. 지금 군주 가운데 능히 자기의 미덕美德을 드러내 밝히는 사람이 있다면 천하 사람이 그에게 돌아오는 것이 마치 매미가 밝은 등불을 보고 돌아오는 것과 같을 것이다.[夫耀蟬者 務在明其火 振其樹而已 火不明 雖振其樹 無益也 今人主有能明其德 則天下歸之 若蟬之歸明火也]"라고 하였다.

9) 인유引喩

남의 말을 인용하여 설명하는 비유이다.

① 《춘추좌씨전》 문공文公 7년조에 "속담에 '그늘에 가려진다고 함부로 도끼를 사용한다.'[諺所謂庇焉而縱尋斧焉者也]"라고 하였다.

② 《예기》〈학기學記〉에 "개미는 때때로 배운다 하였으니 이것을 이르는 것이다.[蛾子時術之 其此之謂乎]"라고 하였다.

10) 허유虛喩

특정한 사물이나 사실을 구체적으로 드러내지 않은 비유이다.

① 《논어》〈향당鄕黨〉에 "말씀은 〈기운이〉 부족한 듯이 하셨다.[其言似不足者]"라고 하였다.

② 《노자》 20장에 "바람처럼 그침이 없구나.[飋兮似無所止]"라고 하였다.

4. 《문칙》의 가치

국내에서는 《문칙》에 대한 다양한 연구자료가 아직까지 나오고 있지 않은 것이 현실이지만, 중국 학계에서는 중국 최초의 수사학에 관해 전문적으로 정리한 자료로 평가받고 있다. 중국에서 수사修辭에 대한 개별적인 언급은 《주역》의 건괘乾卦 〈문언文言〉에 "군자는 덕에 나아가고 업을 닦는다. 충신은 진덕하는 방법이요, 문사를 닦아서 그 정성을 세움은 업에 거하는 방법이다.[君子進德修業 忠信所以進德也 修辭立其誠 所以居業也]"라는 구절에서 연유하였다. 한漢나라 경학자들의 주석과 문인들의 문론文論이나 시화詩話에서도 수사에 대한 기록을 찾을 수 있지만 대체로 특정 문구의 표현이나 구성에 관한 분석에 치중하여 수사에 대한 체계적인 이론을 정립하지 못하였다. 이러한 산발적인 논의를 양나라의 학자인 유협劉勰은 《문심조룡文心雕龍》에서 비교적 체계적으로 수사에 대한 이론과 방법론을 종합한 것으로 평가하고 있다.

전병수 선생과 박병훈 선생이 바쁜 중에도 마치 자신의 원고인 듯 처음부터 끝까지 꼼꼼히 읽고 수정해 주어 오류를 줄일 수 있었다. 이 자리를 빌어 감사드린다.

끝으로, 올여름 오랫동안 앓으시던 여든을 맞은 장모님께서 돌아가셨다. 장모님은 참 따뜻한 분이셨다. 오랫동안 공부만 하던 백수 사위를 단 한 번 무어라 걱정 섞인 말씀도 하지 않고 마냥 믿어주셨다. 결혼이 결정 나자 나를 앉히시곤 당부하셨다. "박 서방! '참을 인忍' 자 셋이면 살인도 면하네." 결혼생활을 염려한 마음이었을 게다. 한동안 앓던 병이 조금 낫자 노란 토종계란 한 꾸러미를 보따리에 곱게 싸서 우리 집을 다녀가셨다. 그것이 처음이자 마지막 행보였다.

　장례식날, 꾹꾹 누르며 눈물을 보이지 않던 아내가 화장장으로 가던 버스에서 흐느꼈다. 나는 말 없이 아내의 손을 꼬옥 잡아 주었다. 어떠한 말로도 위로가 되지 않는다는 걸 알았기 때문이다. 그날은 참으로 화창했다. 그래서 더 슬펐다. 마지막 가시는 장모님을 전송하며 장모님께 평소 하지 못했던 진심을 전했다. "장모님! 다음 생이 있다면 장모님의 사위로 다시 만나고 싶습니다."

장모님을 사랑하는 사위가

범례

1. 본서는 2016년 인민문학출판사人民文學出版社(이성학李性學 저著, 왕리기王利器 교점校點)《文則·文章精義》중《文則》만을 저본으로 번역한 것이다.

2. 원주는 '【　】'의 형식으로 처리하였다.

3. 교감 대상 글자는 '(　)'으로, 교감된 글자는 '[　]'의 형식으로 처리하였다.

상권 上卷

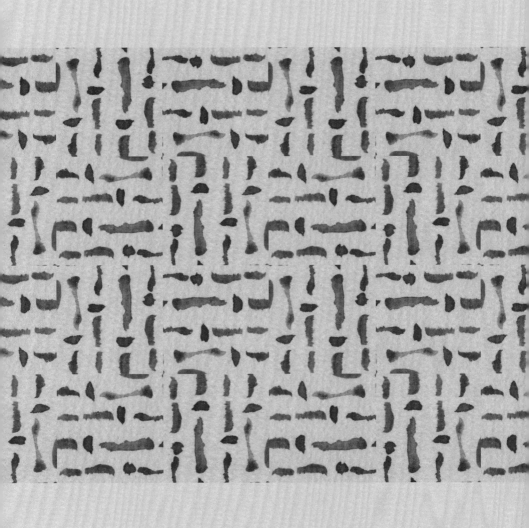

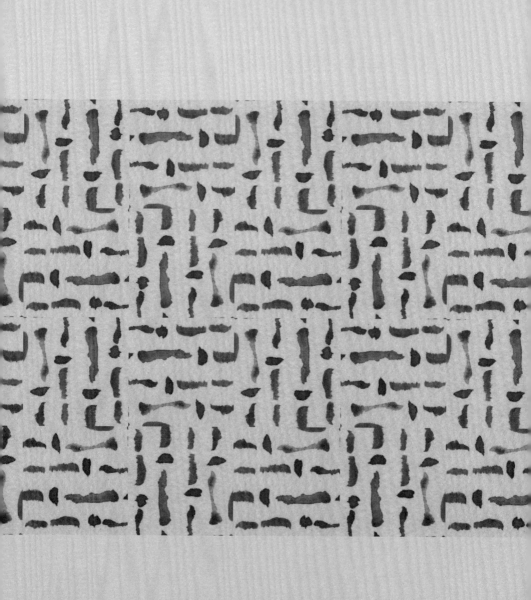

자서自序

내가 20살에 반궁泮宮에서 유학을 하면서 문장에 뛰어난 사람을 좇아 질문하여 겨우 문장의 실마리를 얻었다. 이후 3년이 지나 성균관에 들어가 다시 문장에 뛰어난 사람을 좇아 질문하여 겨우 문장의 장점과 결점을 알게 되었다. 저 문장에 뛰어난 사람들에게는 진취하는 데 누累가 있겠지만, 나에게 알려준 것과 내가 얻은 것은 오직 내가 진취하는 데 이로웠다. 이후 4년이 지나 과거에 급제하고 고향으로 돌아왔지만 아직 벼슬에 나아가지 않은지 1년이나 되었다. 그동안 고서를 마음껏 보고 옛사람들이 글을 짓는 방법을 비로소 알고는 탄식하며 "문장은 마땅히 이렇게 지어야지!"라고 말하였다.

또 《시경》, 《서경》, 《주례》, 《의례》, 《주역》, 《춘추》에 실린 것과 좌구명左丘明, 공양고公羊高, 곡량적穀梁赤이 전傳을 지은 것과 노자, 장자, 맹자, 순자와 같은 무리들이 지은 것은 모든 학자들이 아침저녁으로 암송하는 문장이다. 그런데 한갓 암송하기만 하고 살펴보지 않으면 종일 음식을 먹으면서도 맛을 모르는 것이나 마찬가지이다.

내가 매번 고찰한 것이 있을 때마다 기록하여 마침내 간독簡牘에 가득 차게 되었다. 옛사람의 문장 가운데 법칙을 지은 것이라 《문칙文則》이라고 이름 지었다. 어떤 사람이 "오늘날 문장에 뛰어난 유학자들이 뜰에 넘쳐나 붓을 대기만 하면 천하에 뛰어난 글을 펼쳐내니 비록 해와 달과 빛을 다툰다 한들 가능하겠는가? 어찌 그대는 《문칙》을 지었는가?"라고 하여, 내가 "장차 내가 법칙으로 삼으려는 것이고 남에게 보여 법칙으로 삼는 것은 내가 어찌 감히 하겠는가?"라고 하였다.

건도乾道 경인庚寅(1170) 1월 16일,

천태天台 진규陳騤는 서序하노라.

自序

余始冠, 遊泮宮, 從老於文者問焉, 僅得文之端緒. 後三年, 入成均, 復從老於文者問焉, 僅識文之利病. 彼老於文者, 有進取之累, 所有告於我與夫我所得, 唯利於進取. 後四年, 竊第而歸, 未獲從仕, 凡一星終, 得以恣閱古書, 始知古人之作, 歎曰, 文當如是. 且詩·書二禮·易·春秋所載, 丘明·高·赤所傳, 老·莊·孟·荀之徒所著, 皆學者, 所朝夕諷誦之文也. 徒諷誦而弗考, 猶終日飲食而不知味. 余竊每有考焉, 隨而錄之, 遂盈簡牘. 古人之文, 其則著矣, 因號曰文則. 或曰, 方今宗工鉅儒, 濟濟盈廷, 下筆語妙天下, 雖與日月爭光可也, 奚以吾子文則爲? 余曰, 蓋將所以自則也, 如示人以爲則, 則吾豈敢. 乾道庚寅正月既望, 天台陳騤序.

갑甲

– 모두 9조條이다

1조. 육경의 문체를 논하다

육경의 도는 이미 말하였듯이 하나로 귀결되고, 육경의 문장도 응당 문체에 있어서 차이가 없다. 그렇기 때문에 《주역》의 문장이 《시경》과 비슷하고 《시경》의 문장이 《서경》과 비슷하며 《서경》의 문장이 《예기》와 비슷하다.

《주역》 중부괘中孚卦 구이九二에 "우는 학이 그늘에 있으니 그 새끼가 화답하네. 나에게 좋은 벼슬이 있으니, 내가 그대와 함께 하리."라고 하였는데, 만약 이 구절을 《시경》의 아시雅詩에 넣어 둔다면, 누가 《주역》에 실린 효사爻辭와 구별할 수 있겠는가?

《시경》〈대아大雅 억抑〉 3장에 "오늘날에 와서 정사에 혼란을 일으켜 그 덕을 뒤엎고 술에 빠졌으니, 네가 비록 술에 빠지고 즐거워함을 따르지만 그 전통을 생각하지 않겠는가? 널리 선왕의 도를 구하여, 밝은 법을 집행하지 않는구나."라고 하였는데, 만약 이 구절을 《서경》의 고誥에 넣어 둔다면, 누가 《시경》 아시雅詩의 문장과 구별할 수 있겠는가?

《서경》〈고명顧命〉에 "창 사이에 남쪽을 향하여 흰색과 검은 비단으로 선을 두른 대자리를 겹으로 펴 놓으니, 오색 구슬로 장식한 안석을 그대로 두었다. 서쪽 행랑채에는 동쪽을 향하여 구름무늬 가선을 두른 왕골자리를 겹으로 깔고 무늬가 새겨진 구슬로 장식된 안석을 그대로 놓았다. 서쪽 옆방에는 남쪽을 향하여 검은 실로 짠 가선을 두른 푸른 대자리를 겹으로 깔고 칠을 한 안석을 그대로 두었다."라고 하였는데, 만약 이 구절을 《주례》〈춘관春官 사궤연司几筵〉에 넣어 둔다면, 누가 《서경》〈고명〉의 어구와 구별할 수 있겠는가?

甲 - 凡九條

一條

六經之道, 旣曰同歸, 六經之文, 容無異體. 故易文似詩, 詩文似書, 書文似禮. 中孚九二曰, "鳴鶴在陰, 其子和之. 我有好爵, 吾與爾靡之." 使入詩雅, 孰別爻辭. 抑(二)[三]¹章曰, "其在于今, 興迷亂於政, 顚覆厥德, 荒湛於酒, 汝雖湛樂, 從弗念厥紹, 罔敷求先王, 克共明刑." 使入書誥, 孰別雅語. 顧命曰, "牖間南嚮, 敷重篾席, 黼純, 華玉仍几. 西序東嚮, 敷重底席, 綴純, 文貝仍几. 東序西嚮, 敷重豐席, 畫純, 雕玉仍几. 西夾南嚮, 敷重筍席, 玄紛純, 漆仍几." 使入春官司几筵, 孰別命語.

---

1 (二)[三] : 《시경》〈대아 억〉에 의거하여 '三'으로 바로잡았다.

2조. 육경의 창작 의도를 논하다

어떤 사람이 "육경을 창작한 의도는 제각기 달라 모두 서로 본받지 않았다."라고 하였다. 그렇지만 육경의 정미한 뜻을 탐색하고 나서 이러한 사실과 위배되는 말을 증명할 수 있었다.

《서경》〈홍범洪範〉에 "공손함은 엄숙함을 만들고, 순종함은 다스림을 만들고, 밝음은 지혜를 만들고, 귀 밝음은 헤아림을 만들고, 지혜로움은 성스러움을 만든다."라고 하였고, 《시경》〈소아小雅 소민小旻〉 5장에는 "국론이 비록 정해지지 않았으나 성스럽기도 하고 그렇지 못하기도 하며, 인민이 비록 많지 않으나 명철하기도 하고 지모가 있기도 하며, 엄숙하기도 하고 잘 다스려지기도 했다."라고 하였다. 이것은 《시경》의 창작 의도가 《서경》을 본받은 것이다.【정강성鄭康成[2]의 전箋에 "시인의 창작 의도는 왕이 오사五事로 공경하여 천도를 밝히게 하려고 하는 것이다."[3]라고 하였다.】

《의례》〈소뢰궤사례小牢饋食禮〉에 "황시가 공축에게 명하여 무궁한 다복을 너 효손에게 전하여 내려주어서 너 효손에게 주어서 너로 하여

---

2 정강성 : '강성康成'은 정현鄭玄(127~200)의 자이다. 젊어서 향색부鄕嗇夫가 되고, 나중에 태학太學에서 공부하였다. 제오원선第五元先을 스승으로 《경씨역京氏易》과 《공양춘추公羊春秋》에 정통하였다. 북해상北海相 공융孔融이 깊이 존경하여 고밀현에 특별히 정공향鄭公鄕을 세우고, 문을 넓게 열고 '통덕문通德門'이라 하였다. 그후 마융馬融 등에게 사사하여, 《주역》과 《상서》, 《춘추》 등의 고전을 배운 뒤 40살이 넘어서 귀향하였다. 돌아와서 학생을 모아 강학했는데, 제자가 천 명에 이르렀다. 저서로 《모시전毛詩箋》과 《주례》, 《의례》, 《예기》에 대한 주해뿐이고, 나머지는 단편적으로 남아 있다.

3 시인의……것이다 : 바로 위 단락에 제시한 "《시경》〈소아小雅 소민小旻〉 5장 '국론이……있다.'"의 원문에 해당하는 주석이다.

금 하늘에서 복록을 받게 하니, 농지에서 농사가 잘되고 미수眉壽가 만년을 누려서 폐하지 말고 계속 이어가라."라고 하였다.【이 문장은 〈소뢰궤사례〉의 하사嘏辭[4]이다.】

《시경》〈소아小雅 초자楚茨〉의 4장에 "공축이 고하기를 효성스런 자손에게 복을 내려 주시고 향기로운 효손의 제사에 신령이 음식을 즐기도다. 너에게 수많은 복을 내리되 기약한 듯하며 법과 같이 하도다."라고 하였다. 이것은 《시경》의 창작 의도가 《의례》를 본받은 것이다.【정강성鄭康成 전箋에 "이 문장은 모두 '하사嘏辭'의 뜻이다."라고 하였다.】

二條

或曰,[5] 六經創意, 皆不相師, 試探精微, 足明詭說. 洪範曰, "恭作肅, 從作乂, 明作哲, 聰作謀, 睿作聖." 小旻五章曰, "國雖靡止, 或聖或否. 民雖靡膴, 或哲或謀, 或肅或艾." 此詩創意師於書也.【鄭康成箋曰, "詩人之意, 欲王敬用五事, 以明天道."】儀禮曰, "皇尸命工祝, 承致多福無疆, 于女孝孫, 來女孝孫, 使女受祿于天, 宜稼于田, 眉壽萬年, 勿替引之."【此少牢嘏辭.】楚茨四章曰, "工祝致告, 徂賚孝孫, 苾芬孝祀, 神嗜飲食, 卜爾百福, 如幾如式." 此詩創意師於禮也.【鄭康成[箋][6]云, "此皆嘏辭之意."】

---

4 하사 : 제사 지낼 때, 신이 제주에게 내리는 축복의 말이다.

5 或曰 : 원래는 1조條에 속한 문장이었으나, 원본元本·명홍치본明弘治本·도본屠本·송세영宋世英 교기校記에서 인용한 진본陳本에는 분리하여 모두 9조條로 만들었다.

6 [箋] : 원본元本·명홍치본明弘治本·도본屠本·비급본祕笈本에 의거하여 '箋' 1자를 보충하였다.

3조. 문장은 자연스럽고 음조가 조화를 이루어야 한다

음악을 연주하였지만 조화를 이루지 못한다면 그 음악은 들을 수 없고, 문장을 지었지만 그 문장의 음조가 조화롭지 않다면 읽을 수가 없으니, 문장은 음조의 조화로움을 으뜸으로 삼는다. 그렇기 때문에 옛날 사람들의 문장은 꾸미지 않은 자연스러움에서 나와 문장의 음조의 조화로움도 자연스러웠다. 그런데 후세의 문장은 의도를 가진 데서 나와 그들이 지은 작품에 음조의 조화로움에서 의도를 드러낸다.

《서경》〈대우모大禹謨〉에 "어진 사람에게 맡기면서 두 마음을 품지 말 것이요, 간사한 자를 제거하면서 의심하지 말 것이요, 의심스러운 계책을 이루지 말 것이니, 그래야 모든 뜻이 성취될 것이다."라고 한 문장과 《주역》〈잡괘전雜卦傳〉에 "건乾은 강하고 곤坤은 부드러우며, 비比는 즐겁고 사師는 근심스럽다. 임臨과 관觀의 뜻은 혹 내가 가서 상대하고 혹 상대가 와서 구하는 것이다."라고 한 문장과 《예기》〈예운禮運〉에 "현주玄酒[7]는 방 안에 두고 예주醴酒[8]와 잔주醆酒[9]는 방문 가까이에 두고 제

---

7 현주 : 제사에서 술 대신으로 쓰는 맑은 물을 이른다. 《예기禮記》〈예운禮運〉에 "그러므로 현주玄酒는 방 안에 두고 예주醴酒와 잔주醆酒는 문 밖에 둔다.[故玄酒在室 醴醆在戶]"라는 구절에 대한 공영달孔穎達의 소疏에 "현주는 '물'을 말하는데, 그 색이 검기 때문에 '현玄'이라고 한다. 태고적에는 술이 없어서 이 물을 술 대신 썼기 때문에 이를 '현주'라고 한다.[玄酒 謂水也 以其色黑 謂之玄 而太古無酒 此水當酒所用 故謂之玄酒]"라는 구절이 있다.

8 예주 : 단술을 이른다. 《예기禮記》〈간전間傳〉에 "담제禫祭를 지낸 뒤에는 예주醴酒를 마신다. 처음으로 술을 마시는 자는 먼저 예주부터 마시고 처음으로 고기를 먹는 자는 먼저 건육부터 먹는다.[禫而飮醴酒 始飮酒者 先飮醴酒 始食肉者 先食乾肉]"라는 구절이 있다.

9 잔주 : 맑은 술을 이른다. 《예기보주禮記補註》〈교특생郊特牲〉에 "잔주醆酒는 청주

제재醍[10]는 당상에 두고 징주澄酒[11]는 당하에 두는 것이다. 그 희생을 진열하고 그 정鼎과 조俎를 구비하며 그 거문고와 비파와 피리와 경과 종과 북을 진열하고 그 축사祝辭와 하사嘏辭를 지어 하늘에 있는 신과 그 선조를 내려오게 한다. 그리하여 이로써 군신 간을 바르게 하고 부자간을 돈독하게 하며 형제간을 화목하게 하고 상하를 고르게 하며 부부간에 방소가 있게 하였으니, 이것을 '하늘의 복을 받는다.'라고 한다."라고 한 문장들은 자연스럽게 어우러진다.

《서경》〈홍범洪範〉에 "편벽됨이 없고 편당함이 없으면 왕의 도가 넓어질 것이요, 편당함이 없고 편벽됨이 없으면 왕의 도가 평평해질 것이다."라고 한 문장과 《시경》〈대아大雅 탕蕩〉에 "너희들의 덕이 밝지 못해 뒤에도 곁에도 좋은 신하가 없으며, 너희들의 덕이 밝지 못해 올바른 공경公卿이 아무도 없도다."라고 하였다. 이 두 구절은 모두 앞뒤 문장이 도치된 것이니, 이 또한 문장이 어우러진 하나의 격식이다.【양웅揚雄의《법언法言》에 "요순의 도는 빛나고, 하나라와 은나라와 주나라의 도는 위대하구나. 그것으로 광채를 늘렸구나."라고 하였는데 이 문장을 읽어보면 비록 음조가 조화롭기는 하지만 전典과 고誥[12]의 기상을 찾아볼 수 없을 정도로 쇠락하다.】

를 섞은 뒤에 거르고 즙사는 잔주를 섞어서 거른다.[醆酒涗于淸 汁獻涗于醆酒]"라는 구절이 있다.

10 제제 : 기장으로 빚은 불그스름한 청주를 이른다. 《예기禮記》〈예운禮運〉에 "현주玄酒를 실내에 두고 예잔醴醆을 문 밖에 두며 자제를 마루에 두고 징주澄酒를 마루 아래에 둔다.[玄酒在室 醴醆在戶 粢醍在堂 澄酒在下]"라는 구절이 있다.

11 징주 : 청주를 이른다. 《예기禮記》〈방기坊記〉에 "제주는 당에 두고 징주는 마루 아래에 둔다.[醍酒在堂 澄酒在下]"라는 구절에 대한 정현鄭玄 주注에 "징주는 '청주'이다.[澄酒 淸酒也]"라고 하였다.

12 전과 고 : '전'은 《서전》의 〈요전堯典〉과 〈순전舜典〉, '고'는 〈중훼지고仲虺之誥〉와

三條

夫樂奏而不和, 樂不可聞, 文作而不協, 文不可誦, 文協尚矣. 是以古人之文, 發於自然, 其協也亦自然, 後世之文, 出於有意, 其協也亦有意. 書曰, "任賢勿貳, 去邪勿疑, 疑謀勿成, 百志惟熙." 易曰, "乾剛坤柔, 比樂師憂, 臨觀之義, 或與或求." 禮記曰, "玄酒在室, 醴醆在戶. 粢醍在堂, 澄酒在下. 陳其犧牲, 備其鼎俎. 列其琴瑟, 管磬鐘鼓, 修其祝嘏. 以降上神, 與其先祖. 以正君臣, 以篤父子, 以睦兄弟, 以齊上下, 夫婦有所, 是謂承天之祜." 若此等語, 自然協也. 書曰, "無偏無黨, 王道蕩蕩, 無黨無偏, 王道平平." 詩曰, "不明爾德, 時無背無側. 爾德不明, 以無陪無卿." 二者, 皆倒上句, 又協之一體.【揚雄法言曰, "堯舜之道皇兮, 夏殷周之道將兮, 而以延其光兮." 讀之雖協, 而典誥之氣索然矣.】

〈탕고湯誥〉 등을 이른다.

4조. 문장은 간명簡明해야 한다

일은 간이한 것을 으뜸으로 삼고 말은 간명한 것을 마땅함으로 삼는다. 말은 일을 기록하고 문장은 말을 기록하는 것이니 문장은 간명한것을 귀하게 여긴다. 문장이 간명하면서도 이치가 두루 갖추어져 있어야 간결하다고 한다. 문장을 읽고 빠진 부분이 있는지 의심이 든다면간결한 것이 아니고 성근 것이다.

《춘추좌씨전》 희공僖公 16년조에 "다섯 개의 돌이 송나라에 떨어졌다."라고 하였고, 《춘추공양전》에 "와르르 울리는 소리가 들려 바라보니 돌이었고, 자세히 살펴보니 다섯 개였다."라고 하였는데, 《춘추공양전》에서 말하는 뜻을 《춘추좌씨전》에서는 다섯 글자[13]로 모두 설명하였으니 이것이 문장을 간결하게 표현하기 어려운 것이다.

유향劉向[14]이 지은 《설원設苑》 〈군도君道〉에 설야泄冶[15]의 말을 기록한

---

13 다섯 글자 : '隕石于宋五'를 이른다.

14 유향(B.C.79?~B.C.8?) : 자는 자정子政이고, 초명은 갱생更生이다. 한나라 고조高祖의 배다른 동생 유교劉交의 4세손이다. 성제 때에 이름을 '향向'으로 고쳤으며, 이 무렵 외척의 횡포를 견제하고 천자의 감계가 되도록 하기 위하여 상고로부터진秦·한漢에 이르는 부서재이符瑞災異의 기록을 집성하여 《홍범오행전론洪範五行傳論》을 지었다. 그 밖의 편저로서 《설원說苑》, 《신서新序》, 《열녀전烈女傳》, 《전국책戰國策》과, 궁중도서를 정리할 때 지은 《별록別錄》이 있다. 그의 아들 흠歆은이 책을 이용하여 《칠략七略》을 저술하였으며, 《한서漢書》 〈예문지藝文志〉에 거의그대로 수록되어 전한다.

15 설야(?~?) : '설야洩冶'라고도 한다. 진陳나라 영공의 음란한 행동에 대해 간하다가죽은 진나라의 대부이다. 진 영공이 공녕公寧과 의행보儀行父와 함께 하희夏姬를 간통하고, 그 여자의 속옷을 들고 조정에서 희롱하였다. 이를 본 설야가 "공경公卿이음란한 짓을 하면 백성이 본받을 데가 없는 것입니다."라고 간했으나, 그 말을 듣지않고 설야를 죽였다. 진 영공은 그 뒤에 하희의 아들 하징서夏徵舒에게 피살되었다.

것에 "윗사람이 아랫사람을 교화하는 것은 마치 바람이 풀을 쓰러뜨리는 것과 같아서, 동풍이 불면 풀은 서쪽으로 쓰러지고 서풍이 불면 풀은 동쪽으로 쓰러지니, 바람이 부는 곳으로 풀은 쓰러진다."라고 하였다. 이 단락에서 32글자를 사용하여 의미를 드러냈다. 《논어》〈안연顔淵〉에 "군자의 덕은 바람과 같고 소인의 덕은 풀과 같아서, 바람이 불면 쓰러지게 된다."라고 하였다. 이 단락은 설야의 말과 비교하면 반이나 줄었지만 뜻은 분명하게 드러났다. 또 《서경》〈군진君陳〉에 "너는 바람이고 아래 백성은 풀이다."라고 하였으니, 여기서 다시 《논어》의 문장에서 9글자를 줄였지만 뜻은 더욱 분명하게 드러났다. 그래서 내가 "이것이 문장을 간명하게 하기 어려운 것이다."라고 한 것이다.

《서경》에 "스스로 스승을 얻으려고 노력하면 왕도정치를 이룰 수 있지만, 나보다 나은 사람이 없다고 여기면 망하게 되는 법이다."라고 하였고 유향이 지은 《설원》〈군도〉에 초나라 장왕莊王의 말을 기록하여 "임금이 어진 임금에 해당하고 또 스승이 있으면 왕 노릇하고, 임금이 하등 임금에 해당하고 뭇 신하들이 또 그 임금만도 못한 자는 망한다."고 하였다. 말뜻의 번다하고 간이한 차이가 매우 현격하니, 이것을 모르면 어떻게 경전의 문장을 구별할 수 있겠는가?

四條

且事以簡爲上, 言以簡爲當. 言以載事, 文以著言, 則文貴其簡也. 文簡而理周, 斯得其簡也. 讀之疑有闕焉, 非簡也, 疎也. 春秋書曰, "隕石於宋五." 公羊傳曰, "聞其磌然, 視之則石, 察之則五." 公羊之義, 經以五字盡之, 是簡之難者也. 劉向載泄冶之言曰, "夫上之化下, 猶風靡草, 東風則

草靡而西, 西風則草靡而東, 在風所由, 而草爲之靡." 此用三十有二言而
意方顯. 及觀論語曰. "君子之德風. 小人之德草. 草上之風必偃." 此減泄
冶之言半, 而意亦顯. 又觀書曰, "爾惟風, 下民惟草." 此復減論語九言而
意愈顯. 吾故曰, 是簡之難者也. 書曰, "能自得師者王, 謂人莫己若者亡."
劉向載楚莊王之言曰, "其君賢者也, 而又有師者王, 其君下君也, 而群臣
又莫若君者亡." 語意煩簡殊迴,[16] 不知是何以別經傳之文.

16 殊迴 : 원본元本·명홍치본明弘治本·도본屠本에는 '殊迴'이라는 두 글자가 없다.

5조. 서사문은 뜻을 함축하는 것을 훌륭하게 여긴다

문장을 짓는 데는 사건을 기록하는 것을 어렵게 여기고, 사건을 기록하는 데는 뜻을 함축한 것을 뛰어나다고 여긴다. 《춘추좌씨전》선공宣公 12년조에, 진晉나라 군대가 필邲에서 패한 일을 기록하면서 단지 "중군과 하군이 서로 배를 타려고 다투니 배 안에는 손가락이 한 웅큼 수북하였다."라고 한 것은 배에 타려고 하면 칼을 휘둘러 손가락을 잘랐다는 뜻이 글 가운데 함축되어 있는 것이다. 또 초나라 군대가 추위를 타자 위로하고 격려한 일에 대해 단지 "삼군의 군사들이 다 솜옷을 입은 듯하였다."라고만 기록하였으니, 군사들의 마음속 기쁨이 절로 그 가운데 함축되어 있다. 《춘추공양전》희공僖公 22년조에, 진秦나라가 효殽에서 패한 일을 기록하면서 단지 "말 한 필, 수레 한 대도 되돌아오지 못하였다."라고 하였으니 적의 진로를 차단하고 공격한 뜻이 절로 그 가운데 함축되어 있다.

《춘추공양전》성공成公 2년조에, 제나라가 사람을 시켜 극극郤克과 장손臧孫을 맞이하게 한 일을 기록하면서 "손님 가운데 어떤 사람은 다리를 절고 어떤 사람은 애꾸눈인 사람이 있었다. 제나라는 다리를 저는 사람에게는 다리를 저는 사람을 맞이하게 하고 애꾸눈인 사람에게는 애꾸눈을 맞이하게 하게 하였다."라고 하였다. 《맹자》〈만장 상萬章上〉에 천하 사람들이 순 임금에게 귀순한 일에 대해서는 "천하의 제후들 가운데 조회하러 오는 자들이 요 임금의 아들에게 가지 않고 순에게 갔으며, 송사하러 가는 자들이 요 임금의 아들에게 가지 않고 순에게 갔으며, 공덕을 칭송하는 자들이 요 임금의 아들을 칭송하지 않고 순을 칭송하였다."라고 하였다. 무릇 이러한 방법은 뜻이 문장 속에 모두 나타나 있어서 집중하여 생각할 필요가 없다.

五條

文之作也, 以載事爲難. 事之載也, 以蓄意爲工. 觀左氏傳載晉敗于邲[17]之事, 但云, "中軍下軍爭舟, 舟中之指可掬." 則攀舟亂刀斷指之意自蓄其中. 又載楚師寒拊勉之事, 但云, "三軍之士, 皆如挾纊." 則軍情愉悅之意, 自蓄其中. 公羊傳載秦敗於殽之事, 但云, "匹馬隻輪無反者." 則要擊之意自蓄其中. 若公羊傳載齊使人迓郤克·臧孫之事, 則曰, "客或跛或眇, 齊使跛者迓跛者眇者迓眇者." 孟子載天下歸舜之事, 則曰, "天下諸侯朝覲者, 不之堯之子而之舜, 訟獄者, 不之堯之子而之舜, 謳歌者, 不謳歌堯之子而謳歌舜." 凡此則意隨語竭, 不容致思.

6조. 반복된 말은 정확한 의미전달을 바탕으로 한다

《시경》과 《서경》의 글은 어떤 경우에는 중복되어 보이지만 실제로는 뜻이 자세하게 표현되어 있다. 《시경》〈패풍邶風 간혜簡兮〉에 "누구를 그리워하시는가, 서방의 고운님이로다. 저 고운 우리 님은, 서방의 사람이로다."라고 하였는데, 이 시 구절은 어진 사람을 그리워하는 뜻이 절로 자세하다. 또 《시경》〈상송商頌 나那〉에 "예로부터 옛적에 선민先民들이 좋은 일을 하였네."라고 하였는데, 이 시 구절은 옛날을 상고하는 뜻이 절로 자세하다. 또 《서경》〈고명顧命〉에 "보잘것없는 어린 나"라고 하였는데, 이 구절은 겸손한 뜻이 절로 자세하고, 또 《서경》〈낙고洛誥〉에 "유자께서는 붕당을 삼가야 하니, 유자께서 붕당을 삼가는 것을 지금부터 해야 합니다."라고 하였는데, 이 구절은 경계하고 타이르는 뜻이 절로 자세하다.

六條

詩·書之文, 有若重復而意實曲折者. 詩曰, "云誰之思, 西方美人. 彼美人兮, 西方之人兮." 此思賢之意自曲折也. 又曰, "自古在昔, 先民有作." 此考古之意自曲折也. 書曰, "眇眇予末小子." 此謙托之意自曲折也. 又曰, "孺子其朋, 孺子其朋其往."[18] [此][19]告之意自曲折也.

---

18 其朋其往 : 원본元本·명홍치본明弘治本에는 '其朋' 두 글자가 없고, 도본屠本·비급본祕笈本에는 '其往' 두 글자가 없다.

19 [此] : 원본元本·명홍치본明弘治本·도본屠本·비급본祕笈本에 의거하여 '此' 1자를 보충하였다.

7조. 문장의 대우對偶는 이렇게 해야 한다

문장에 뜻이 서로 이어져 대우를 이루는 것이 있다. 예컨대《시경》〈소아小雅 길일吉日〉에 "저 작은 암돼지를 쏘아 이 큰 들소를 잡았도다.",《시경》〈대아大雅 억억抑〉에 "너에게 순순히 타일러 주어도, 나의 말을 듣는 척도 않는구나.", "그러므로 간사한 꾀가 이 때문에 일어나서 병란이 이로 말미암아 일어난다."라는 구절 같은 것이다.

문장에 일이 서로 비슷하여 대우를 이루는 것이 있다. 예컨대《서경》〈감서甘誓〉에 "오행을 으르고 업신여기며 삼정을 게을리하다.", "제후가 어질면 돕고 덕이 있으면 돌봐 주며, 충성스러우면 드러내고 훌륭하면 이루어 주소서."라는 구절 같은 것이다. 이것은 모두 자연스럽게 뒤섞여 이루어진 것이지 애초에 짝을 지으려는 의도가 있었던 것은 아니다. 문장에서 대우한 것이 이러하다면 뛰어난 것이다.

七條

文有意相屬而對偶者, 如"發彼小豝, 殪此大兕", "誨爾諄諄, 聽我藐藐", "故謀用是作, 而兵由此起." 有事相類而對偶者, 如"威侮五行, 怠棄三正", "佑賢輔德, 顯忠遂良." 此皆渾然而成, 初非有意媲配. 凡文之對偶者, 若此則工矣.

8조. 옛말을 샅샅이 찾아
지금의 일을 서술하는 것은 적당하지 않다

옛날의 문장은 옛날 사람들의 말을 사용한 것이다. 그래서 옛날 사람들의 말을 후세 사람들은 다 이해하지는 못한다. 친절한 주석이 있지 않으면 거의 읽지 못하니, 주석이 없는 문장은 마치 험한 산을 오르는 것과 같아서 한걸음을 걸을 때마다 아홉 번 탄식이 나오는 것과 같다. 이미 힘써 공부하여 옛말을 샅샅이 찾아내어 오늘날의 일을 찬술하는 것은 거의 옛사람들이 '대가大家집 여종이 부인의 도리를 배우는 것이다.'라고 한 것과 같으니, 행동거지가 자연스럽지 않아 끝내 진짜와 비슷하지 않다.

지금 취한 것은 당시에는 일상적인 말이었지만 후세 사람들이 보기에 어렵게 여기는 문장으로, 예컨대 《주례》〈천관총재天官冢宰 내옹內饔〉에 "개가 다리 안쪽에 털이 벗겨져 붉고 거동이 급하면 그 고기에서 누린내가 나고, 새가 깃털 색이 바래고 쉰 소리로 울면 그 고기에서 썩은 내가 나고, 돼지가 고개를 쳐들어 멀리 바라보고 눈썹이 엉켜 있으면 그 고기에 쌀알만 한 작은 식육瘜肉이 자라고, 말이 등골 부분이 검고 앞정강이 털이 얼룩덜룩하면 땅강아지 냄새가 난다."라고 하였고, 《시경》〈진풍秦風 소융小戎〉에 "유환과 협구[20]이고 음인과 옥속[21]이로다."라고 하였

---

20 유환과 협구 : 원문은 '游環脅驅'. '유환'은 끈으로 만든 고리를 이르고, '협구'는 말의 가슴걸이와 연결시켜 말과 수레를 모는 기구를 가리킨다.

21 음인과 옥속 : 원문은 '陰靷鋈續'. '음인'은 앞은 두 참마의 목에 매고 뒤는 음판 위에 매는 두 가닥 가죽을 이르고, '옥속'은 흰 쇠붙이로 장식한 말 가슴걸이의 고리를 이른다.

고, 《시경》〈대아大雅 한혁韓奕〉에 "말 가슴걸이에 금 눈썹걸이와 수레 앞턱을 동일 가죽에 호피 덮개로다."라는 구절이 있다. 《장자》〈재유在 宥〉에 "비로소 속박받아 펴지 못하고 흩어져 천하를 어지럽게 한다."라 고 하였고, 《순자》〈의병議兵〉에 "전의를 잃고 안정을 찾지 못하고 뿔뿔 이 흩어져 후퇴하였다."라고 하였다.【《시경》과 《서경》의 뜻을 선유들의 주 석에서 자세히 볼 수 있다. 《장자》〈재유在宥〉에서 말한 '연권臠卷'은 '속박받아 펴지 못하는 모양'을 이르고, '창낭傖囊'은 창양搶攘과 같으니 몹시 혼란하고 수선스러움을 말한다. 순자가 말한 것은 모두 '병사들이 패하여 흩어져 어지러 운 모양'을 이른다.】

八條

古人之文, 用古人之言也. 古人之言, 後世不能盡職, 非得訓切, 殆不可讀. 如登峭險, 一步九嘆. 旣而强學焉. 搜摘古語, 撰敍今事, 殆如昔人所謂大 家婢學夫人, 擧止羞澁, 終不似眞也. 今取在當時爲常語, 而後人視爲艱 苦之文, 如周禮曰, "犬赤股而躁, 臊. 鳥臑色而沙鳴, 貍. 豕盲眠而交睫, 腥. 馬黑脊而般臂, 螻." 詩曰, "游環脇驅, 陰靷鋈續." 又曰, "鉤膺鏤鍚, 鞹鞃淺幭." 莊子曰, "乃始臠卷傖囊而亂天下也." 荀子曰 "按角鹿埵隴種 東籠而退耳."【[詩·禮之義, 先儒注解備見, 若莊子言][22]臠卷, 不申舒之 貌, 傖囊, 猶搶攘也. 荀子所言, 皆兵摧敗披靡之貌也.】

---

22 [詩禮之義……若莊子言] : 원본元本·명홍치본明弘治本·도본屠本·비급본祕笈本· 송세영宋世英 교기校記에서 인용한 진본陳本에 의거하여 '詩·禮之義 先儒注解備 見 若莊子言' 14자를 보충하였다.

9조. 저작에 이름을 짓는 데도 근거가 있다

대저 문인과 학사들이 저작에 이름을 짓는 데는 모두 근거가 있다. 공자가 《서경》의 서문을 짓고부터【공자가 지은 《서경》의 서문은 모두 1편인데, 이를 공안국孔安國[23]이 《서경》의 편수編首에 각기 나누어 달았다.】 후세 문장에 마침내 서문이 있게 되었다. 공자가 《주역》의 〈설괘전〉을 짓고부터 후세 문장에 마침내 '설說'이라는 문체가 있게 되었다.【유종원柳宗元[24]의 〈천설天說〉과 같은 종류이다.】 《예기》의 〈증자문曾子問〉·〈애공문哀公問〉과 같은 글이 있고부터 후세 문장에 '문問'의 문체가 있게 되었다.【굴원屈原[25]의 〈천문天問〉과 같은 종류이다.】 《주례》의 〈고공기考工記〉·《예기》의 〈학기學記〉와 같은 글이 있고부터 후세에 마침내 '기記'라는 문체가 있게 되었다. 《예기》의 〈경해經解〉·《공자가어孔子家語》의 〈왕언해王言解〉가 있고부터【〈왕언해〉는 《공자가어》에 보인다.】 후세 문장에 '해解'라는 문체가 있게 되었다.【한유韓愈[26]의 〈진학해進學解〉와 같은 종류이다.】 《공자가어孔子家語》

---

23 공안국(?~?) : 자는 자국子國이고, 공자의 11세손으로, 중국 전한前漢 무제 때의 학자이다. 공자의 옛집을 헐었을 때 나온 과두문자蝌蚪文字로 된 《고문상서古文尙書》, 《예기禮記》, 《논어論語》, 《효경孝經》을 금문과 대조하고 고증하여 주석을 달았다. 이것에서 고문학古文學이 비롯되었다.

24 유종원(773~849) : 당나라 때의 정치가이자 학자이다. 한유韓愈 등과 고문 부흥에 종사한 문인으로 당송팔대가의 한사람이다. 저서로 《하동선생河東先生集》이 있다.

25 굴원(B.C.343~B.C.278) : 전국시대의 정치가이자 시인이다. 학식이 뛰어나 초나라 회왕懷王의 좌도左徒의 중책을 맡아, 내정과 외교에서 활약하기도 하였다. 작품은 한부漢賦에 영향을 주었고, 문학사에서 뿐만 아니라 오늘날에도 높이 평가된다. 주요 작품에는 〈어부사漁父辭〉 등이 있다.

26 한유(768~824) : 자는 퇴지退之이고, 시호는 문공文公으로, 당나라의 문학가이자 사상가이다. 산문의 문체개혁과 시에 있어 지적인 흥미를 정련된 표현으로 나타낼

의 〈변정辯政〉·〈변물辯物〉이라는 문장이 있고부터[이 두 변辯은 《공자가어》에 보인다.] 후세 문장에 마침내 '변辯'이라는 문체가 있게 되었다.[송옥宋玉[27]의 〈구변九辯〉과 같은 종류이다.] 《순자》의 〈악론樂論〉·〈예론禮論〉이라는 글이 있고부터[이 두 '론論'은 《순자》에 보인다.] 후세 문장에 마침내 '론論'이라는 문체가 있게 되었다.[가의賈誼의 〈과진론過秦論〉과 같은 종류이다.] 《예기》의 〈대전大傳〉·〈간전間傳〉과 같은 글이 있고부터[이 두 '전傳'은 《예기》에 보인다.] 후세 문장에 '전傳'이라는 문체가 있게 되었다.

九條

大抵文士題命篇章, 悉有所本. 自孔子爲書作序,【[孔子書序, 總爲一篇, 孔安國, 各分繫之篇首.][28]】文遂有序, 自孔子爲易說卦, 文遂有說,【柳宗元天說之類.】自有曾子問·哀公問之類, 文遂有問,【屈原天問之類.】自有考工記·學記之類, 文遂有記, 自有經解·王言解之類,【王言解見家語.】文遂有解,【韓愈進學解之類.】自有辯政·辯物之類,【二辯見家語.】文遂有辯,【宋玉九辯之類.】自有樂論·禮論之類,【二論見荀子.】文遂有論,【賈誼過秦論之類.】自有大傳·間傳之類,【二傳見禮記.】文遂有傳.

것을 시도하는 등 문학상의 공적을 세웠다. 이는 송대 이후 중국 산문문체의 표준이 되고 제재題材의 확장을 주는 등 많은 영향을 주었다. 저서로 《창려선생집昌黎先生集》 등이 있다.

27 송옥(B.C.290?~B.C.222?) : 전국시대 말기 초나라의 시인이다. 문학사상 중요한 《초사楚辭》, 《문선文選》에 실린 〈구변九辨〉, 〈초혼招魂〉 등 많은 작품이 있다.

28 [孔子書序……各分繫之篇首] : 원본元本·명홍치본明弘治本·도본屠本에 의거하여 '孔子書序 總爲一篇 孔安國各 分繫之篇首' 17자를 보충하였다. 다만 송세영宋世英 교기校記에서 인용한 진본陳本에는 '孔子' 두 글자가 없는 '書序 總爲一篇 孔安國各 分繫之篇首'로 기록되어 있다.

을乙
– 모두 6조이다

1조. 어조사의 쓰임을 논하다

　문장에는 조사가 있는데, 이는 예를 행하는 데는 접객하는 사람이 있고 음악을 연주하는 데는 보좌가 있는 것과 같다. 만약 예에 접객하는 사람이 없으면 예가 행해지지 않고, 음악을 연주할 때 보좌가 없으면 음악이 조화롭지 않고, 문장에 조사가 없으면 문장이 조리가 없다.〔당나라 때 두온부杜溫夫[29]라는 사람이 있었는데 문장을 쓸 때 조사를 이해하지 못하여 의문조사인 '야耶', '호乎'와 같은 글자와 판단조사인 '이耳', '의矣'와 같은 종류를 모두 동일하게 사용하였다. 그래서 유종원이 그가 쓰는 문장의 병폐를 깊이 말을 해 주었는데[30] 몰라서야 되겠는가?〕

　《예기》〈단궁 상檀弓上〉에 "후회를 남기는 일이 없어야 한다.〔勿之有悔焉耳矣〕"라고 하였고, 《맹자》〈양혜왕 상梁惠王上〉에 "과인은 마음을 다하고 있으니.〔寡人盡心焉耳矣〕"[31]라고 하였으며, 《예기》〈단궁 하檀弓下〉에

29　두온부(?~?) : 어떤 사람인지 자세하지 않다. 유종원柳宗元과 교유했던 인물로, 그가 유주자사柳州刺史로 있을 때 두온부에게 보낸 편지가 있다.

30　병폐를……주었는데 : 《당송팔대가문초唐宋八大家文抄》〈복두온부서復杜溫夫書〉에 "그대가 조사助辭를 쓰는 것을 보니, 규율에 맞지 않는 점이 있어서 그저 이에 대해 답을 할까 하네. 이른바 '호乎'·'여歟'·'야耶'·'재哉'·'부夫'는 의문형 종결사이고, '의矣'·'이耳'·'언焉'·'야也'는 서술형 종결사인데, 지금 그대는 혼동하여 쓰고 있네.〔但見生用助字 不當律令 唯以此奉答 所謂乎歟耶哉夫者 疑辭也 矣耳焉也者 決辭也 今生則一之〕"라는 구절이 있다.

31　과인은……있으니 : 원문의 '寡人 盡心焉耳矣'는 《맹자》〈양혜왕梁惠王〉에는 "과

"내가 조문한 것이겠는가.[我弔也與哉]"라고 하였고, 《춘추좌씨전》 양공襄公 25년조에 "홀로 나에게만 임금이냐![獨吾君也乎哉]"라고 한 것은, 모두 한 구절에 세 글자의 조사가 이어져 있지만 조사가 많다고 해서 꺼릴 것은 없다.

《춘추좌씨전》 소공昭公 2년조에 "그분의 말은 그리될 줄 안 바가 있어서일 것이다.[其有以知之矣]"라고 하였고, 또 《춘추좌씨전》 소공昭公 원년에 "이로 인해 생긴 것이 아니겠는지요?[其無乃是也乎]"라고 하였는데, 이 두 문장은 여섯 글자로 구절을 이루었고, 그 중 네 글자(其·以·之·矣, 其·乃·也·乎)가 조사이지만, 역시 조사가 많다고 꺼릴 것은 없다.

《예기》〈단궁 상檀弓上〉에 "남궁도의 처가 시어머니의 상을 당하였다."라고 하였고, 《예기》〈악기樂記〉에 "자기도 모르는 사이에 손으로 춤을 추고 발로 뛰는 것입니다."라고 하였는데, 이 문장에서 '지之'자가 많이 쓰였지만 많다고 꺼릴 것은 없다. 《예기》〈공자한거孔子閒居〉에 "말은 크고도 아름다우며 성대합니다.[言則大矣美矣盛矣]"라고 하였는데, 이 문장에서 '의矣'자가 많이 쓰였지만 많다고 꺼릴 것은 없다.

《예기》〈단궁 하〉에 "아름답고 성대하도다.[美哉奐焉]"라고 하였고, 《논어》〈안연顔淵〉에 "말씀이 풍부하다.[富哉言乎]"라고 하였다. 이 문장은 네 글자로 구절을 이루었지만 조사가 반을 차지하니, 이렇게 하지 않는다면 문장이 웅건하지가 않다.【사마장경司馬長卿[32]의 〈봉선封禪〉에 "밀

인은 나라를 다스리는 데 마음을 다하고 있으니[寡人之於國也 盡心焉耳矣]"라는 구절로 나타나 있다.

32 사마장경 : '장경長卿'은 사마상여司馬相如(B.C.179~B.C.117)의 자이다. 경제景帝 때 무기상시武騎常侍를 지냈고, 무제武帝 때 효문원령孝文園令을 지냈다. 특히 〈자허子虛〉·〈상림上林〉·〈대인大人〉 등의 사부辭賦에 뛰어났으며, 한위육조漢

고도 아득하도다.[遯哉邈乎]"라고 하였는데, 이 문장은 비록 조사의 쓰임을 알
았다고 하더라도 '하遯'자와 '막邈'자는 둘 다 같은 뜻이니 또한 잘못이다.】

《춘추좌씨전》양공襄公 29년조에 "아름답구나. 웅장한 목소리가 마치
큰 바람 같구나. 동해의 표상은 강태공이로구나. 나라는 끝이 없을 것
이로다.[美哉浹浹乎 大風也哉 表東海者 其太公乎 國未可量也]"라고 하였는데,
이 문장의 끝에 어조사를 사용하여 문장을 읽으면 조금도 문맥에 조화
를 이루지 못하거나 어려운 느낌이 없다. 《춘추좌씨전》은공隱公 5년조
에 "삼군三軍을 거느리고 전면에 배열하였다.[三軍軍其前]"라고 하였는데,
두 번째 '군軍'자에 '배열하다'의 뜻을 나타내려고 한다면 '기其'자를 사
용해야 문장에 힘이 실린다. 《춘추공양전》선공宣公 6년조에 "대문으로
들어가면 문을 지키는 사람이 없다[入其大門 則無人門焉者]"라고 하였는
데, 두 번째 '문門'자에 '지키다'는 뜻을 나타내려고 한다면 마땅히 '언자
焉者'를 사용해야 힘이 실린다.

乙 – 凡六條

一條

文有助辭, 猶禮之有儐, 樂之有相也. 禮無儐則不行, 樂無相則不諧, 文無
助則不順.【[唐有杜溫夫者, 爲文不識助辭, 疑之之辭如'耶', '乎'之類, 決
之之辭如'耳', '矣'之類, 皆一用之, 柳宗元所以深言其病, 不可不知.][33]】

魏六朝 문인들의 모범이 되었다. 탁왕손卓王孫의 딸 문군文君과의 애정 행각으로
도 유명하다.

33 [唐有杜溫夫者……不可不知] : 원본元本·명홍치본明弘治本·도본屠本·비급본祕笈

檀弓曰, "勿之有悔焉耳矣." 孟子曰, "寡人盡心焉耳矣." 檀弓曰, "我弔也
與哉." 左氏傳曰, "獨吾君也乎哉." 凡此一句而三字連助, 不嫌其多也. 左
氏傳曰, "其有以知之矣." 又曰, "其無乃是也乎." 此二者, 六字成句, 而四
字爲助, 亦不嫌其多也. 檀弓曰, "南宮縚之妻之姑之喪." 樂記曰, "不知
手之舞之足之蹈之也." 凡此不嫌用'之'字爲多. 禮記曰, "言則大矣美矣盛
矣." 此不嫌用'矣'字爲多. 檀弓曰, "美哉奐焉." 論語曰, "富哉言乎." 凡此
四字成句, 而助辭半之, 不如是文不健也.【[司馬長卿封禪文曰, "遝哉邈
乎." 此雖知助辭, 而'遝', '邈'同義, 又失矣.][34]】左氏曰, "美哉泱泱乎, 大
風也哉, 表東海者, 其太公乎, 國未可量也." 此文每句終用助, 讀之殊無
齟齬艱辛之態. 左氏傳曰, "以三軍軍其前." 欲見下'軍'字有陳列之意, 則
當用'其'字爲有力. 公羊傳曰, "入其大門, 則無人門焉者." 欲見下'門'字有
守禦之意, 則當用'焉者'字爲有力.

本·송세영宋世英 교기校記에서 인용한 진본陳本에 의거하여 '唐有杜溫夫者……
不可不知' 47자를 보충하였다.

34 [司馬長卿封禪文曰……又失矣] : 저본에는 이 구절이 없으나, 원본元本·명홍치본
明弘治本·도본屠本·비급본祕笈本·송세영宋世英 교기校記에서 인용한 진본陳本
에 의거하여 '司馬長卿封禪文曰……又失矣' 25자를 보충하였다.

2조. 어구의 도치에 관하여 논하다

어구를 도치하여도 어구의 본뜻을 잃지 않은 것은 말의 오묘함이고, 글을 도치하여도 글의 본뜻을 잃지 않는 것은 문장의 오묘함이다. 문장을 쓰면서 어구의 도치법을 아는 사람이 드물다.

《춘추곡량전》양공襄公 25년조에 "오나라 군주 알이 초나라를 정벌하려고 할 때 소나라의 성문으로 들어갔다가 죽었다."라고 하였고, 《춘추공양전》양공襄公 25년조에 "소나라의 성문으로 들어가 죽었다는 것은 무슨 뜻인가? 소나라의 성문으로 들어가 공격하다가 죽었다는 뜻이다." 라고 하였다. 그렇지만 공자께서는 '문門'자를 먼저 말씀하시고, 뒤에 '어소於巢'를 말씀하셨으니 글이 비록 도치되었지만 붙인 뜻이 깊다.〔하휴何休[35]의《춘추공양해고春秋公羊解詁》에 "오나라 군주가 초나라를 치려고 소나라에 들렀다가 땅을 빌리지 못하자 갑자기 소나라의 성문으로 들어갔다. 그러자 성을 지키는 사람들이 자신의 나라를 침범하는 것으로 여겨 활을 쏘아 오나라 군주를 죽였다. 그러므로 소나라와의 싸움에서 죽었지만 마치 오나라 군주가 스스로 죽은 것처럼 쓴 문장은 굳게 성을 지킨 것을 나타내기 위함이다.〕

중산보仲山甫[36]가 진심으로 사읍謝邑으로 돌아갔다[誠歸於謝][37]고 하

---

35 하휴(129~182) : 후한 때의 사상가이다. 자는 소공邵公이다. 15년 만에《춘추공양해고春秋公羊解詁》를 완성하였다. 하휴는《춘추공양전》을 거론하여 그 기사의 사상적 의미를 취하고 이를 공자의 정신을 잇는 것이라 하면서 존경하였다.

36 중산보(?~?) : 서주의 경사卿士이다. 강성姜姓 경씨慶氏로, 강상의 후손이다. 옛사람이 중산보를 번목중樊穆仲, 번중산보樊仲山父로 오인하기도 하였다.

37 중산보가⋯⋯돌아갔다 : 이 일은 신백申伯의 일로, 중산보의 일이라고 한 것은 오류이다.

였는데, 이 문구를 도치하여 《시경》〈대아大雅 숭고崧高〉에서는 "돌아가 사읍에 거주하도다.[謝於誠歸]"라고 하였다. "숨긴 것은 도둑질하여 얻은 기물이다.[隱 盜所得器]"라는 문장을 《춘추좌씨전》소공昭公 2년조에는 "도적이 숨긴 기물이다.[盜所隱器]"[38]라고 하였는데, 모두 문구에 담긴 뜻을 해치지 않는다. 《서경》〈하서夏書 우공禹貢〉에, "광주리에 담아서 바치는 폐백은 검은 비단과 직織과 호縞이다.[厥篚玄纖縞]"라고 하였고, 또 "운택과 몽택의 땅이 개간되었다.[雲土夢作乂]"라고 하였는데, '섬纖'자가 '현玄'자 앞에 있지 않고,[39] '토土'자를 '몽夢'자 뒤에 두지 않았으니,[40] 이 또한 일종의 도치법이다.【사마천司馬遷이 《사기》〈하본기夏本紀〉를 지으면서 이 구절을 고쳐, "운택과 몽택의 땅이 개간되었다.[雲夢土作乂]"라고 하였으니, 어디에서 이러한 도치법을 알 수 있겠는가?】

二條

倒言而不失其言者, 言之妙也, 倒文而不失其文者, 文之妙也. 文有倒語之法, 知者罕矣. 春秋書曰, "吳子遏伐楚, 門于巢, 卒." 公羊傳曰, "門於巢卒者何? 入門乎巢而卒也." 然夫子先言門後言於巢者, 於文雖倒, 而寓意深矣.【何休曰, "吳子欲伐楚, 過巢, 不假塗, 卒暴入巢門, 門者以爲欲犯巢而射殺之, 故與巢得殺之, 若吳爲自死文, 所以彊守禦也."】仲山甫誠歸於謝, 詩則曰 "謝於誠歸." 隱, 盜所得器, 左氏傳則曰, "盜所隱器." 於義皆不害也. 禹貢曰, "厥篚玄纖縞." 又曰, "雲土夢作乂." 用纖字不在玄上, '土'字不在'夢'下, 亦一倒法也.【司馬遷作夏本紀改曰, "雲夢土作乂." 烏足與知此.】

---

38 盜所隱器 : 隱藏盜賊的臟物의 도치된 문장이다.

39 '섬纖'자가……않고 : '纖'은 '玄縞'를 수식하기 때문에 '玄'자 앞에 두어서는 안 된다.

40 '토土'자를……않았으니 : '運夢'은 '土'를 수식하기 때문에 '夢'자 앞에 두어서는 안 된다.

3조. 석자析字[41]에 관하여 논하다

글자에는 편방偏旁[42]이 있기 때문에 어떤 문장에는 편방이 서로 같은 글자를 취하여 구절을 이룬다. 글자에는 음운音韻이 있기 때문에 문장에 음운을 취하여 구절을 이루니 모두 그 뜻을 분명하게 하기 위함이다. 《주례》〈지관地官 족사族師〉에 "다섯 사람을 '오伍'라고 한다.[五人爲伍]"고 하였고, 《중용》에 "성誠은 스스로 이루어지는 것이다.[誠者 自成也]"라고 하였으며, 《맹자》〈진심 하盡心下〉에 "'정征'이란 말은 '바로잡는다'는 뜻이다.[征之爲言正也]"라고 하였고, 《장자》〈제물론齊物論〉에 "'용庸'이란 '작용'이다.[庸也者 用也]"라고 하였으며, 《예기》〈단궁 상檀弓上〉에 "조祖는 '장차'라는 뜻이다.[夫祖者 且也]"라고 하였고, 《예기》〈제통祭統〉에 "'명銘'이란 자기의 이름을 기록하는 것이다.[銘者 自名也]"라고 하였으며, 《예기》〈표기表記〉에 "'인仁'은 '사람'이다.[仁者 人也]"라고 하였다. 이 모든 글자들은 편방의 비슷한 것을 취한 것이다.

《예기》〈향음주의鄕飮酒義〉에 "가을[秋]이란 말은 '수렴[愁][43]하다'는 뜻이다.[秋之爲言愁也]"라고 하였고, 또 "겨울이란 '중中이다'는 뜻이다.[冬者中也]"[44]라고 하였다. 《주역》〈서괘전序卦傳〉에 "'합嗑'은 '합하다'는 뜻이다.[嗑者 合也]"라고 하였고, 《예기》〈악기樂記〉에 "음악[樂]이란 즐거운 것

---

41 석자 : 수사학修辭學의 하나로, 본래 글자의 형形·음音·의義에 근거하여, 자형을 변화시키거나 음이 같은 자를 빌려 쓰거나 뜻을 부연하는 것을 이른다.

42 편방 : 한자에서 왼쪽에 있는 부수를 '편偏', 오른쪽에 있는 부수를 '방旁'이라고 한다.

43 수렴[愁] : '愁'는 주석에, "'揫'이니 '수렴하다'는 뜻이다.[揫 斂也]"라고 하였다.

44 겨울이란……뜻이다 : 《예기》에는 원문은 '冬之爲言中也'라고 되어 있다.

이다.[樂者 樂也]"라고 하였으며, 《맹자》〈등문공 상滕文公上〉에 "'교校'는 '가르치다'는 뜻이다.[校者 教也]"라고 하였고, 《양자》〈문도問道〉에 "'예禮'는 체행하는 것이다.[禮以體之]"라고 하였다. 이 모든 것은 음운의 비슷한 것을 취한 것이다

三條

字有偏旁, 故文有取偏旁以成句, 字有音韻, 故文有取音韻以成句, 皆所以明其義也. 周禮曰, "五人爲伍." 中庸曰, "誠者, 自成也." 孟子曰, "征之爲言正也." 莊子曰, "庸也者, 用也." 檀弓曰, "夫祖者, 且也." 祭統曰, "銘者, 自名也." 表記曰, "仁者, 人也." 凡此皆取偏旁者也. 鄕飮酒義曰, "秋之爲言愁也." 又曰, "冬者, 中也." 易曰, "嗑者, 合也." 樂記曰, "樂者, 樂也." 孟子曰, "校者, 敎也." 揚子曰, "禮以體之." 凡此皆取音韻者也.

4조. 어폐가 있는 말[病辭]과
명확하지 않아 의심스러운 말[疑辭]에 관하여 논하다

문장에는 '어폐가 있는 말'이 있고 '명확하지 않아 의심스러운 말'이 있다. '어폐가 있는 말'은 글을 읽으면 어폐가 있는 것 같지만 뜻을 궁구하면 온당한 경우이다. 《예기》〈곡례 상曲禮上〉에 "성성이는 말을 하지만 짐승에 지나지 않는다."라고 하였고, 《주역》〈계사전繫辭傳〉에 "바람과 비가 동반하여 윤택하게 한다."라고 하였다. 대개 '금禽'자를 성성이에게 사용하는 것은 어폐가 있고, '윤潤'자를 '바람'에 사용하는 것은 어폐가 있다.【설명하는 사람은 "잡을 수 있는 것은 '금禽'이라고 하는데, 《주례》〈춘관春官 대종백大宗伯〉에 '짐승으로 여섯 가지 폐백을 삼으면서' 염소를 그 속에 포함하였는데,[45] 대체로 사물의 기운이 화합하면 윤택하니 먼저 「윤潤」자를 말한 것을 보면 바람이 조화롭다는 것을 알 수 있다.】

'명확하지 않아 의심스러운 말'은 글을 읽으면 명확하지 않은 것 같지만 그 뜻을 궁구하면 분명한 경우이다. 예컨대 《시경》〈소남召南 하피농의何彼穠矣〉에 "평왕의 손녀이다."라고 하였고, 《예기》〈단궁 하檀弓下〉에 "용거는 노둔한 사람이다."라고 하였다. 이는 대개 '천하를 평정한 왕[平王]'을 동쪽으로 천도한 평왕[46]이라 의심하고, '노둔한 사람[魯人]'을 노

---

45 《주례》⋯⋯포함하였는데 : 《주례》〈춘관春官 대종백大宗伯〉에 "대종백은 짐승으로 여섯 가지 폐백을 삼아 신하들의 등급을 구별한다. 고孤는 피백皮帛을 들고, 경卿은 염소를 들고, 대부는 기러기를 들고, 사는 꿩을 들고, 서인은 집오리를 들고, 공인工人과 상인商人은 닭을 든다.[以禽作六摯 以等諸臣 孤執皮帛 卿執羔 大夫執鴈 士執雉 庶人執鶩 工商執雞]"라는 구절이 있다.

46 동쪽으로⋯⋯평왕 : 주周나라 제14대 임금으로 유왕幽王의 아들인 주 평왕周平王

나라 사람으로 의심한다.【모장毛萇의 《시경》에 "평平은 '바로잡다'는 뜻으로, 문왕文王을 가리키며, 천하를 바로잡은 왕이란 뜻이다."라고 하였다. 정강성鄭康成은 "'노魯'는 '노둔하다'는 뜻이다."라고 하였다. 무릇 '어폐가 있는 말'과 '명확하지 않아 의심스러운 말'을 깊이 상고하지 않아서야 되겠는가?】

四條

夫文有病辭, 有疑辭. 病辭者, 讀其辭則病, 究其意則安, 如曲禮曰, "猩猩能言, 不離禽獸." 繫辭曰, "潤之以風雨." 蓋'禽'字於猩猩爲病, '潤'字於風爲病也.【[說者曰, 凡可擒者, 皆謂之禽, 大宗伯以禽作六摯, 而羔在其中. 凡物氣和則潤, 先言潤, 則風之和可知矣.][47]】疑辭者, 讀其辭則疑, 究其意則斷, 如何彼穠矣曰, "平王之孫." 檀弓曰, "容居, 魯人也." 蓋平王疑爲東遷之平王, 魯人疑爲魯國之人也.【[毛萇傳云, "平, 正也, 指文王, 言能正天下之王也." 鄭康成云, "魯, 鈍也." 凡觀此文, 可不深考.][48]】

의구宜臼를 이른다. 도읍을 낙읍洛邑으로 옮기고 동주東周라 일컬은 인물로, 이 때부터 춘추시대春秋時代가 시작되었다.

47 [說者曰……則風之和可知矣] : 원본元本·명홍치본明弘治本·도본屠本·비급본祕笈本·송세영宋世英 교기校記에서 인용한 진본陳本에 의거하여 '說者曰……可知矣' 40자를 보충하였다.

48 [毛萇傳云……可不深考] : 원본元本·명홍치본明弘治本·도본屠本·비급본祕笈本·송세영宋世英 교기校記에서 인용한 진본陳本에 의거하여 '毛萇傳云……可不深考' 33자를 보충하였다.

5조. 완급과 경중을 통해 글의 뜻이 확립됨을 논하다

글은 뜻을 주로 삼기 때문에 글에 완급과 경중이 있으니 모두 이를 통해 글의 뜻이 확립된다. 《춘추좌씨전》 양공襄公 19년조에 범선자范宣子[49]가 "내가 대장부를 안 것이 얕았다."[50]라고 하였으니, 그 말이 느슨하다. 《맹자》〈등문공 상滕文公上〉에 경춘景春[51]이 "공손연과 장의가 어찌 진실로 대장부가 아니겠는가?"라고 하였으니, 그 말이 급하다. 《춘추좌씨전》 문공文公 2년조에 "낭심은 이번 일에 군자다웠다."라고 하였으니, 그 말이 가볍다. 《논어》〈공야장公冶長〉에 공자께서 자천을 칭찬하면서 "군자답도다. 이 사람이여!"라고 하였으니, 그 말이 무겁다.

五條

辭以意爲主, 故辭有緩有急, 有輕有重, 皆生乎意也. (韓)[范][52]宣子曰, "吾淺之爲丈夫也." 則其辭緩. 景春曰, "公孫衍·張儀, 豈不誠大丈夫哉." 則其辭急. "狼瞫於是乎君子." 則其辭輕. "子謂子賤, 君子哉若人." 則其辭重.

---

49 범선자(?~?) : 춘추시대 진晉나라 사람인 사개士匄를 이른다. 진나라의 국경國卿을 지냈다. 진 도공晉悼公 14년 중군中軍을 이끌게 했지만 받아들이지 않고 순언荀偃에게 양보하면서 자신은 중군지좌中軍之佐를 맡았다. 진 평공晉平公 3년 제齊나라를 정벌하여 순언과 함께 중군으로 경자京茲를 함락시켰다. 다음 해 중군을 이끌고 국정國政을 장악하였다. 6년에는 난영欒盈을 축출하였다. 다음 해 형서刑書를 제정하였다. 나중에 조앙趙鞅과 순인荀寅을 연속으로 채용했고, 형정刑鼎을 주조해 공포하였다. '범范'은 그가 받은 식읍의 이름이고, '선宣'은 그의 시호이다.

50 내가……얕았다 : 《춘추좌씨전》 양공襄公 19년조에 나오는 구절이다.

51 경춘(?~?) : 맹자와 동시대에 활동했던 종횡가縱橫家의 한 사람이다.

52 (韓)[范] : 금본今本 《춘추좌씨전》 양공襄公 19년조에 의거하여 '范'으로 바로잡았다.

6조. 문장의 꾸밈에 관하여 논하다

문장에 비록 일가를 이루었다고 하더라도 그들의 문장에도 이미 꾸미거나 그렇지 않은 것들이 있다. 앞편에 실린《춘추좌씨전》환공桓公 18년조에 신백이 간諫하여 "병후竝后, 필적匹嫡, 양정兩政, 우국耦國"이라고 하였고, 뒤편에 실린《춘추좌씨전》민공閔公 2년조에 실린 호돌이 간하기를 "옛날 신백이 주환공에게 '내총內寵의 권위가 왕후와 대등하고 외총外寵의 권세가 정경과 같고, 폐자嬖子의 위치가 적자와 비슷하고 대도大都의 성이 국도國都의 성과 같다.'"고 하였으니, 앞쪽에 실린 것은 문장을 꾸민 것이고 뒤에 실린 것은 문장을 꾸미지 않은 것이다.

내전內傳[53]인《춘추좌씨전》양공襄公 22년조에 "이른바 죽은 사람을 살려주고 뼈에 살을 붙여준 자라 하겠소."라고 하였다. 외전外傳인《국어》〈오어吳語〉에 "베푸신 은덕은 바로 죽은 사람을 살려 주고 백골에 살을 붙여 준 것과 같습니다."라고 하였으니, 내전은 문장을 꾸민 것이고 외전은 문장을 꾸미지 않은 것이다.

六條

文有雖成一家, 而有已經雕斲與其否者. 且左氏傳前載辛伯諫曰, "竝后匹嫡, 兩政耦國." 後載狐突諫曰, "昔辛伯諗周桓公云, '內寵竝后, 外寵二政, 嬖子配適, 大都耦國.'" 則知前載已雕斲, 而後載否矣. 內傳曰, "所謂生死而肉骨也." 外傳曰, "繄起死人而肉白骨也." 則知內傳雕斲, 而外傳否矣.

---

53 내전 : 고대 경학가의 용어로 경서의 훈고訓詁와 주석注釋을 위주로 한 저술을 이른다. 좌전左傳을 춘추春秋의 내전이라 일컫는 따위를 이르는데, 사례事例와 전고典故를 광범위하게 인용하여 본의를 확충 보완하는 저술인 외전外典의 상대어이다.

병丙

– 모두 4조이다

1조. 10가지 비유법에 관하여 논하다

《주역》에 상전象傳[54]을 두어서 문장의 뜻을 다 설명하였고, 《시경》에는 비比[55]를 두어 감정을 전달하였다. 문장을 지을 때 비유가 없을 수 있는가? 널리 경전을 채록하고 요약하여 논해보면, 비유를 취하는 방법으로 대개 10가지가 있는데 아래에 간략히 조목을 지었다.

첫 번째는 '직유直喩'이다. '유猶'·'약若'·'여如'·'사似'라고도 하는데 이러한 비유법은 명확히 알 수가 있다. 《맹자》〈양혜왕 상梁惠王上〉에 "마치 나무에 올라가서 물고기를 구하는 것과 같다.[猶緣木而求魚也]"라고 하였고, 《서경》〈오자지가五子之歌〉에 "마치 썩은 새끼줄로 여섯 마리의 말을 모는 것과 같다.[若朽索之馭六馬]"라고 하였으며, 《논어》〈위정爲政〉

---

54 상전 : 《주역》 십익十翼 가운데 상·하 양편 450조목을 이르는 말로, 일명 '상사象辭'라고도 한다. 그 중 64괘의 이름과 뜻을 해석한 64조목을 대상大象, 386효爻의 효사爻辭를 해석한 386조목을 소상小象이라 한다. 괘의 이름과 뜻의 해석은 모두 괘상卦象을 근거로 하고, 효사의 해석 또한 주로 효상爻象을 근거로 했기 때문에 상전象傳이라 한 것이다.

55 비 : 《시경》의 육의六義 중 하나로, 사물을 들어 비유하여 표현하는 시의 작법 중 하나이다. 나머지는 풍風·아雅·송頌·부賦·흥興이다. 여러 설이 있으나, 풍은 각 나라의 민요, 아는 주周나라 왕기王畿의 가곡, 송은 종묘 제사 때의 음악으로, 《시경》의 세 격식으로 본다. 또 부는 그 사실을 상세히 서술한 것이고, 흥은 사물을 빌어 감흥을 일으키게 하는 것으로, 비와 함께 《시경》의 내용에 대한 세 가지 표현 방법이라 한다.

에 "비유하자면 북극성과 같다.[譬如北辰]"라고 하였고,《장자》〈대종사大宗師〉에 "쓸쓸한 가을과 같다.[淒然似秋]"라고 하였으니, 이것이 그 종류이다.

두 번째는 '은유隱喩'이다. 그 글이 비록 분명하지 않은 듯 하지만 뜻은 찾을 수 있다.《예기》〈방기坊記〉에 "제후는 물고기를 잡듯 여색을 탐하여 취하지 않는다."라고 하였고, 【제후가 나라 안에서 아내를 취하기를 마치 물고기를 잡듯이 그물질하여 취하는 것을 이르니, 가리지 않고 취하는 것이다.】《국어》〈진어晉語〉에 "평공이 죽을 때까지 군정에 잘못이 없었다."라고 하였으며, 【쭉정이[秕]는 '곡식이 여물지 않은 것'이니, 정치를 비유한 것이다.】 또 〈진어〉에 "비록 나무 좀벌레가 파먹는 것같이 참소하더라도 어찌 피하겠느냐?"라고 하였다.【갈갈蝎은 '나무 좀벌레'이다. 참소가 속에서부터 생겨나는 것이 마치 나무 좀벌레가 나무를 파먹는 것과 같아서, 나무가 피할 수 없다.】《춘추좌씨전》애공哀公 22년조에 "이는 오나라를 짐승으로 기르는 것이다. 사람이 희생을 기르는 것과 같다."[56]라고 하였고,《춘추공양전》에 "그들이 쌍쌍이 함께 이른 것이 아니겠는가?"라고 하였으니, 【제나라의 고고와 자숙희가 왔는데, 쌍쌍이 짝을 이루어 이른 것이 마치 금수와 같았던 것이다.《산해경》〈대황남경大荒南經〉에 '쌍쌍雙雙'이라는 이름을 가진 짐승이 실려 있다.】 이것이 그 종류이다.

---

56 사람이……같다 : 이 구절은 '是豢吳也夫'의 주석에 해당하며 원문은 다음과 같다. "'환豢'은 '기르다'는 뜻이니, 사람이 희생을 기르는 것이 희생을 사랑해서가 아니라 장차 잡아먹기 위함과 같다는 말이다.[豢 養也 若人養犧牲 非愛之 將殺之]"

세 번째는 '유유類喩'이다. 동일한 종류를 취하여 차례에 따라 비유하는 것이다. 《서경》〈홍범洪範〉에 "임금이 살필 것은 해이고, 경사가 살필 것은 달이고, 사윤이 살필 것은 날이다."라고 하였는데, 해[歲]·달[月]·날[日]은 동일한 종류이다. 가의賈誼의 《신서》〈계급階級〉에 "천자는 당堂과 같고, 여러 신하는 섬돌과 같고 뭇 백성은 땅과 같습니다."라고 하였는데, 당堂·섬돌[陛]·땅[地]은 동일한 종류이니, 이것이 그 종류이다.

네 번째는 '힐유詰喩'이다. 비록 비유하는 글인 것 같지만 힐난하는 것과 같다. 《논어》〈계씨季氏〉에 "범과 들소가 우리에서 뛰어나오고, 거북 껍질과 옥이 함 속에서 훼손됨은 누구의 잘못인가?"[57]라고 하였고, 《춘추좌씨전》소공昭公에 "사람이 담을 쌓는 것은 나쁜 일을 막기 위함인데, 담에 틈이 생긴다면 누구의 허물인가?"라고 하였으니, 이것이 그 종류이다.

다섯 번째는 '대유對喩'이다. 먼저 비유하고 나서 증명하여 비유와 증명이 서로 부합되게 하는 것이다. 《장자》〈대종사大宗師〉에 "물고기는 강이나 호수 속에서 서로를 잊고 사람은 도의 세계에서 서로를 잊는다."라고 하였고 《순자》〈대략大略〉에 "구르는 탄환이 움푹한 곳에서 멈추듯이 유언비어는 지혜로운 사람에 의해 멈추게 된다."라고 하였으니, 이것이 그 종류이다.

여섯 번째는 '박유博喩'이다. 취하여 비유를 하되 하나로는 부족하다.

---

57 범과……잘못인가 : 원문은 '……是誰之過與'라고 하였지만, 《논어》〈계씨季氏〉에는 '……是誰之過歟'로 되어 있다.

《서경》〈열명 상說命上〉에 "만약 쇠라면 너를 사용하여 숫돌로 삼을 것이며, 만약 큰 시내를 건넌다면 너를 사용하여 배와 노로 삼을 것이며, 만약 큰 가뭄이 든 해가 된다면 너를 사용하여 장맛비로 삼을 것이다."라고 하였고, 《순자》〈권학勸學〉에 "마치 손가락으로 강물의 깊이를 헤아리고, 창으로 수수를 방아 찧고, 송곳으로 박 속을 긁어먹는 것과 같다."라고 하였으니, 이것이 그 종류이다.

일곱 번째는 '간유簡喩'이다. 글이 비록 간략하지만 뜻은 매우 분명하다. 《춘추좌씨전》 양공襄公 16년조에 "명성은 덕을 담는 수레이다."라고 하였고, 《양자》〈수신修身〉에 "'인仁'은 집과 같다."라고 하였으니, 이것이 그 종류이다.

여덟 번째는 '상유詳喩'이다. 많은 문사를 빌린 뒤에 뜻이 드러난다. 《순자》〈치사致士〉에 "불을 비춰 매미를 잡는 사람은 그 불을 환히 밝히고 그 나무를 흔드는 데에 힘써야 하니, 불이 밝지 않다면 비록 그 나무를 흔들더라도 아무런 소득이 없을 것이다. 지금 군주 가운데 능히 자기의 미덕美德을 드러내 밝히는 사람이 있다면 천하 사람이 그에게 돌아오는 것이 마치 매미가 밝은 등불을 보고 돌아오는 것과 같을 것이다."라고 하였으니, 이것이 그 종류이다.

아홉 번째는 '인유引喩'이다. 앞의 말을 끌어와 일을 증명하는 것이다. 《춘추좌씨전》 문공文公 7년조에 "속담에 '그늘에 가려진다고 함부로 도끼를 사용한다.'"라고 하였고, 《예기》〈학기學記〉에 "개미는 때때로 배운다 하였으니 이것을 이르는 것이다."라고 하였으니, 이것이 그 종류이다.

열 번째는 '허유虛喩'이다. 물건을 가리키지도 않고 또한 사건을 가리키지도 않는다. 《논어》〈향당鄕黨〉에 "말씀은 〈기운이〉 부족한 듯이 하셨다."라고 하였고, 《노자》 20장에 "바람처럼 그침이 없구나."라고 하였으니, 이것이 그 종류이다.

丙 - 凡四條

一條

易之有象, 以盡其意, 詩之有比, 以達其情. 文之作也, 可無喩乎? 博采經傳, 約而論之, 取喩之法, 大槪有十, 略條於後.

一曰, 直喩. 或言'猶', 或言'若', 或言'如', 或言'似', 灼然可見. 孟子曰, "猶緣木而求魚也." 書曰, "若朽索之馭六馬." 論語曰, "譬如北辰." 莊子曰. "淒然似秋." 此類是也.

二曰, 隱喩. 其文雖晦, 義則可尋. 禮記曰, "諸侯不下漁色."【國君內取國中,[58] 象捕魚然, 中網取之, 是無所擇.】國語曰, "沒平公, 軍無秕政."【秕, 穀之不成者, 以喩政.】又曰, "雖蝎譖, 焉避之."【蝎, 木蟲, 譖從中起, 如蝎食木, 木不能避也.】左氏傳曰, "是豢吳也夫." 若人養犧牲. 公羊傳曰, "其諸爲其雙雙而俱至者與."【言齊高固及子叔姬來, 其雙行匹至似獸. 山海經, 有獸名雙雙.】此類是也.

三曰, 類喩. 取其一類, 以次喩之. 書曰, "王省惟歲, 卿士惟月, 師惟日." 歲日月, 一類也. 賈誼, 新書曰, "天子如堂, 群臣如陛, 衆庶如地." 堂陛地, 一類也. 此類是也.

---

58 國君內取國中 : 원본元本·명홍치본明弘治本에는 '翁國君內取國中'으로 되어 있고, 문연각文淵閣 사고전서본四庫全書本《예기》에는 '謂國君內取國中'으로 되어 있다.

四曰, 詰喩. 雖爲喩文, 似成詰難. 論語曰, "虎兕出於柙, 龜玉毁於櫝中, 是誰之過歟?" 左氏傳曰, "人之有牆, 以蔽惡也, 牆之隙壞, 誰之咎也." 此類是也.

五曰, 對喩. 先比後證, 上下相符. 莊子曰, "魚相忘乎江湖, 人相忘乎道術." 荀子曰, "流丸止於甌臾, 流言止於智者." 此類是也.

六曰, 博喩. 取以爲喩, 不一而足. 書曰, "若金, 用汝作礪. 若濟巨川, 用汝作舟楫. 若歲大旱, 用汝作霖雨." 荀子曰, "猶以指測河也, 猶以戈舂黍也, 猶以錐飱壺也." 此類是也.

七曰, 簡喩. 其文雖略, 而意甚明. 左氏傳曰, "名, 德之輿也." 揚子曰, "仁, 宅也." 此類是也.

八曰, 詳喩. 須假多辭, 然後義顯. 荀子曰, "夫耀蟬者, 務在乎明其火, 振其樹而已, 火不明, 雖振其樹, 無益也. 今人主有能明其德, 則天下歸之, 若蟬之歸明火也." 此類是也.

九曰, 引喩. 援取前言, 以證其事. 左氏傳曰, "諺所謂庇焉而縱尋斧焉者也." 禮記曰, "蛾子時術之, 其此之謂乎." 此類是也.

十曰, 虛喩. 旣不指物, 亦不指事. 論語曰, "其言似不足者." 老子曰, "飂兮似無所止." 此類是也.

2조. 인용에 관하여 논하다

범백이 주周나라 여왕을 풍자한 시에 "옛날 성현의 말씀에……."라고
하였다.【《시경》〈대아大雅 판板〉에 "옛날 성현 말씀에 나무꾼의 말이라도 들
어 보라 하셨네."라고 하였는데, 정강성鄭康成은 주석에서 '이것은 옛 현인의
말이다.'라고 하였다.】윤길보尹吉甫[59]가 주周나라 선왕宣王을 찬미한 시
에 "사람들의 말이 있으니……."라고 하였다.【《시경》〈대아大雅 증민烝民〉
에 "사람들의 말이 있으니 부드러우면 삼키고 강하면 뱉는다고 한다."라고 하
였으니, 이 또한 이전 사람들이 말한 것이 이와 같았음을 이른다.】윤후胤侯가
희화羲和를 토벌하는 격문에 《정전政典》의 구절을 인용하였다.【《정전》
에 "천시보다 앞선 경우도 죽여 용서하지 말고, 천시에 미치지 못한 경우도 죽
여 용서하지 말라."[60]라고 하였다. 공안국孔安國이 "《정전》은 우 임금이 정치
를 위해서 지은 전적이다."라고 하였다.】반경盤庚이 고하는 문장에도 지임
遲任의 말을 인용하여 실었다.【《서경》〈반경 상盤庚上〉에 지임이 "사람은 옛
사람을 구하고, 그릇은 옛것을 구할 것이 아니라 새 그릇을 쓰라."라고 하였다.
공안국이 "지임은 옛날 어진 사람이다."라고 하였다.】어떤 경우에는 옛날 사
람들의 말을 일컫기도 한다.【《서경》〈태서 하泰誓下〉에 "옛 사람들이 '나를
보살펴 주면 임금이요, 나를 학대하면 원수이다.'"라고 하였으니, 이것이 그 종
류이다.】어떤 경우에는 내가 들었다고 일컫기도 한다.【《서경》〈주서周書

---

59 윤길보(?~?) : 중국 주周나라 선왕宣王 때의 태사太師로, 호경鎬京에 침입한 험윤
獫狁을 격퇴하는 등 소목공召穆公 등과 함께 선왕을 보좌하여 쇠락한 주나라를
중흥시키는 데 큰 공을 세웠다.

60 《정전》에……말라 : '《정전》'은 우 임금이 정치를 위해서 지은 책이지만 지금은 전
하지 않는다. 인용한 구절은 《서경》〈하서夏書 윤정胤征〉에도 실려 있다.

강고康誥〉에 "내가 듣기에 원망은 큰 데에 있지 않고 또한 작은 데에 있지 않다."라고 하였으니, 이것이 그 종류이다.] 이러한 문장들은 모두 인용한 것이다.

《시경》과 《서경》 이하로는 기록이 복잡하여 인용한 말들을 다 실을 수 없다. 또 좌구명左丘明이 여러 나라의 일을 채록하여 경전을 만들고,[61] 대씨戴氏[62]가 여러 유생들이 지은 글을 모아 《예기》를 지으면서 《시경》과 《서경》의 구절을 인용할 때는 일정한 법칙이 있었다. 이를 미루어 논하자면 두 가지가 있는데, 첫 번째는 행한 일을 판단하는 것이고 두 번째는 한 말을 증명하는 것이다. 그리고 이 두 가지는 또 세 종류로 나누어지니 뒤에 대략 조목을 나누었다.

《춘추좌씨전》 희공僖公 24년조에 "《시경》 〈소아小雅 소명小明〉에 '스스로 이런 우환을 끼친다.'라고 하니 자장을 두고 한 말이다."라는 구절을 실었다. 이것은 《시경》을 단독으로 인용하여 일을 논단한 것이니, 이것이 첫 번째로 격식이다. [이렇게 인용한 격식은 많다.]

《춘추좌씨전》 문공文公 3년조에, 《시경》 〈소아小雅 채번采蘩〉의 구절을 인용하여 "이에 다북쑥 캐기를 연못과 물가에서 하도다. 이것을 쓰기를 공후의 제사에 하도다.'라고 하였는데, 진목공에게 이런 점이 있고 '밤낮으로 게을리 하지 않고서 한 사람만을 섬긴다.'라고 하였는데 맹명에게 이런 점이 있고, '후손을 위해 좋은 계모를 남겨 자손을 편안하도

---

61 경전을 만들고 : 공자가 편찬한 《춘추》의 주석본인 《춘추좌씨전》을 지은 것을 이른다.

62 대씨 : 한漢나라 때 후창后蒼에게 《의례儀禮》를 전수받은 대덕戴德과 대성戴聖을 가리킨다.

록 도왔다.'라고 하였는데, 자상에게 이런 점이 있다."라고 하였다. 이것은 각기 《시경》의 구절을 인용하여 합하여 논단한 것이니, 이것이 두 번째로 격식이다.【《예기》〈표기表記〉에 실린 《시경》〈대아大雅 한록旱麓〉에 "무성한 갈참나무와 떡갈나무는 백성들의 땔감이로다. 화락한 군자는 복을 구함에 어긋남이 없다."라고 하였는데, 그것은 순舜·우禹·문왕文王·주공周公을 두고 하는 말이니, 이 또한 하나의 시로 종합적으로 논단한 격식이다.】

《국어》〈주어周語〉에 실린 《시경》〈대아大雅 기취旣醉〉에 "그 좋음은 무엇인가? 실가가 심원하고 엄숙하도다. 군자가 만년에 길이 복록과 자손을 주리로다.[其類維何 室家之壼 君子萬年 永錫祚胤]"라고 하였는데, '류類'란 명철한 선인을 욕되게 하지 않음을 말하고, '곤壼'이란 백성을 널리 관대하게 대함을 말한다. '만년萬年'이란 아름다운 명예를 영원히 잊지 않음을 말하고, '조윤祚胤'이란 자손이 번성함을 말한다. 선자는 아침저녁으로 왕업을 이룬 선왕의 덕을 잊지 않았으니, 과거의 명철한 선인을 욕되지 않게 했다고 말할 만하고, 선왕의 밝은 덕을 굳게 지녀서 왕실을 보좌하였으니, 백성에게 널리 은덕이 미쳤다고 말할 만하다. 만일 선인과 같은 좋은 일을 하여 백성들을 모두 돈후하게 하는 자는 반드시 빛나는 명예와 자손이 번성하는 복이 있게 되니, 선자는 반드시 그 복에 해당할 것이다."라고 하였다. 이것은 이미 《시경》의 문구를 인용한 것이고 또 그 뜻을 풀어서 그 뜻을 논단한 것이니, 이것이 세 번째 격식이다.

《대학》1장에 "《서경》〈주서周書 강고康誥〉에 '능히 덕을 밝힌다.'라고 하였고, 〈태갑太甲〉에 '하늘의 밝은 명을 돌아본다.'라고 하였고, 〈제전帝典〉에 '능히 큰 덕을 밝힌다.'라고 하였으니, 모두 스스로 밝힌 것이다."라고 하였다. 2장에 "탕왕의 〈반명盤銘〉에 '진실로 어느 날 새로워졌거든 날로 새롭게 하고 또 날로 새롭게 하라.'라고 하였으며, 〈주서周書 강고康誥〉에 '새로워지는 백성을 진작하라.'라고 하였으며, 《시경》에 '주 나라가 비록 옛 나라이지만 그 명이 새롭다.'라고 하였다. 이러한 까닭 에 군자는 그 지극함을 쓰지 않는 바가 없는 것이다."라고 하였다. 이것 은 여러 경우의 말들을 채록하여 그 뜻을 다 드러낸 것이니, 첫 번째 격 식이다.

《시경》〈정풍鄭風 치의緇衣〉에 "어진 사람을 좋아하기를 〈치의〉처럼 하고, 악인을 미워하기를 〈항백〉처럼 하면, 벼슬을 번거롭게 하지 않고 도 백성들이 조심할 줄 알게 될 것이며, 형벌을 시험하지 않고도 백성들 이 모두 복종할 것이다."라고 하였고, 《시경》〈대아大雅 문왕文王〉에 "문 왕을 본받으면 만방이 다 태평하리라."라고 하였다. 이것은 말을 마치면 서 인용을 통해 증명하였으니, 두 번째 격식이다.【《효경孝經》의 여러 편은 이러한 격식을 사용하고 있다.】

《춘추좌씨전》 선공宣公 15년조에 "《서경》〈주서周書 강고康誥〉에 이른 바 '문왕은 등용할 사람을 등용하고 공경해야 할 사람을 공경하였다.'라 고 한 것은 이러한 부류를 말한 것이다."라고 하였다. 또 소공昭公 24년 조에 "〈태서太書〉에 '주紂 임금에게는 억조창생이 있었지만 제각기 다른 마음을 가졌고, 나에게는 현명한 신하 열 명이 한 마음을 가지고 있었 다.'"라고 하였다. 이것이 바로 본문을 분석하여 말을 이룬 것이니 세 번 째 격식이다.

二條

凡伯刺厲之詩, 而曰, "先民有言."【板三章曰, "先民有言, 詢于芻蕘." 鄭
康成云, "此古賢者有言也."】吉甫美宣之詩, 而曰, "人亦有言."【烝民五章
曰, "人亦有言, 柔則茹之, 剛則吐之." 此亦謂前人有言如此.】胤侯之征,
乃擧政典,【政典曰, "先時者殺無赦, 不及時者, 殺無赦." 孔安國云, "政
典, 夏后爲政之典籍."】盤庚之告, 亦載遲任.【遲任有言曰, "人惟求舊, 器
非求舊惟新." 孔安國云, "遲任, 古賢人."】或稱古人言,【泰誓曰, "古人有
言曰, '撫我則后, 虐我則讐.'" 此類是也.】[或稱我聞曰,【康誥曰, "我聞曰,
怨不在大, 亦不在小." 此類是也.][63]】是皆有所援引也. 詩·書而降,[64] 傳
記籍籍, 援引之言, 不可具載. 且左氏采諸國之事以爲經傳, 戴氏集諸儒
之篇以成禮志, 援引詩·書, 莫不有法. 推而論之, 蓋有二端, 一以斷行事,
二以證立言. 二者又各分三體, 略條於後.

左氏傳載, "詩曰, '自詒伊慼', 其子臧之謂矣." 此獨引詩以斷之, 是一體
也.【[此體多矣.][65]】左氏傳載, "詩曰, '于以采蘩, 于沼于沚. 于以用之, 公
侯之事.' 秦穆有焉. '夙夜匪解, 以事一人.' 孟明有焉. '詒厥孫謀, 以燕翼子.'
子桑有焉." 此各引詩, 以合斷之, 是二體也.【表記載, "詩曰, '莫莫葛藟, 施
于條枚. 豈弟君子, 求福不回.' 其舜·禹·文王·周公之謂與." 此又一詩總斷
之體也.】國語載, "詩曰, '其類維何, 室家之壼. 君子萬年, 永錫祚胤.' 類也
者, 不忝前哲之謂也. 壼也者, 廣裕民人之謂也. 萬年也者, 令聞不忘之謂
也. 祚胤也者, 子孫蕃育之謂也. 單子朝夕不忘成王之德, 可謂不忝前哲矣.

---

63 [或稱我聞曰……此類是也] : 원본元本·명홍치본明弘治本·도본屠本·비급본祕笈本·
송세영宋世英 교기校記에서 인용한 진본陳本에 의거하여 '或稱我聞曰……此類是
也' 23자를 보충하였다.

64 詩書而降 : 원본元本·명홍치본明弘治本·도본屠本에는, 이 구절부터 조條를 나누
었지만, 저본에 의거하여 조條를 나누지 않았다.

65 [此體多矣] : 원본元本·명홍치본明弘治本·도본屠本·비급본祕笈本에 의거하여 '此
體多矣' 4자를 보충하였다.

膺保明德, 以佐王室, 可謂廣裕民人矣. 若能類善物, 以混厚民人者, 必有章譽蕃育之祚, 則單子必當之矣." 此旣引詩文, 又釋其義以斷之, 是三體也.

大學載, "康誥曰, '克明德.' 太甲曰, '顧諟天之明命.' 帝典曰, '克明峻德.' 皆自明也. 湯之盤銘曰, '苟日新, 日日新, 又日新.' 康誥曰, '作新民.' 詩曰, '周雖舊邦, 其命維新.' 是故君子無所不用其極." 此則朵綜群言, 以盡其義, 是一體也. 緇衣曰, "好賢如緇衣, 惡惡如巷伯, 則爵不瀆而民作愿, 刑不試而民咸服, 大雅曰, '儀刑文王, 萬邦作孚.'" 此則言終引證, 是二體也.【孝經諸篇, 悉用此體.】左氏傳曰, "周書所謂, '庸庸祇祇'者, 謂此物也夫." 又, "太誓所謂, '商兆民離, 周十人同.'者, 衆也." 此乃斷析本文, 以成其言, 是三體也.

3조. 《국어國語》와 《춘추좌씨전春秋左氏傳》에서
글을 인용하는 방법에 관하여 논하다

《시경》에서 취한 구절은 《시경》이라고 하고, 《서경》에서 취한 구절은 《서경》이라고 하였으니 대개 이러한 것은 일반적인 격식이지만, 살펴보건대 《서경》〈탕고湯誥〉를 '선왕의 명'이라고 한 경우가 있다.【《국어》〈주어 중周語中〉에서 "선왕의 명에 '하늘의 도는 착한 사람에게 복을 주고 악한 사람에게 화를 준다. 그렇기 때문에 무릇 내가 세운 나라에서는 법도에는 어긋나는 행동을 허용하지 않을 것이다.'"라고 하였으니 이것은 모두 〈탕고〉의 문장을 인용한 것이다.】《서경》〈주서周書〉를 '서방의 책'이라고 한 경우가 있다.【《국어》에서 말하는 서방의 책은 《일주서逸周書》를 이른다. 위소韋昭[66]의 주석에 "《시경》〈패풍邶風 간혜簡兮〉에 '서방 사람이로다!'라고 하였는데, 여기서 말하는 서방西方은 주周를 말한다."라고 하였다.】《서경》〈함유일덕咸有一德〉을 〈윤고尹告〉라고 한 경우가 있다.【《예기》에서 《서경》〈윤고〉라 칭하여 인용하길 "저는 몸소 탕왕과 모두 한 가지 덕을 가지고 있어……."라고 하였고, 정강성鄭康成은 "〈윤고尹告〉는 이윤伊尹이 고한 것이다."라고 하였다.】《서경》〈대우모大禹謨〉를 《도경道經》이라고 하였다.【순자荀子가 《도경》라 칭하여 인용하길 "인심은 위태롭고 도심은 미약하다."라고 하였는데, 양경楊倞[67]의 주

---

66 위소(204~273) : 오군吳郡 운양雲陽 사람으로, 자는 홍사弘嗣이다. 삼국시대 오나라 중신이자 정치가이다. 258년 손휴孫休가 손량孫亮을 폐하고 황제가 되자 오경박사와 국학國學을 설립하였는데, 이때 위소는 중서랑中書郎, 박사좨주博士祭酒가 되어 국자학國子學을 관장했다. 저서로 《한서음의漢書音義》 등이 있다.

67 양경(?~?) : 당나라 때 사람으로, 형부상서刑部尚書 등을 지냈다. 주석서로 《순자주荀子注》가 있다.

석에 "이 말은 《서경》〈우서虞書〉에 있는데, 《도경》이라 한 것은 도에 관한 내용이 들어 있는 경전임을 말한 것이다."라고 하였다.】 '중훼지고仲虺之誥'라고 말하지 않고 '중훼지지仲虺之志'라고 말하기도 한다.【《춘추좌씨전》 양공襄公 13년조에 "〈중훼지지〉에 '어지럽히는 자는 잡고 망한 자는 무시한다.'"라고 하였다.】

　《서경》〈오자지가五子之歌〉를 '오자지가五子之歌'라고 부르지 않고 '하훈夏訓'이라고 부르는 경우가 있다.【《춘추좌씨전》 양공襄公 4년조에 "〈하훈夏訓〉에 '유궁국 임금은 예羿이다.'"라는 말이 있다.】《시경》〈정풍鄭風 장중자將仲子〉와 〈조풍曹風 후인侯人〉을 '정시鄭詩'와 '조시曹詩'라고 바로 부르는 경우가 있다.【《국어國語》〈진어晉語〉에 "정시鄭詩에 '중仲을 품으려 하지만……'"이라고 하였고, 또 조시曹詩에 "저 사람이여 총애에 걸맞지 않도다!"라고 하였다.】 단지 《춘추좌씨전》 선공宣公 12년조에 《시경》〈주송周頌 작汋〉과 〈주송周頌 무武〉를 〈작汋〉과 〈무武〉라고만 말하기도 한다.【《춘추좌씨전》〈작汋〉에 "아, 성대한 왕의 군대여!"라고 하였고, 〈무武〉에 "누구도 다툴 수 없는 업적이셨다."라고 하였다.】 '예랑부芮良夫'라고 말하기도 한다.【《춘추좌씨전》 문공 원년에 "주나라 예랑부芮良夫의 시에 '큰바람이 지나간 곳에 온갖 물건이 다 망가지듯 탐욕스런 사람이 선한 사람을 해친다.'"라고 하였다.】 주 문공周文公이라고 말하기도 한다.【《국어》〈주어 상周語上〉에 "주 문공周文公의 송頌에 '방패와 창을 거두어들이고 활과 화살을 활집에 넣어두고……'"라고 하였다.】《시경》〈상송商頌 나송那頌〉의 마지막 장章을 '난사亂辭'라고 하였다.【《국어》〈노어 하魯語下〉에 "그 편의 완성된 끝가락에 '옛날부터 옛날에 있어서 선민께서 시작을 두시니……'"라고 하였는데, 위소의 주석에 "무릇 작품의 편장의 뜻이 완성되고 나서 요점을 모아 마지막 장[亂辭]

을 지었다."라고 하였다.】《시경》〈소아小雅 소완小宛〉의 머릿장을 취하여 편목을 이룬 경우도 있다.【《국어》〈진어晉語〉에 "진백秦伯이 〈구비鳩飛〉를 읊다."라고 하였는데, 위소의 주석에 "〈소완小宛〉의 머릿장에 '작은 저 명구여! 날아 하늘에 이르도다.'라고 한 것이 이것이다."라고 하였다.】 여러 장章의 마지막 장章을 이미 '마지막 장[卒章]'이라고 하였다.【《춘추좌씨전》성공成公 9년조에 "〈녹의綠衣〉의 마지막 장"이라고 한 것이 바로 이러한 경우이다.】 한 장章의 마지막 구절[末句]도 '마지막 장[卒章]'이라고 하였다.【《춘추좌씨전》선공宣公 12년조에 "〈무武〉를 지어 그 마지막 장[卒章]에 '네 공을 정함을 이룩하셨도다.'"라고 하였다.】 이러한 것들도 간략하게 조탁하여 조금 변화하는 방식으로 따랐지만 이는 작가가 상고한 결과이니 아무런 보탬이 되지 않는다고 꾸짖지 마라.

三條

夫取詩卽云詩, 取書卽云書, 蓋常體也. 觀以湯誥爲先王之令,【國語稱"先王之令曰, '天道賞善而罰淫.' 故凡我造國, 無從非彝." 此引湯誥文.】以周書爲西方之書,【國語稱西方之書, 蓋逸周書, 韋昭云. "詩言'西方之人兮', 則西方爲⁶⁸周也."】以咸有一德爲尹告,【禮記稱尹告曰, "惟尹躬曁湯, 咸有一德." 康成云, "尹告, 伊尹之誥."】以大禹謨爲道經,【荀子稱道經曰, "人心惟危 道心惟微." 楊倞云, "此在虞書, 曰道經者, 言有道之經也."】不曰仲虺之誥, 而曰仲虺之志,【左氏傳曰, "仲虺之志云, '亂者取之, 亡者侮之.'"】不曰五子之歌, 而曰夏訓有之,【左氏傳曰, "夏訓有之, '有窮后羿.'"】直言鄭詩·曹詩,【國語稱鄭詩曰, "仲可懷也." 又稱曹詩曰, "彼其之子, 不遂其媾."】止稱汋曰武曰,【左氏傳, "汋曰, '於鑠王師.' 武曰, '無競維烈.'"】

---

68 爲 : 원본元本·명홍치본明弘治本·도본屠本에는 '謂'로 되어 있다.

或稱芮良夫,【左氏傳曰, "周芮良夫之詩曰'大風有隧, 貪人敗類.'"】或稱周文公,【國語, "周文公之頌曰, '載戢干戈 載櫜弓矢.'"】指那頌卒章爲亂辭,【國語曰, "其戢[69]之亂曰, '自古在昔, 先民有作.'" 韋昭云, "凡作篇章義旣成, 撮其大要, 以爲亂辭."】摘小宛首章爲篇目,【國語曰, "秦伯賦鳩飛." 韋昭云, "小宛之首章, '宛彼鳴鳩, 翰飛戾天'是也."】數章之末章, 旣謂之卒章,【左氏傳曰, "賦綠衣之卒章." 此類是也.】一章之末句, 亦謂之卒章,【左氏傳曰, "作武員卒章曰'耆定尔功.'"】凡此似亦略施雕琢, 少變雷同, 作者考焉, 毋誚無補.

---

69 戢 : 원본元本·명홍치본明弘治本·도본屠本에는 '緝'으로 되어 있다.

4조.《춘추좌씨전》에 잔치를 할 때
시를 읊는 방법에 관하여 논하다

《춘추좌씨전》 양공襄公 20년조에, 여러 나라가 잔치하면서 시를 지었던 일이 실려 있는데, 다만 모시某詩를 지었다고도 하고 모시의 마지막 장[卒章]을 지었다고도 한다. 모두 시의 원문은 싣지 않았지만 뜻이 절로 갖추어져 있다. "《시경》〈소아小雅 당체棠棣〉[70]의 7장에서 마지막 장을 읊었다."고 하였으니, 7장에서 8장까지 다 읊었음을 알 수 있다. 《춘추좌씨전》 정공定公 10년조에 "〈양수揚水〉 마지막 장의 네 글자에 있습니다."라고 하였으니, '나는 명을 듣겠다.[我聞有命]'[71]는 것을 취하였음을 알 수 있다. 《춘추좌씨전》에서 이러한 문장이 가장 격식을 얻었다고 하겠다.

四條

左氏傳載諸國燕饗賦詩之事, 但云賦某詩, 或云賦某詩之卒章, 皆不載詩文, 而意自具. 其曰, "賦棠棣之七章以卒." 則知賦七章已卒盡八章也. 其曰, "在揚水卒章之四矣." 則知取"我聞有命"也. 左氏於此等文, 最爲得體.

---

70 당체 : '상체常棣'와 같은 말로, 형제간의 우애를 읊은 시이다.

71 我聞有命 :《춘추좌씨전》 정공定公 10년조의 주석에 "양수는《시경》〈당풍唐風〉의 편명이다. 마지막 장의 네 글자는 '나는 명을 듣겠다.[我聞有命]'라고 하였다.[揚水 詩唐風 卒章四言曰 我聞有命]"라는 구절이 있다.

정丁
– 모두 8조이다

1조. 점층하는 수사법에 관하여 논하다

문장에는 마치 발꿈치를 잇는 것처럼 서로 이어지는 것이 있는데, 세 가지 격식이 있다. 첫 번째로는 작은 것들을 쌓아서 크게 이르게 하는 서술 방식이 있다. 예컨대《중용》에 "본성을 다하면 사람의 본성을 다하게 할 수 있고, 사람의 본성을 다하면 물건의 본성을 다하게 할 수 있고, 물건의 본성을 다하면 천지의 화육化育을 도울 수 있고, 천지의 화육을 도우면 천지에 참여할 수 있다."라고 한 것이 이러한 격식이다.

두 번째로는 정밀한 것에서부터 거친 데로 이르게 하는 서술 방식이 있다. 예컨대《장자》〈천도天道〉에 "옛날 대도를 밝게 알고 있었던 사람은 먼저 하늘의 도를 밝혔다. 그 다음에 도와 덕이 이어졌고, 도와 덕을 이미 밝히고 난 뒤에 인의가 이어졌고, 인의를 이미 밝히고 난 뒤에 분수에 따라 지켜야 할 것을 밝혔고, 분수에 따라 지켜야 할 것을 이미 밝히고 난 뒤에 형명刑名이 이어졌으며, 형명을 이미 밝히고 난 뒤에 재능에 따라 일을 맡기는 일이 이어졌고, 재능에 따라 일을 맡기는 일을 이미 밝히고 난 뒤에 안팎을 살핌이 이어졌고, 안팎을 살피는 일을 이미 밝히고 난 뒤에 시비가 이어졌고, 시비를 이미 밝히고 난 뒤에 상벌이 이어졌다."라고 한 것이 이러한 격식이다.

세 번째로는 흐름을 소급하여 기원에까지 이르는 서술 방식이 있다.

예컨대 《대학》에 "옛날에 자신의 밝은 덕을 천하에 밝히고자 하는 자는 먼저 그 나라를 다스리고, 그 나라를 다스리고자 하는 자는 먼저 그 집안을 가지런히 하고, 그 집안을 가지런히 하고자 하는 자는 먼저 그 몸을 닦고, 그 몸을 닦고자 하는 자는 먼저 그 마음을 바르게 하고, 그 마음을 바르게 하고자 하는 자는 먼저 그 뜻을 성실하게 하고, 그 뜻을 성실하게 하고자 하는 자는 먼저 그 지식을 지극히 하였다."라고 한 것이 이러한 격식이다.

丁 – 凡八條

一條

文有上下相接, 若繼踵然, 其體有三, 其一曰, 敍積小至大, 如中庸曰, "能盡其性, 則能盡人之性, 能盡人之性, 則能盡物之性, 能盡物之性, 則可以贊天地之化育, 可以贊天地之化育, 則可以與天地參矣." 此類是也. 其二曰, 敍由精及粗, 如莊子曰, "古之明大道者, 先明天, 而道德次之, 道德已明, 而仁義次之, 仁義已明, 而分守次之, 分守已明, 而形名次之, 形名已明, 而因任次之, 因任已明, 而原省次之, 原省已明, 而是非次之, 是非已明, 而賞罰次之." 此類是也. 其三曰, 敍自流極原. 如大學曰, "古之欲明明德於天下者, 先治其國, 欲治其國者, 先齊其家, 欲齊其家者, 先修其身, 欲修其身者, 先正其心, 欲正其心者, 先誠其意, 欲誠其意者, 先致其知." 此類是也.

2조. 중복하는 수사법에 관하여 논하다

문장에는 교착하는 격식이 있다. 이는 마치 다른 문구와 교차하여 나와서 서로 복잡하게 뒤얽힌 것 같다. 그러나 주요한 것은 조리 있게 분석하는 데 있으니 이치가 완전히 명백해진 다음에 멈춘다.

《서경》〈대우모大禹謨〉에 "이를 생각해도 이에 있으며, 이를 버려도 이에 있으며, 이를 명명하여 말함도 이에 있으며, 진실로 마음에서 나옴도 이에 있다."라고 하였다. 《장자》〈제물론齊物論〉에 "'처음'이란 말이 있으며 '처음에 처음이라는 말이 아직 있지 않았다.'라는 말이 있으며 '처음에, 처음에 처음이라는 말이 아직 있지 않았다는 말도 아직 있지 않았다.'라는 말이 있다."라고 하였고, 또 "손가락으로 손가락이 손가락이 아님을 설명하는 것은, 손가락이 아닌 것으로 손가락이 손가락이 아님을 설명하는 것만 같지 않다."라고 하였다.

《순자》〈부국富國〉에 "백성들을 이롭게 해주지 않으면서 그들로부터 이익을 취하는 것이 이롭게 해준 뒤에 이익을 취하는 편이 더 이로운 것만 못하고, 그들을 이롭게 해준 다음에 그들로부터 이익을 취하는 것이 이롭게 해주고 자기는 이익을 취하지 않는 편이 더 이로운 것만 못하다."라고 하였다. 《국어》〈진어晉語〉에 "성인은 처음부터 선과 함께함에 있다. 처음부터 선과 함께하면 선이 선을 나오게 하여, 불선은 사라지는 것이 이로 인하여 이른다. 처음부터 불선과 함께하면, 선이 불선으로 나아가 선 또한 사라지는 것이 이로 인하여 이른다."라고 하였다.

《춘추곡량전》 희공僖公 22년조에 "사람이 사람이 된 까닭은 말 때문이다. 사람이 말을 제대로 하지 못하면 어떻게 사람이라고 하겠는가. 말이 말의 가치를 가지는 까닭은 믿음 때문이다. 말에 믿음이 없다면 어떻게 말이라고 하겠는가? 믿음이 믿음의 가치를 가지는 까닭은 도가 있기 때문이다. 믿음이 도에 부합되지 않는다면 어떻게 믿음이라고 하겠는가?"라고 하였다.

이러한 사례는 다 거론할 수도 없을 정도로 많다. 그렇지만 《장자》의 문구를 선택하여 취한다면 문장이 정미해질 것이다.

二條

文有交錯之體, 若繾糾然, 主在析理, 理盡後已. 書曰, "念玆在玆, 釋玆在玆, 名言玆在玆, 允出玆在玆." 莊子曰, "有始也者, 有未始有始也者, 有未始有夫未始有始也者." 又曰, "以指喩指之非指, 不若以非指喩指之非指也." 荀子曰, "不利而利之, 不如利而後利之之利也, 利而後利之, 不如利而不利者之利也." 國語曰, "成人在始與善, 始與善, 善進善, 不善蔑由至矣, 始與不善, 不善進不善, 善亦蔑由至矣." 穀梁曰, "人之所以爲人者, 言也, 人而不能言, 何以爲人, 言之所以爲言者, 信也, 言而不信, 何以爲言, 信之所以爲信者, 道也, 信而不道, 何以爲信." 此類多矣, 不可悉擧, 然取莊子而法之, 則文斯邃矣.

3조. 기사문記事文은 앞뒤로 같은 문구를 사용한다

사건을 기술하는 문장에는 앞뒤로 동일한 문구를 사용하는 방법이 있다. 작가가 사건에 대해서 반드시 써야 하고 인물에 대해서 반드시 찬미해야 한다고 여기는 경우이다.

예컨대 공자가 우禹 임금과 안자顔子라는 인물을 찬미할 때 이러한 방법을 사용하였다.【《논어》〈태백泰伯〉에 공자가 "우 임금은 내가 흠잡을 데가 없다. 평소의 음식은 검소하면서도 제사에는 귀신에게 효성을 다하였다.……우 임금은 내가 흠잡을 데가 없다."라고 하였고, 《논어》〈옹야雍也〉에 "어질다, 안회여. 한 그릇의 밥과 한 표주박의 음료로……어질다, 안회여."라고 하였다.】

《예기》에 문왕文王과 주공周公이라는 인물을 서술할 때 이러한 방법을 사용하였다.【《예기》〈문왕세자文王世子〉에 "문왕이 세자가 되었다. 부왕인 왕계王季를 하루에 세 번씩 뵈었는데……문왕이 세자가 되었다."라고 하였고, 또 "옛날 주공이 섭정하여 섬돌을 밟고 올라 천하를 다스릴 때 세자를 가르치는 도리를 들어 백금에게 가르쳤다. 그것은 성왕을 선도하기 위한 것이었다.……주공이 섬돌을 밟고 올라갔다.】

《춘추공양전春秋公羊傳》에서 공보孔父와 구목仇牧과 순식荀息이라는 인물을 기술할 때도 이러한 서술 방식을 사용하였다.【《춘추공양전》 환공桓公 2년조에 "공보가孔父嘉[72]는 의기가 밖으로 드러난 사람이라고 할 수 있다. 그의 의기가 밖으로 드러났다는 것은 무슨 말인가? 화보독華父督[73]이 송

72　공보가(?~B.C.710) : 춘추시대 송나라 사람으로, 자는 공보孔父이고, 이름은 가嘉다. 공자孔子의 6대조이다.

73　화보독(?~B.C.682) : 춘추시대 송나라 사람으로, 대공戴公의 손자이다.

상공宋殤公을 시해하려고 했는데 공보가가 살아 있다면 상공은 시해할 수가 없었다.……공보가는 의기가 밖으로 드러난 사람이라고 할 수 있다."라고 하였다. 또《춘추공양전》장공莊公 12년조에 "구목仇牧[74]은 포악한 자를 두려워하지 않는 사람이었다. 포악한 자를 두려워하지 않았다는 것은 무슨 말인가? 송나라 남궁장만南宮長萬[75]은 노나라와 전쟁을 하다가 장공莊公에게 사로잡혔다.……구목은 포악한 자를 두려워하지 않는 사람이었다."라고 하였다. 또《춘추공양전》희공僖公 10년조에 "순식荀息[76]은 식언을 하지 않는 사람이라고 할 수 있다. 그는 어떻게 식언을 하지 않았는가? 해제奚齊[77]와 탁자卓子[78]는 여희의 자식이다. 순식이 그의 스승이었다.……순식은 식언을 하지 않는 사람이라고 할 수 있다."라고 하였다.】

이러한 예가 모두 기사문을 쓰는 방법이다.

三條

載事之文 有上下同目之法, 謂其事斷可書, 其人斷可美也. 如論語載孔子之美禹·顔,【子曰, "禹吾無間然矣, 菲飮食而致孝乎鬼神云云. 禹吾無間然矣." 又曰, "賢哉回也, 一簞食, 一瓢飮云云, 賢哉回也."】戴禮之記文王周公,【文王世子篇曰, "文王之爲世子也, 朝於王季日三云

---

74 구목(?~B.C.682) : 춘추시대 송나라 대부이다.

75 남궁장만(?~B.C.682) : 춘추시대 송나라 장수이다.

76 순식(?~?) : 진晉나라 벼슬아치다. 진 헌공晉獻公에게서 여희驪姬 소생인 해제奚齊를 보필하라는 유명遺命을 받고 초지일관하게 임무를 완수하려 했으나, 여희 일당의 전횡에 불만을 품고 난을 일으킨 이극里克·비정보丕鄭父 일파에 의해 피살되었다.

77 해제(B.C.665~B.C.651) : 춘추시대 진 헌공晉獻公의 아들이다.

78 탁자(?~B.C.651) : 춘추시대 진 헌공晉獻公과 여희에게서 난 아들이다.

云, 文王之爲世子也." 又曰, "昔者, 周公攝政, 踐阼而治, 抗世子法於伯禽, 所以善成王也云云, 周公踐阼."】公羊之傳孔父仇牧荀息,【公羊傳曰, "孔父可謂義形於色矣. 其義形於色何? 督將弑殤公, 孔父生而存, 則殤公不可得而弑也云云, 孔父可謂義形於色矣." 又曰, "仇牧可謂不畏彊禦矣. 其不畏彊禦奈何? 萬嘗與莊公戰, 獲乎莊公云云, 仇牧可謂不畏彊御矣." 又曰, "荀息可謂不食其言矣. 其不食其言奈何? 奚齊卓子者, 驪姬之子也, 荀息傅焉云云, 荀息可謂不食其言矣.】皆其法也.

4조. 사람의 행적을 열거하는 세 가지 격식

사람의 행적을 열거하는 데는 세 가지 격식이 있는데, 어떤 경우에는 먼저 총괄하여 말하고 나서 열거하는 경우가 있다. 예컨대 《논어》〈공야장公冶長〉에 "공자가 자산을 평가하기를 '군자의 도가 네 가지 있었으니, 몸가짐을 공손히 하고 윗사람을 공경히 섬기며, 백성을 은혜롭게 기르고 백성을 의롭게 부렸다.'라고 하였다."라고 한 것이 이러한 경우이다.

혹은 먼저 열거하고 나서 총괄하는 경우가 있다. 예컨대 《춘추좌씨전》 소공昭公 2년조에 자산子産이 정공손흑鄭公孫黑[79]의 죄를 열거하면서 "너는 난을 일으킬 마음이 끝이 없기 때문에 우리 정나라에서는 너를 감당할 수가 없고 네 멋대로 백유를 정벌한 것이 너의 첫 번째 죄이고, 형제끼리 하나의 아내를 놓고 다투었으니 이것이 너의 두 번째 죄이며, 훈수에서 동맹을 맺을 때 너는 임금님의 지위를 속인 것이 너의 세 번째 죄이다. 이런 세 가지 죽을죄를 저질렀으니 어찌 감당할 수 있겠는가?"라고 한 것이 이러한 경우이다.

혹은 앞서 이미 총괄하여 말하고 나서도 다시 총괄하여 말하는 경우가 있다. 예컨대 《춘추좌씨전》 문공文公 2년조에 "공자가 '장문중에게는 어질지 못한 일이 세 가지가 있고 지혜롭지 못한 일이 세 가지가 있으니, 전금展禽[80]을 하위下位에 있게 하고 육관六關을 설치하고 처에게 부들자리

---

79 정공손흑(?~B.C.540) : 자는 자석子晳이고, 또 '공손흑公孫黑'이라고도 한다. 정목공鄭穆公과 여희 동생에게서 난 손자이다.

80 전금(?~?) : 춘추시대 노나라의 명재상으로 전展은 성이고 금禽은 자이다. 또 자를 '계季'라고도 하며 이름은 획獲인데 식읍이 유하柳下이고 시호가 '혜惠'이므로 일반적으로 '유하혜'라고 칭하기도 한다.

를 짜게 한 것이 세 가지 인仁하지 못한 일이고, 쓸데없는 기물을 만들고 소목을 마음대로 바꾸고 원거爰居라는 바닷새에게 제사하게 한 것이 지혜롭지 못한 세 가지 일이다.'라고 하였다."라고 한 것이 이러한 경우이다.

四條

數人行事, 其體有三, 或先總而後數之, 如孔子謂, "子産有君子之道四焉. 其行己也恭, 其事上也敬, 其養民也惠, 其使民也義." 此類是也. 或先數之而後總之, 如子産數鄭公孫黑曰, "爾有亂心無厭, 國不女堪, 專伐伯有, 而罪一也. 昆弟爭室, 而罪二也. 薰隧之盟, 女矯君位, 而罪三也. 有死罪三, 何以堪之." 此類是也. 或先旣總之, 而後復總之, 如孔子言"臧文仲其不仁者三, 不知者三. 下展禽, 廢六關, 妾織蒲, 三不仁也. 作虛器, 縱逆祀, 祀爰居, 三不知也." 此類是也.

5조. 기사문記事文에서 논단하는 두 가지 방법

기사문은 사건을 먼저 서술하여 논단하고 나서 서술하는 상황을 이끌어 내거나 또 사정을 서술하여 논단하고 나서 서술하는 사정을 총괄한다.

예컨대 《춘추좌씨전》선공宣公 2년조에 진晉나라 영공靈公이 '세금을 많이 거두어 담장을 조각한 것'을 기록하기 위하여 반드시 먼저 '진나라 영공이 임금답지 못하다'[81]고 말하였다. 《춘추공양전》소공昭公 13년조에 초나라 영왕靈王이 간계대乾谿臺[82]를 지은 것을 기록하기 위하여 반드시 먼저 "영왕이 무도하다."[83]고 말하였다.[84] 《중용》에 "순 임금은 묻기를 좋아하고, 비천한 말도 살피기 좋아하셨다."는 말을 하려고 "순 임금은 큰 지혜가 있는 분이다."[85]라고 하였다. 《맹자》〈진심 하盡心下〉에

---

81 세금을……못하다 : 원문에는 "진나라 영공은 임금답지 못하다. 세금을 많이 거두어 담장을 조각하였다.[晉靈公不君 厚斂以彫牆]"라고 하였다.

82 간계대 : '간계乾谿'는 춘추시대 초나라의 땅인 안휘성安徽省 박현毫縣에 있는 지명이다. 초 영왕이 이곳에다가 간계대를 지었다. 초 영왕이 정사를 버려둔 채 간계대에서 방탕하게 놀다가 자신의 동생인 공자公子 비比의 반란으로 인해, 산속을 방황하며 굶주림에 시달리다가 목을 매어 자살하였다.

83 영왕이 무도하다 : 금본今本 《춘추좌씨전》에는 "초나라 영왕이 무도하다.[靈王爲無道]"라는 구절은 실려 있지 않다.

84 초나라……말하였다 : 《춘추좌씨전》소공昭公 13년조에 "여름철 4월에 초나라 공자 비가 진나라에서 초나라로 돌아와 그의 임금인 건을 간계에서 시해하였다.[夏四月楚公子比自晉歸于楚 弑其君虔于乾谿]"라고 하였다. 건虔은 26대 군주인 영왕靈王 위圍를 가리킨다. 간계乾谿는 영왕이 쌓은 누대 이름이다.

85 순 임금은……분이다 : 원문에는 "순 임금은 큰 지혜가 있는 분이시다. 그분은 묻기를 좋아하고 비천한 말도 살피기를 좋아하셨다.[舜其大知也與 舜好問而好察邇言]"라고 하였다.

"양혜왕이 사랑하지 않는 것으로 자신이 사랑하는 것에 영향이 미치게 한다."는 말을 하려고 먼저 "어질지 않도다. 양혜왕이여!"[86]라고 하였다. 이러한 종류는 모두 먼저 논단하고 상황을 말한 것이다.

예컨대 《춘추좌씨전》 희공僖公 27년조에 진 문공이 백성들을 가르쳐 부렸는데, 문장의 말미에 "초나라와 한번 싸워 패자가 된 것은 문공의 가르침 때문이다."라고 하였다. 또 진나라 도공悼公이 위강魏絳이 융戎과 화친하는 데 공을 세워 음악을 내린 것을 싣고, 말미에 "위강이 이로 인해 비로소 금석金石의 음악을 소유하였으니 예禮에 맞았다."라고 하였다. 이러한 종류는 모두 논단을 뒤에 하여 상황을 자세히 설명한 것이다.

五條

載事之文, 有先事而斷以起事也, 有後事而斷以盡事也. 如左氏傳欲載晉靈公厚斂雕牆, 必先言"晉靈公不君", 公羊傳欲載楚靈王作乾谿臺, 必先言"靈王爲無道", 中庸欲言"舜好問而好察邇言", 亦先曰"舜其大知也與" 孟子欲言"梁惠王以其所不愛及其所愛." 亦先曰, "不仁哉. 梁惠王也." 若此類, 皆先斷以起事也. 如左氏傳載晉文公教民而用, 卒言之曰, "一戰而覇, 文之敎也." 又載晉悼公賜魏絳和戎樂, 卒言之曰, "魏絳於是乎始有金石之樂, 禮也." 若此類, 皆後斷以盡事也.

---

86 양혜왕이……양혜왕이여 : "어질지 못하도다. 양혜왕이여! 어진 자는 자신이 사랑하는 것으로 자신이 사랑하지 않는 것에 영향이 미치게 하고, 어질지 못한 자는 자신이 사랑하지 않는 것으로 자신이 사랑하는 것에 영향이 미치게 한다.[不仁哉 梁惠王也 仁者 以其所愛 及其所不愛 不仁者 以其所不愛 及其所愛]"라는 구절의 일부이다.

6조. 중복 및 중복을 피하는 방법

6-1. 중복

말을 싣는 문장에는 피치 못한 중복이 있다. 예컨대, 《춘추곡량전》 희공僖公 10년조에 여희麗姬가 고의로 임금에게 "제가 밤에, 부인夫人[87]이 급히 달려와, '내가 너무 무섭구나!'라고 말하는 꿈을 꾸었습니다. 그런데 어떻게 대부에게 위사衛士를 거느리고 무덤을 지키도록 하지 않습니까?"라고 하였다. 그래서 임금은 세자 신생申生에게 "여희의 꿈에 부인이 급히 달려와, '내가 너무 무섭구나!'라고 했다더구나. 너는 위사를 거느리고 가서 무덤을 지키도록 하여라!"라고 했던 말이 실려 있으니, 이것은 피치 못한 중복의 첫 번째이다.

《공자가어孔子家語》〈호생好生〉에 노공魯公 삭씨索氏가 제사를 지내려고 하면서 희생을 잊어버리자, 공자孔子가 이 말을 듣고 "노공 삭씨는 2년도 되지 않아 반드시 망할 것이다."라고 하였는데, 이후 1년 만에 망하고 말았다. 문인들이 "예전 노공 삭씨가 제사를 지내려고 하면서 희생을 잊어버리자 선생님께서 '2년도 되지 않아 반드시 망할 것이다.'라고 하셨는데, 이제 기약하신 때가 지나자 망하였습니다."라고 물은 말이 실려 있으니, 이것은 피치 못한 중복의 두 번째이다.

《춘추공양전》 문공文公 6년조에 양처보陽處父가 간하여, "야고射姑[88]는 백성들이 좋아하지 않으니 주장主將으로 삼아서는 안 될 것입니다."

---

87 부인 : 이미 죽은 헌공獻公의 아내인 제강齊姜이자 세자 신생申生의 어머니를 이른다.

88 야고(701~671) : 진晉나라 대부이고 자는 가계賈季로 호언狐偃의 아들이다.

라고 하자, 이에 폐장廢將시켰다. 야고가 들어가자 임금이 야고에게,
"양처보의 말로는 '그대는 백성들이 좋아하지 않으니 주장으로 삼아서
는 안 된다.'고 하였다."라고 한 말이 실려 있으니, 이것은 피치 못한 중
복의 세 번째이다.

六條

6-1

載言之文, 有不避重複, 如穀梁傳載麗姬故謂君曰, "吾夜者夢夫人趨而
來曰, '吾苦畏, 胡不使大夫將衛士而衛家乎?'" 故君謂世子曰, "麗姬夢夫
人趨而來曰, '吾苦畏', 女其將衛士而往衛家乎!" 此不避重複一也. 家語
載魯公索氏將祭, 而忘其牲, 孔子聞之曰, "公索氏不及二年必亡." 後一年
而亡, 門人問曰, "昔公索氏將祭而忘其牲, 而夫子曰, '不及二年必亡.' 今
過期而亡." 此不避重複二也. 公羊傳載陽處父諫曰, "射姑民衆不悅, 不可
使將." 於是廢將. 射姑入, 君謂射姑曰, "陽處父言曰, '射姑民衆不悅, 不
可使將.'" 此不避重複三也.

6-2. 중복을 피하는 방법

《예기》〈단궁 상檀弓上〉에 자유가, "예전에 공자께서 송나라에 있을 때 환사마桓司馬[89]가 스스로 석곽을 만든 지 3년이 되도록 완성하지 못하는 것을 보고, 공자께서, '이렇게 사치하기보다는 죽으면 빨리 썩는 것이 낫다.'라고 하였다. 죽으면 빨리 썩게 하고 싶다고 한 것은 환사마에게 한 말이다."라고 운운하였다. "증자曾子는 자유가 한 말을 유자有子에게 말하였다."고 하였다. 그러나 《예기》〈단궁 상〉에는 다만 "자유의 말로[以子游之言]"[90]라고만 실려 있는 것은 대개 중복을 피한 것이다.

또 《춘추좌씨전》 성공成公 2년조에 "진晉나라 군대가 돌아왔는데, 극백郤伯이 알현하자, 진晉나라 경공景公이 '이번 공은 그대의 힘이오.'라고 하였다."라고 하였고, "범숙范叔이 알현하자, 극백에게 한 것과 같이 치하하였다.[勞之如郤伯]"라고 하였고, "난백欒伯이 알현하자, 공이 또 그와 같이 하였다.[公亦如之]"고 하였다. 세 번이나 진후晉侯의 말을 기술하더라도 진실로 해가 될 것은 없지만, 《춘추좌씨전》에 두 번 문장을 바꾸었으니 대개 중복을 피한 것이다.

6-2

及觀檀弓載子游曰, 昔者, 夫子居于宋, 見桓司馬自爲石槨, 三年不成, 夫子曰, '若是其靡也, 死不如速朽之愈也.' 死之欲速朽, 爲桓司馬言之也云云." 曾子以子游之言告於有子, 然檀弓但云 以子游之言, 蓋避重復也. 又

---

89 환사마(?~?) : 사마司馬 관직을 지낸 송나라 귀족인 환퇴桓魋를 이른다.

90 자유의 말로 : "증자가 자유子游의 말을 유자有子에게 고하자, 유자가 말하였다.[曾子以子游之言告於有子 有子曰]"라는 구절이 있다.

左氏傳載"晉師歸, 郤伯見, 公曰, '子之力也夫!' 范叔見, 勞之如郤伯, 欒伯見, 公亦如之." 夫三述晉侯之語, 固未爲害, 而左氏兩變其文, 蓋避重復也.

7조. 문답을 기술하는 수사법

말을 기록하는 문장 가운데 또 묻고 답하는 형식이 있다. 예컨대 하나의 사건을 언급할 경우 문장은 어렵지 않지만 여러 방면을 언급할 경우 문장으로 표현하는 것은 참으로 쉽지 않다. 물음에 관한 문장에도 '묻다[問]'라고 하지 않고 대답에 관한 문장에도 '대답하다[對]'라고 표현하지 않으니, 말이 비록 간략해도 뜻은 참으로 풍부하여 그 문장을 읽으면 마치 구슬을 꿰어 놓은 것 같다. 예컨대 《춘추좌씨전》 성공成公 16년 조에 '초나라 왕이 진나라의 군대를 바라보며 백주리伯州犂에게 물었다.'라는 구절이 잘 기술하는 방법이다.

다른 한편으로 질문의 경우 여러 번 '어떤가[何也]'라고 말하였고 대답의 경우 여러 번 '대답하여 말하다[對曰]'라고 하여, 그 문장과 뜻이 《춘추좌씨전》과 다른 경우가 있다. 예컨대 《예기》〈악기樂記〉에 '빈모가가 공자와 음악을 이야기했다.'는 구절이 모두 이러한 수사법에 구애된 것이다. 두 문장을 모두 아래에 실어 두었으니 참고할 수 있을 것이다.

七條

載言之文, 又有答問, 若止及一事, 文固不難, 至於數端, 文實未易, 所問不言問, 所對不言對, 言雖簡略, 意實周贍. 讀之續如貫珠, 應如答響. 若左氏傳載楚望晉軍問伯犂, 蓋得此也. 至於問則屢稱"何也", 答則屢稱"對曰", 其文與意, 有異左氏, 若樂記載賓牟賈與孔子言樂, 皆拘此也. 二文具載, 則可考矣.

7-1. 물음에 관한 수사법

왕이 백주리에게 "진나라 군대의 병거가 혹은 좌로 혹은 우로 달리는 것은 무엇 때문인가?"라고 묻자, 백주리가 "군리를 불러 모으는 것입니다."라고 대답하였다. 왕이 "진나라 군대의 군리가 모두 중군으로 모였구나."라고 하니, 백주리가 "함께 모의하려는 것입니다."라고 하였다. 왕이 "장막을 치는구나."라고 하니, 백주리가 "이는 선군의 신주 앞에서 경건히 길흉을 점치기 위함입니다."라고 하였다. 왕이 "장막을 걷는구나."라고 하니, 백주리가 "명령을 발표하려는 것입니다."라고 하였다. 왕이 "매우 시끄럽게 떠들고, 또 먼지가 이는구나."라고 하니, 백주리가 "우물을 메우고 부뚜막을 허물어 평지로 만들고서 행렬을 펼치려는 것입니다."라고 하였다. 왕이 "모두 병거에 올랐는데, 병거의 왼쪽과 오른쪽은 무기를 들고 병거에서 내리고 있구나."라고 하니, 백주리가 "이는 서명을 듣기 위함입니다."라고 하였다. 왕이 "저들이 교전하려는 것인가?"라고 물으니, 백주리가 "아직은 알 수 없습니다."라고 하였다. 왕이 "병거에 올랐다가 병거의 왼쪽과 오른쪽은 모두 병거에서 내리는구나."라고 하니, 백주리가 "교전에 앞서 신명께 기도하기 위함입니다."라고 하였다.[91]

7-1

王曰, "騁而左右, 何也?" 曰, "召軍吏也.", "皆聚於中軍矣." 曰, "合謀也.", "張幕矣." 曰, "虔卜於先君也.", "徹幕矣." 曰, "將發命也.", "甚囂, 且塵上矣." 曰, "將塞井夷竈而爲行也.", "皆乘矣, 左右執兵而下矣." 曰, "聽誓也.", "戰乎?" 曰, "未可知也.", "乘而左右皆下矣." 曰, "戰禱也."

---

91 왕이……하였다 : 《춘추좌씨전》 성공成公 16년조에 나오는 구절이다.

7-2. 대답에 관한 수사법

공자孔子가 빈모가에게 "무武에서 먼저 북을 쳐서 대비하고 경계하기를 매우 오래 하는 것은 어째서인가?"라고 하자, 빈모가가 "무왕이 군사들의 마음을 얻지 못함을 걱정하신 것입니다."라고 대답하였다. 공자가 "그럼 대무의 곡은 그 박자가 길고 가늘어져도 끊기지 않고 지속되고 있는 것 같은 느낌이 드는 것은 무슨 까닭인가?"라고 하자, 빈모가가 "무왕이 주를 칠 때 달려오는 사람들이 늦어서 싸움에 대지 못하지나 않을까 걱정하는 기분을 묘사하여 지속될 것 같다가는 끊어질 듯하고 끊어질 것 같다가는 또 지속되는 것입니다."라고 대답하였다.

공자가 "무악武樂을 춤추는 사람이 무릎을 꿇고 앉아서 오른쪽 무릎을 땅에 대고 왼발을 높이 드는 경우가 있으니, 이는 어째서인가?"라고 하자, 빈모가가 "무왕이 그때의 기세를 타고 단숨에 주紂를 멸망시키려고 한 기분을 표현하고 있습니다."라고 대답하였다. 공자가 "대무의 곡에서 무인이 무릎을 꿇을 때 오른쪽 무릎을 땅에 대고 왼쪽 발을 위로 드는 것은 무슨 까닭인가?"라고 하자, 빈모가가 "아닙니다. 대무의 곡에는 무릎 꿇는 일이 없습니다."라고 대답하였다.

공자가 "음악 소리가 사악한 느낌이 있어서 마치 무왕이 상商의 천하를 뺏으려고 하는 기분을 표현하고 있는 것처럼 생각되는 것은 무슨 까닭인가?"라고 하자, 빈모가가 "이것은 무의 음이 아닙니다."라고 대답하였다. 공자가 "만약 대무의 소리가 아니라고 하면 이러한 인상을 주는 것은 무슨 곡인가?"라고 하자, 빈모가가 "유사가 그 전승을 잃어버렸습니다."라고 대답하였다.[92]

---

92 공자가······대답하였다 : 《예기》〈악기樂記〉에 나오는 구절이다.

【맹자가 진상陳相과 허자許子의 일에 관하여 묻고 답한 내용을 살펴보자. 맹자께서 "허자는 반드시 직접 곡식을 심은 뒤에 밥을 먹는가?"라고 묻자 진상이 "그렇습니다."라고 대답하였다. 맹자가 "허자는 반드시 삼베를 짠 뒤에 옷을 해 입는가?"라고 묻자, 진상이 "아닙니다. 허자는 갈옷을 입습니다."라고 대답하였다. 맹자가 "허자는 관冠을 쓰는가?"라고 묻자, 진상이 "관을 씁니다."라고 대답하였다. 맹자가 "어떤 관을 쓰는가?"라고 묻자, 진상이 "흰 비단으로 만든 관을 씁니다."라고 대답하였다. 맹자가 "직접 그것을 짜는가?"라고 묻자 "아닙니다. 곡식을 주고 바꿉니다."라고 대답하였다. 맹자가 "허자는 어찌하여 직접 짜지 않는가?"라고 묻자, 진상은 "농사일에 방해가 되기 때문입니다."라고 대답하였다. 맹자가 "허자는 가마솥과 시루로 밥을 짓고, 쇠붙이로 된 농기구로 밭을 가는가?"라고 묻자 진상이 "그렇습니다."라고 대답하였다. 맹자가 "직접 그것을 만드는가?"라고 묻자 "아닙니다. 곡식을 주고 바꿉니다."라고 대답하였다. 이 문장에서 다만 문장의 처음에 '왈허자曰許子'라는 말만 두고 나서 다음으로 '허자許子'는 모두 생략할 수 있으니 참으로 문답하는 문장을 기술하는 것은 어렵다.】[93]

7-2

曰, "夫武之備戒之已久, 何也." 對曰, "病不得其衆也.", "咏歎之, 淫液之, 何也?" 對曰, "恐不逮事也.", "發揚蹈厲之已蚤, 何也?" 對曰, "及時事也.", "武坐致右憲左, 何也?" 對曰, "非武坐也.", "聲淫及商, 何也?" 對曰, "非武音也." 子曰, "若非武音, 則何音也?" 對曰, "有司失其傳也."【觀孟子與陳相答問許子之事曰, '許子必種粟而後食乎?' 曰, '然.', '許子必織

---

93 맹자가……어렵다 : 《맹자》〈등문공 상滕文公上〉에 나오는 구절이다.

布而後衣乎?' 曰, '否.', '許子衣褐, 許子冠乎?' 曰, '冠.' 曰, '奚冠?' 曰, '冠素.' 曰, '自織之與?' 曰, '否, 以粟易之.' 曰, '許子奚爲不自織?' 曰, '害於耕.' 曰, '許子以釜甑爨, 以鐵耕乎?' 曰, '然.', '自爲之與?' 曰, '否, 以粟易之.' 此文但存'曰許子', 以下'許子'字皆可除, 信乎答問之文爲難也.”】

8조. 이름을 말하는 방법

사람의 이름을 말하는 격식이 있고 성씨를 말하는 격식이 있다. 《논어》〈선진先進〉에 "덕행으로는 안연顔淵과 민자건閔子騫과 염백우冉伯牛와 중궁仲弓이었고, 언어로는 재아宰我와 자공子貢이었고, 정사로는 염유冉有와 계로季路였고, 문학으로는 자유子游와 자하子夏였다."라고 하였다. 이것이 사람의 이름을 말하는 격식인데 양웅揚雄과 반고班固[94]가 방법을 터득하였다. 【《양자揚子》〈법언法言〉에 "아름다운 행실로는 원공園公과 기리계綺里季와 하황공夏黃公과 녹리선생甪里先生이 있었고, 언사에는 누경婁敬과 육가陸賈가 있었고, 정사를 관장하는 데는 왕릉王陵과 신도가申屠嘉와 흔절忻節과 주창周昌과 급암汲黯이 있었고, 유학을 지키는 사람은 원고轅固와 신공申公이 있었고, 재앙과 이변에 관하여 잘 말한 사람은 동상董相과 하후승夏侯勝과 경방京房이 있었다. 반고班固가 《한서漢書》〈공손홍등전찬公孫弘等傳贊〉에 "유아儒雅한 사람은 공손홍公孫弘과 동중서董仲舒와 예관兒寬이고, 독실하게 행동한 사람은 석건石建과 석경石慶이고, 꾸밈이 없고 정직한 사람은 급암汲黯과 복식卜式이고, 어진 사람을 추천한 사람은 한안국韓安國과 정당시鄭當時이다."라고 하였다.】

《춘추좌씨전》 정공定公 4년조에 "은나라 여섯 종족은 조씨條氏와 서씨徐氏와 소씨蕭氏와 삭씨索氏와 장작씨長勺氏와 미작씨尾勺氏이다."라고

---

[94] 양웅(B.C.53~A.D.18)과 반고(32~92) : '양웅'의 자는 자운子雲이며, 동한 말 문학자이자 사상가이다. 성제成帝의 지원을 받았으나 뒤에 찬탈한 왕망王莽의 대부를 지냈다고 비난을 받았다. '반고'는 중국 후한後漢의 문인이자 학자이다. 《한서漢書》를 저술하고 《백호통의白虎通義》를 편찬하였다.

하였는데 이것이 성씨를 나열하는 격식이다. 장주莊周와 사마천司馬遷[95]
이 이 방법을 터득하였다.【《장자》〈거협胠篋〉에 "그대도 지극한 덕이 유지되
었던 시대를 알고 있을 것이다. 그 옛날 용성씨容成氏와 대정씨大庭氏와 백황
씨伯皇氏와 중앙씨中央氏와 율육씨栗陸氏와 여축씨驪畜氏이다."라고 하였고,
사마천이 《사기》〈하본기夏本紀〉에 "그 뒤에 봉토를 나누어 그 국토로써 성씨
를 삼았기 때문에 하후씨夏后氏와 유호씨有扈氏와 유남씨有男氏와 짐심씨斟尋
氏와 동성씨彤城氏와 포씨褒氏가 있다."라고 하였다.】

八條

文有目人之體, 有列氏之體. 論語曰, "德行, 顏淵, 閔子騫, 冉伯牛, 仲弓, 言
語, 宰我, 子貢. 政事, 冉有, 季路, 文學, 子游, 子夏." 此目人之體也. 而揚雄·班
固得之.【揚子, 法言曰, "美行, 園公, 綺里季, 夏黃公, 甪里先生, 言辭, 婁敬, 陸
賈. 執政, 王陵, 申屠嘉. 忼節, 周昌, 汲黯. 守儒, 轅固, 申公. 災異, 董相, 夏
侯勝, 京房." 班固, 作公孫弘傳贊曰, "儒雅則公孫弘·董仲舒·兒寬, 篤行則石建·
石慶, 質直則汲黯·卜式, 推賢則韓安國, 鄭當時云云."】左氏傳曰, "殷民六族,
條氏, 徐氏, 蕭氏, 索氏, 長勺氏, 尾勺氏." 此列氏之體也. 而莊周·司馬遷得之.
【莊子曰, "子獨不知至德之世乎? 昔者, 容成氏·大庭氏·伯皇氏·中央氏·栗陸氏·
驪畜氏云云." 司馬遷作夏本紀贊曰, "其後分封, 用國爲姓, 故有夏后氏·有扈氏·
有男氏·斟尋氏·彤城氏·褒氏云云."】

---

95 장주(B.C.369~B.C.289?)와 사마천(B.C.145?~B.C.86?) : '장주'는 흔히 '장자莊子'라
   고 이르는 중국고대 도가 사상가의 이름이다. 송나라에서 태어나 맹자와 동시대
   에 노자를 계승한 것으로 알려졌다. 저서로 《장자》가 있다. '사마천'은 전한시대의
   역사가이며 《사기》의 저자로 중국 최고의 역사가로 칭송받고 있다.

무戊

– 모두 10조이다

1조. 《예기》에서 "천근한 말[淺語]"을 사용한 실례

《예기》의 문장은 후창后倉[96]에게서 시작되어 대성戴聖[97]에 와서 완성되는데, 순전히 법으로 삼을 만한 말만 있는 것은 아니고 간간이 천근한 말을 사용한 것이 있다.

예컨대 《예기》〈곡례 상曲禮上〉에 "입을 가리고 대답한다.", "개에게 뼈다귀를 던져 주지 말며", "국에 채소가 있는 것은 젓가락을 사용하고", "남녀가 서로 답절을 한다."라고 했고, 《예기》〈내칙內則〉에 "가려워도 감히 긁지 않으며", "의복이 터지거나 찢어져도", "나이가 50이 되지 않았다."라고 했고, 《예기》〈증자문曾子問〉에 "며느리를 들이는 집", 《예기》〈잡기雜記〉에 "형수는 숙부를 어루만지지 않으며, 숙부는 형수를 어루만지지 않는다."라고 하였다. 이러한 말들은 비록 사람의 감정이 예법을 어기는 것을 막는 데 있지만 또한 문장을 꾸민 것은 매우 적다.

---

96 후창(?~?) : 전한前漢 사람으로 '후창后蒼'이라고도 한다. 자는 근군近君이다. 무제武帝 때 명경明經으로 박사가 되었고, 맹경孟卿에게 예학禮學과 《춘추》를 배웠고, 하후시창夏侯始昌에게 《제시齊詩》 및 오경五經을 익혔다. 익봉翼奉과 소망지蕭望之·광형匡衡·백기白奇 등에게 시를 전수하여 제시익씨학齊詩翼氏學, 제시광씨학齊詩匡氏學, 제시사씨학齊詩師氏學, 제시복씨학齊詩伏氏學이 형성되었다. 저서로 《제후씨고齊后氏故》와 《제후씨전齊后氏傳》과 《후씨곡대기后氏曲臺記》가 있었지만 전하지 않는다.

97 대성(?~?) : 전한前漢 사람으로 자는 차군次君이다. 숙부 대덕戴德과 함께 후창后倉에게 《예禮》를 배웠고, '소대小戴'로 불린다. 금문예학今文禮學인 소대학小戴學의 개창자다.

戊 – 凡十條

一條

禮記之文, 始自后倉, 成於戴聖, 非純格言, 間有淺語. 如"掩口而對.", "毋投與狗骨.", "羹之有菜者用梜.", "男女相答拜也.", "癢不敢搔.", "衣裳綻裂.", "年未滿五十.", "取婦之家", "嫂不撫叔, 叔不撫嫂." 若此等語, 雖在曲防人情, 然亦少施斸削.

2조. 당시 민간에서 통용되던 《서경》〈반경盤庚〉의 말

《서경》〈상서商書 반경盤庚〉은 백성들에게 알린 것[98]인데, 백성들은 어떻게 이를 이해하였을까? 당시 민간에서 통용되는 말을 사용한 것이니, 후대 사람들이 훈고訓詁가 있어야 뜻이 분명해지는 것과는 다르다.

《서경》〈상서 반경〉에 "쓰러진 나무에 싹이 나는 것과 같다.[顚木之有由蘖]"라는 구절을 만약 진晉나라와 위衛나라 사람들에게 읽게 한다면 '싹[蘖]'의 뜻을 '나머지[餘]'라는 뜻으로 알 것이다. "백성들이 서로 바로잡아가며 살 수 없기에[不能胥匡以生]"라는 구절을 동제東齊 사람들에게 읽게 한다면 '서로[胥]'의 뜻을 '모두[皆]'라는 뜻으로 알 것이다. "공경히 생각해서[欽念以忱]"라는 구절을 연燕과 대垈[99]의 사람들에게 읽게 한다면 '정성[忱]'을 '정성[誠]'이란 뜻으로 알 것이다. 이를 통해 살펴보자면 당시인들 어찌 그렇지 않았겠는가?

二條

商盤告民, 民何以曉? 然在當時, 用民間之通語, 非若後世待訓詁而後明. 且"顚木之有由蘖", 使晉·衛間人讀之, 則蘖知爲餘也. "不能胥匡以生." 使東齊間人讀之, 則胥知爲皆也. "欽念以忱." 使燕·岱間人讀之, 則忱知爲誠也. 由此考之, 當時豈不然乎.

---

98 백성들에게……것 : 은나라 임금 반경盤庚이 천도할 때 신민臣民들에게 고유告諭한 내용이다.

99 대 : 代의 오자이다.

3조. 《시경》 문장에 나타난 방언

《시경》의 문장 가운데 주석이 있어야 뜻이 명확해지는 것 또한 방언
이다. 《시경》〈주남周南 여분汝墳〉의 "왕실은 불타는 듯[王室如燬]"이라
는 구절을 제나라 사람에게 읽게 한다면 '불타다[燬]'100는 일상적으로
사용하는 말이 된다. 《시경》〈소아小雅 채록采綠〉에 "엿새가 되어도 오
지를 않네.[六日不詹]"라는 구절을 초나라 사람에게 읽게 한다면 '오다
[詹]'는 일상적으로 사용하는 말이 된다.【휘燬는 '불[火]'이니, 제나라 사람
들은 불[火]을 '휘燬'라고 하였다. 첨詹은 '오다[至]'이니, 초나라 사람들은 첨詹
을 '오다[至]'라고 하였다.】

三條

詩文待訓明者, 亦本風土所宜. 且"王室如燬.", 使齊人讀之, 則燬爲常語.
"六日不詹.", 使楚人讀之, 則詹爲常語.【燬, 火也, 齊人以火爲燬. 詹, 至
也, 楚人以詹爲至.】

---

100 불타다[燬] : 《시경》〈주남周南 여분汝墳〉 석문釋文에, "제나라 사람은 불을 '휘
燬'라고 한다. ……혹자는 '초나라 사람은 「조燥」라고 하고, 제나라 사람은 「휘
燬」라 하고, 오나라 사람은 「미烜」라 한다.'라고 하였다.[齊人謂火曰燬……或云楚
人名曰燥 齊人曰燬 吳人曰烜]"라는 구절이 있다.

4조. 《의례儀禮》와 《논어論語》의 언어적 특징

　《의례》는 주나라의 제도를 기록한 것으로, 일은 위엄이 있고 예법에 맞고 문장이 까다롭고 읽기가 어렵다. 《논어》〈향당鄕黨〉은 공자의 제자들이 공자의 언행을 기록한 것으로 말이 가르침이나 규칙에 관한 것으로 문장이 완곡하고 보기가 쉽다. 지금 간략하게 《의례》에 관한 문장을 뽑아 《논어》〈향당〉에서 말하는 것을 증명하여 분명하게 변별하려고 한다.

　《의례》〈빙례聘禮〉에 "홀을 잡고 묘문廟門으로 들어갈 때는 몸을 굽혀 마치 예의를 잃어버릴까 두려워하듯 하였다."라고 하였다.【《논어》〈향당〉에 "홀을 잡으시되 몸을 굽혀 무게를 이기지 못하듯이 하였다."라고 하였다.】 《의례》〈빙례〉에 "홀을 건네준 뒤 계단을 내려오면 숨을 내쉬고 기쁜 낯빛을 하며, 두세 걸음을 걸은 뒤에 또 종종걸음으로 빨리 걷는다."라고 하였다.【《논어》〈향당〉에 "연향례宴享禮가 행해질 때는 얼굴에 화색이 돌았다."라고 하였다.】《의례》〈빙례〉에 "손님이 나가면 공이 두 번 절하여 전송한다. 손님을 돌아보지 않는다."라고 하였다.【《논어》〈향당〉에 "손님이 물러가면 반드시 '손님이 뒤돌아보지 않았습니다.'라고 보고한다.】"라고 하였다. 《의례》〈빙례〉에 "만약 임금이 음식을 내리고 임금이 밥 먹기 전에 제사를 지내면 먼저 밥을 잡수셨다."라고 하였다.【《논어》〈향당〉에 "군주를 모시고 밥을 먹을 때 임금이 밥 먹기 전에 제사를 지내면 공자는 먼저 밥을 먹었다."라고 하였다.】

四條

儀禮, 周家之制也, 事涉威儀, 文苦而難讀. 鄉黨, 孔門之記也, 言關訓則, 文婉而易觀. 今略摘儀禮之文, 證以鄉黨, 昭然辨矣. "執圭, 入門, 鞠躬焉, 如恐失之."【鄉黨曰, "執圭, 鞠躬如也, 如不勝."】"下階, 發氣, 怡焉, 再三舉足, 又趨."【鄉黨曰, "出, 降一等, 逞顏色, 怡怡如也, 沒階趨, 進, 翼如也."】"及享, 發氣焉, 盈容."【鄉黨曰, "享禮, 有容色."】"賓出, 公再拜送, 賓不顧."【鄉黨曰, "賓退, 必復命曰, 賓不顧矣."】"若君賜之食, 君祭先飯."【鄉黨曰, "侍食於君, 君祭先飯."】

5조. 다른 책을 인습한 《효경孝經》

《효경》의 문장은 평이하면서도 순수하여 성인의 기상을 온축하고 육경六經의 법도를 드러내었다. 그러나 문장을 살펴보면 다 말하지 않은 부분이 있으니 《효경》〈삼재장三才章〉의 첫머리는 마치 자산子産이 예禮에 관한 말을 모은 것 같다.【자태숙子太叔이 조간자趙簡子에게 "돌아가신 대부 자산에게 들으니 '예는 하늘의 법칙이고 땅의 도리이고 사람들이 본받아 실행하는 것이다.'라고 하였으니 천지의 법칙을 사람들이 본받는 것입니다. 하늘의 밝음을 본받고 땅의 본성을 따라야 하는 것이다."라고 말하였다. 《효경》과 다만 '효孝'와 '시是', '리利' 세 글자만 다를 뿐이다.】[101]

《효경》〈성치장聖治章〉의 마지막은 문자文子가 법도를 논한 말을 산삭한 듯하다.【북궁문자北宮文子가 위 양후衛襄侯에게 "그러므로 군자는 지위가 있으면 경외할 만하며, 베풂이 사랑할 만하며, 진퇴를 헤아릴 수 있으며, 힘써 변통함을 본받을 만하며, 행동거지는 볼 만하며, 일을 함에 법칙으로 삼을 만하며, 덕행을 본받을 만하며, 소리와 기운이 즐길 만하다."라고 했다. 《효경》〈성치장〉에 "군자는 그렇지 않아서 말할 때는 말할 만한지를 생각하고, 행동할 때는 사람들이 즐거워할 만한지를 생각하여, 도덕과 도의가 존숭할 만하고, 법식을 만들고 시행하는 것이 본받을 만하며, 마음가짐이 볼 만하고, 일상적인 행위가 법도가 될 만하다."라고 하였다.】

《효경》〈사군장〉에 "나아가서는 충성을 다할 생각을 하고, 물러나서는 임금의 허물을 보완할 생각을 한다."라고 하였는데, 이 구절은 바로

---

101 '효孝'와……뿐이다 : 《효경》에는 '夫禮'가 '夫孝'로 '民實'이 '民是'로, '因地之性'이 '因地之利'로 실려 있다.

사정자士貞子가 진 경공晉景公에게 간한 말이다.

《효경》〈성치장聖治章〉에 "인심을 따라야 할 것을 스스로 거역하였으
니 사람들이 준칙으로 삼지 않는다. 이래서 선善의 범주에 있지 않고 모
두 흉덕凶德의 범주에 있다."라고 하였는데, 이 구절은 계문자季文子가
노 선공魯宣公에게 한 말이다.【《춘추좌씨전》〈노문공 하魯文公下〉에는 '以順
則逆'이 '以訓則昏'으로 두 글자가 서로 다르다.】

성인이 비록 고찰한 격언이라고 하더라도 응당 부화뇌동하지 말아야
하는데 어찌 경서를 전하는 사람들이 도리어 경서의 문장을 표절한단
말인가?

五條

孝經之文, 簡易醇正, 蘊聖人之氣象, 揭六經之表儀. 夷考其文, 有所未
諭, 三才章首, 似摭子產言禮之辭,【子太叔對趙簡子曰, "聞諸先大夫子產
曰, '夫禮, 天之經也, 地之義也, 民之行也, 天地之經, 而民實則之, 則天
之明, 因地之性.' 孝經止三字不同.】聖治章末似刪文子論儀之語,【北宮
文子對衛襄侯曰, "故君子在位可畏, 施舍可愛, 進退可度, 周旋可則, 容
止可觀, 作事可法, 德行可象, 聲氣可樂." 孝經則曰, "君子則不然, 言思可
道, 行思可樂, 德義可尊, 作事可法, 容止可觀, 進退可度."】事君章曰, "進
思盡忠, 退思補過." 此乃士貞子諫晉景公之辭. 聖治章曰, "以順則逆, 民
無則焉, 不在於善, 而皆在於凶德." 此乃季文子對魯宣公之辭,【左氏傳作
"訓昏", 二字不同.】聖人雖尙稽格言, 不應雷同如此. 豈作傳者, 反竊經
與?

6조. 《이아爾雅》〈훈석訓釋〉과
《주서周書》〈시법諡法〉을 모방한 사례

《이아》의 작품은 주로 훈의訓義에 있고, 《주서周書》〈시법諡法〉에 정한
시호는 모두 주공周公의 문장이다. 대성戴聖[102]이 《시경》〈위풍衛風 기욱
淇澳〉을 해석하면서 《이아》〈훈석訓釋〉의 말을 따왔다.【《예기》〈대학大學〉
에 "'자른 듯하고, 간 듯하다.'는 것은 배움을 말한다. '쫀 듯하고 간 듯하다.'는
것은 스스로 닦는 것이다. '엄밀하고 씩씩하다.'는 것은 떨리는 것이다. '빛나고
의젓하다.'는 것은 위의이다. '문채 나는 군자여, 끝내 잊을 수 없도다.'라고 한
것은 훌륭한 덕과 지극한 선을 백성들이 잊지 못함을 말한 것이다."라고 하였
으니, 여기서 나오는 문장은 모두 《이아》〈훈석〉에서 훈의한 것들이다.】

성전成鱄[103]이 《시경》〈대아大雅 황의皇矣〉를 해석하면서 《주서周書》
〈시법諡法〉의 체제를 모방하였다.【《춘추좌씨전》노 소공魯昭公 28년조에
"마음으로 헤아려 일의 마땅함에 맞게 제정하는 것을 '탁度'이라 하고, 덕이 공
정하여 상대가 응답하는 것을 '막莫'이라 하고, 사방을 비추는 것을 '명明'이라
하고, 부지런히 베풀되 사사로움이 없는 것을 '류類'라 하고, 가르치기를 게을

---

102 대성(?~?) : 한나라의 학자로, 자는 차군次君이고, 벼슬은 구강태수九江太守에
　　이르렀다. 숙부인 대덕戴德을 '대대大戴'라고 하고, 대성은 '소대小戴'라고 불렀다.
　　그가 대덕이 쓴 《대대례大戴禮》85편을 간추려 예禮 49편을 만들었다고도 하나,
　　두 책이 별도로 편찬 전승되었다고 보고 있다.

103 성전(?~?) : 《춘추좌씨전》소공昭公 28년조에 성전이 《시경》〈대아大雅 황의皇
　　矣〉의 "이 문왕에게 상제가 그 마음으로 하여금 도의를 헤아리게 하니, 그 덕음
　　이 청정하여 그 덕이 밝으셨다. 밝으시고 선하시어 사장이 되고 군왕이 되시어,
　　대국을 다스리니 천하가 순종하고 선을 따랐다.[唯此文王 帝度其心 莫其德音 其
　　德克明 克明克類 克長克君 王此大國 克順克比]"라고 하였다.

리하지 않는 것을 '장長'이라 하고, 상을 주어 경사롭게 하고 형벌을 주어 두렵
게 하는 것을 '군君'이라 하고, 인자하고 온화하여 모두가 복종하는 것을 '순順'
이라고 하고, 하늘을 날줄로 삼고 땅을 씨줄로 삼는 것을 '문文'이라고 한다."라
고 하였다. 《주서》〈시법〉의 문체가 이와 같고, 《춘추좌씨전》 소공昭公 28년조
의 문장에도 동일한 내용이 있다.】

　누가 이러한 것들을 모두 후세 사람들이 보완하고 편집한 것이라고
하면서 원작자의 관점에서 보충할 것이 없다고 하겠는가?

六條

爾雅之作, 主在訓言, 諡法之作, 用以定諡, 皆周公之文也. 戴聖之釋淇
澳,[104] 備采爾雅之辭.【禮記曰, "'如切如磋'者, 道學也, '如琢如磨'者, 自
修也, '瑟兮僩兮'者, 恂慄也, '赫兮喧兮'者, 威儀也, '有斐君子, 終不可諠
兮'者, 道盛德至善, 民之不能忘也." 此乃爾雅釋訓文.】成鱄之釋皇矣. 端
倣諡法之體,【左傳曰, "心能制義曰度, 德正應和曰莫, 照臨四方曰明, 勤
施無私曰類, 敎誨不倦曰長, 賞慶刑威曰君, 慈和徧服曰順, 經天緯地曰
文." 諡法體如此, 文亦有同者.】孰謂類皆後人之補緝, 無補作者之監觀.

7조. 《논어》와 《춘추좌씨전》 등의 문장 우열 비교

《논어》와 《공자가어》는 모두 공자와 당시 공경대부와 제자들이 묻고 대답한 문장이다. 그러나 《공자가어》는 실속 없이 과장되고 부연된 문장들이 있으니, 이는 제자들이 함께 서로 서술하고 윤색하는 가운데, 그들의 재주가 우열이 있어 그러한 것이다. 《논어》 같은 경우, 비록 제자들이 기록한 바에서 나왔지만, 성인의 손을 이미 거친 듯하다. 지금 간단히 고찰해보겠다.

《논어》〈헌문憲問〉에 "공자가 말씀하셨다. '사명을 만들 때, 비심裨諶이 초고를 만들고 세숙世叔이 토론하고 행인 자우子羽가 수식하고 동리자산東里子産이 윤색하였다.'"라고 하였다. 이를 《춘추좌씨전》의 내용과 대조하여 보면 《논어》의 문장은 간략하면서도 정돈이 되어 있다.【《춘추좌씨전》 양공襄公 31년조에 "비심裨諶은 계획을 잘 냈는데 야외에서 내는 계책은 훌륭하였지만 성읍에서 내는 계책은 그렇지 못하였다. 정나라에 제후의 일이 있으면 자산子産이 사방 나라들의 고사와 습속을 자우子羽에게 묻고, 또 사령을 대부분 그에게 짓게 하고서, 비심과 함께 수레를 타고 야외로 가서 그 일의 가부를 모의하게 한 뒤에 풍간자馮簡子에게 그 계획을 말해 주어 결단하게 하고, 계획이 완성되면 그 계획을 자태숙子太叔에게 말해 주어 실행에 옮겨 제후를 응대하게 하였다."라고 하였다.】

《논어》〈옹야雍也〉에 "맹지반孟之反은 자랑하지 않았다. 후퇴할 때 군대의 후미에 있었는데, 도성문을 들어가려 할 때 말에 채찍질을 하며 '내가 용감해서 뒤에 있었던 것이 아니요, 말이 빨리 달리지 않았을 뿐이다.'"라고 하였다. 이를 《춘추좌씨전》의 문장과 대조하여 보면

《논어》의 문장은 느슨하면서도 주밀하다.【《춘추좌씨전》애공哀公 11년조에 "맹지측孟之側이 후미가 되어 뒤늦게 들어 왔는데 화살을 뽑아 그 말에 채찍질을 하면서 '내가 맨 뒤에 온 것은 말이 앞으로 나아가지 않아서이다.'"라고 하였다.】

《논어》〈선진先進〉에 "남용南容이 〈백규白圭〉라는 시를 하루에 세 번 반복해 외웠다."라고 하였다. 이 구절을 사마천司馬遷은《사기史記》〈중니제자열전仲尼弟子列傳〉에서 "하루에 세 번 〈백규白圭〉라는 시를 반복하여 외웠다."라고 하였으니, 말이 상세하게 갖추어져 있지만 의미는 무미건조하다.《논어》〈안연顏淵〉에 "나라에서도 반드시 통하게 되고, 집에서도 반드시 통하게 된다."라고 하였다. 이 구절을 사마천은《사기》〈중니제자열전〉에서 "나라와 집에서도 반드시 통한다."라고 하였으니, 말은 간략하지만 의미는 긴밀하지 못하다.

저 양웅揚雄[105]의《법언法言》과 왕통王通[106]의《중설中說》이《논어》를 본떠 '호랑이를 그리려다 도리어 개를 그렸다.'는 놀림을 면치 못하였다.【《법언》〈오자吾子〉에 "누가 그의 어짐만 하겠는가? 누가 그의 어짐만 하겠는가?"[107]라고 하였고,《법언》〈문도問道〉에 "비록 백성이 있으나 어찌 그들의

---

105 양웅(B.C.53~18) : 전한前漢의 유학자로, 자는 자운子雲이다. 찬탈자 왕망王莽의 위조僞朝에 벼슬하여 대부가 되었기 때문에 후세에 지조가 없는 사람이라고 비난을 들었다. 사부詞賦를 잘하고 사마상여司馬相如를 많이 닮았었다. 만년에는 부賦는 짓지 않았고 경학經學에 뜻을 두었다. 저서로《법언法言》이 있다.

106 왕통(584~617) : 수나라 때의 유학자로, 자는 중엄仲淹, 시호는 문중자文中子이다. 당나라 왕발王勃의 조부이다. 문제文帝에게《태평십책太平十策》을 바쳤으나 채택되지 않았다. 저서로《문중자文中子》가 있다.

107 누가……하겠는가 : 원문은 '如其智 如其智'.《논어》〈헌문憲問〉에 "누가 그 인仁만 하겠는가?[如其仁 如其仁]"라는 구절이 있다.

눈과 귀를 가리고 막을 수 있겠는가?"[108]라고 하였고, 《법언》〈수신修身〉에 "3년 동안 해를 보지 않으면 눈이 멀게 되고, 3년 동안 달을 보지 않으면 눈의 정기가 반드시 흐려질 것이다."[109]라고 하였고, 《법언》〈연건淵塞〉에 "노중연魯仲連은 방탕하면서도 마음을 다스리지 못하였고, 인상여藺相如는 마음을 다스려 방탕하지 않았다."[110]라고 하였고, 《법언》〈연건〉에 "조목을 묻자 '바르지 않으면 보이지 않고 바르지 않으면 들리지 않고 바르지 않으면 말하지 않고 바르지 않으면 행하지 않는다.'"[111]라고 하였고, 《법언》〈연건〉에 "장자방張子房의 지혜, 진평陳平의 그르침이 없음, 강후絳侯 주발周勃의 용감함, 곽거병霍去病 장군의 용맹에다 예악으로 마무리하면 '사직의 신하'라고 말할 수 있습니다."[112]라고 하였다. 《법언》이 《논어》를 본뜬 것이 모두 이와 같다.

---

108 비록……있겠는가 : 원문은 '雖有民 焉得而塗諸'. 《논어》〈안연顏淵〉에 "비록 곡식이 있다 한들 내가 그것을 먹을 수 있겠습니까?[雖有粟 吾得而食諸]"라는 구절이 있다.

109 3년……것이다 : 원문은 '三年不目日'. 《논어》〈양화陽貨〉에 "3년 동안 예를 행하지 않으면 예가 반드시 무너지고, 삼 년 동안 음악을 익히지 않으면 음악이 반드시 무너질 것입니다[三年不爲禮 禮必壞 三年不爲樂 樂必崩]"라는 구절이 있다.

110 노중연은……않았다 : 원문은 '魯仲連傷而不剬 藺相如剬而不傷'. 《논어》〈헌문憲問〉에 "진 문공은 간휼하고 부정하며 제 환공은 올바르고 간휼하지 않다.[晉文公譎而不正 齊桓公正而不譎]"라는 구절이 있다.

111 조목을……않는다 : 원문은 '請條 曰非正不視 非正不聽 非正不言 非正不行'. 《논어》〈안연〉에 "그 조목에 대해서 알고 싶습니다."라고 하자, 공자가, "예가 아니면 보지 않는 것이며, 예가 아니면 듣지 않는 것이며, 예가 아니면 말하지 않는 것이며, 예가 아니면 행동하지 않는 것이다.[請問其目 子曰 非禮勿視 非禮勿聽 非禮勿言 非禮勿動]"라는 구절이 있다.

112 장자방의……있습니다 : 원문은 '若張子房之智 陳平之無誤 絳侯勃之果 霍將軍之勇 終之以禮樂 則可謂社稷之臣矣'. 《논어》〈헌문憲問〉에 "장무중의 지혜와 공작의 욕심 없음과 변장자의 용맹과 염구의 재능에 예악으로 문채를 더한다면 또한 성인이 될 수 있을 것이다.[若臧武仲之知 公綽之不欲 卞莊子之勇 冉求之藝 文之以禮樂 亦可以爲成人矣]"라는 구절이 있다.

《중설中說》[113] 〈술사術史〉에 "함께 즐거워할 수 있으나 함께 근심할 수 없는 경우가 있고, 근심을 함께 할 수 있으나 즐거움은 함께 할 수 없는 경우가 있다.[114]라고 하였다. 《중설》〈위상魏相〉에 "내가 부지런한 자를 보지 못하였다. 대체로 있기야 하겠지만 나는 아직 보지 못하였다."[115]라고 하였다. 《중설》〈역문易間〉에 "앞으로 후생들이 옛사람만 못하다는 것을 어찌 알겠는가?"[116]라고 하였다. 《중설》〈역문〉에 "이 때문에 이단을 미워하는 것이다."[117]라고 하였다. 《중설》〈역문〉에 "작은 것을 참지 못하면 큰 재앙을 부른다."[118]라고 하였다. 《중설》〈예악禮樂〉에 "아는 것은 실행하는 것만 못하고 실행하는 것은 편안하게 여기는 것만 못하다."[119]라고 하였다. 《중설》이 《논어》의 구절을 본뜬 것이

---

113 《중설》: 수隋나라 유학자인 왕통王通이 편찬한 책의 이름이다.

114 함께……있다 : 원문은 '可與共樂 未可與共憂 可與共憂 未可與共樂'. 《논어》〈자한子罕〉에 "더불어 함께 배울 수는 있어도 함께 도에 나아갈 수는 없으며, 함께 도에 나아갈 수는 있어도 함께 설 수는 없으며, 함께 설 수는 있어도 함께 권도에 참여할 수는 없다.[可與共學 未可與適道 可與適道 未可與立 可與立 未可與權]"라는 구절이 있다.

115 있기야……못하였다 : 원문은 '我未見勤者矣 蓋有焉 我未之見也'. 《논어》〈이인里仁〉에 "나는 힘이 부족한 자를 아직 보지 못하였노라. 아마도 그런 사람이 있을 터인데 내가 아직 보지 못하였나 보다.[我未見力不足者 蓋有之矣 我未之見也]"라는 구절이 있다.

116 앞으로……알겠는가 : 원문은 '焉知來者之不如昔也'. 《논어》〈자한子罕〉에 "앞으로 후생들이 지금의 나보다 못하겠는가?[焉知來者之不如今也]"라는 구절이 있다.

117 이……것이다 : 원문은 '是故惡夫異端者'. 《논어》〈위정爲政〉에 "이 때문에 말재주를 부리는 자를 미워하는 것이다.[是故惡夫佞者]"라는 구절이 있다.

118 작은……부른다 : 원문은 '小不忍 致大災'. 《논어》〈위령공衛靈公〉에 "작은 것을 참지 못하면 큰 계책을 어지럽힌다.[小不忍則亂大謀]"라는 구절이 있다.

119 아는……못하다 : 원문은 '知之者不如行之者 行之者不如安之者'. 《논어》〈옹야雍也〉에 "도를 아는 것은 도를 좋아하는 것만은 못하고, 도를 좋아하는 것은 도를 즐기는 것만은 못하다.[知之者不如好之者 好之者不如樂之者]"라는 구절이 있다.

모두 이와 같다.】

왕충王充¹²⁰의 《논형論衡》 〈문공問孔〉에서 《논어》에 대하여 지적한 부분이 많은데, 이 또한 걸桀의 개가 어진 요堯를 보고 짖는 죄를 범한 것이다.

七條

夫論語·家語, 皆夫子與當時公卿大夫及群弟子答問之文. 然家語頗有浮辭衍說, 蓋出於群弟子共相敍述, 加之潤色, 其才或有優劣. 故使然也. 若論語, 雖亦出於群弟子所記, 疑若已經聖人之手. 今略考焉. 子曰, "爲命裨諶草創之, 世叔討論之, 行人子羽修飾之, 東里子産潤色之." 質之左氏, 則此文簡而整.【左氏傳曰, "裨諶能謀, 謀於野則獲, 謀於邑則否. 鄭國將有諸侯之事, 子産乃問四國之爲於子羽, 且使多爲辭令, 與裨諶乘以適野, 使謀可否, 而告馮簡子, 使斷之, 事成, 乃授子太叔使行之, 以應對賓客."】子曰, "孟之反不伐, 奔而殿, 將入門, 策其馬, 曰, '非敢後也, 馬不進也.'" 質之左氏, 則此文緩而周.【左氏傳曰, "孟之側後入, 以爲殿, 抽矢策其馬曰, '馬不進也.'"】"南容三復白圭" 司馬遷則曰, "三復白圭之玷." 辭雖備, 而其意竭矣. "在邦必達, 在家必達." 司馬遷則曰, "在邦及家必達." 辭雖約, 而其意踈矣. 彼揚雄法言·王通中說, 模儗此書, 未免畫虎類狗之譏.【法言曰, "如其智, 如其智.", "雖有民, 焉得而塗諸", "三年不目日, 視必盲, 三年不目月, 精必矇.", "魯仲連偒而不剬, 藺相如剬而不偒.", "請條, 曰, '非正不視, 非正不聽, 非正不言, 非正不行.'", "若張子房之智, 陳平之無悷, 絳侯勃之果, 霍將軍之勇, 終之以禮樂, 則可謂社稷之臣矣." 法言之模儗論語, 皆此類也. 中說曰, "可與共樂, 未可與共憂, 可與共憂, 未可與共樂.", "我未見勤者矣, 蓋有焉, 我未之見也." "焉知來者之不如昔

---

120 왕충(25~220) : 후한 때 학자로, 불우한 생애를 보냈다. 공자와 맹자를 비판하여 최근까지도 이단시되어 정당한 평가를 받지 못하였다.

也.", "是故惡夫異端者.", "小不忍, 致大災." "知之者, 不如行之者, 行之者, 不如安之者." 中說之模儗論語, 皆此類也.】王充問孔之篇, 而於此書多所指摘, 亦未免桀犬吠堯之罪歟.

8조. 반어적 수사법

시인이 읊은 《시경》〈소아小雅 정료庭燎〉는 문장[121]으로 보면 그를 찬미하는 것 같지만 의미는 그에게 경계한 것이다. 장노張老[122]의 건축이 아름답다고 찬미한 말은 문장은 송축하는 것 같지만 의미는 나무라는 것이다.【《예기》〈단궁 하檀弓下〉에 진晉나라 헌문자獻文子가 저택을 신축하여 준공하자, 장로가 "규모가 크고 화려하며 아름답도다. 이 집에서 살며 기쁜 일로 노래도 하고, 이 집에서 살다가 죽어 곡도 하게 되고, 이 집에서 왕의 일가들을 모아 번창함을 누리소서."라고 하였다.】한나라 이후로 화려하고 아름다운 부賦 작품은 권하는 내용이 대부분이고 풍자하는 내용은 일부이니 부를 짓는 작가들이 《시경》〈소아 정료〉의 뜻을 어찌 알겠는가?

八條

詩人庭燎之詠, 文雖美之, 意則箴之, 張老輪奐之辭, 文雖頌之, 意則譏矣.【晉獻文子成室, 張老曰, "美哉輪焉, 美哉奐焉, 歌於斯, 哭於斯, 聚國族於斯."】自漢以來, 靡麗之賦, 勸百諷一, 烏足知此.

---

121 《시경》……문장 : 《시경》〈소아小雅 정료庭燎〉에 "정료는 선왕을 찬미한 시이다. 이로 인하여 그를 경계한 것이다.[美宣王也 因以箴之]"에 대한 공영달의 소疏에 "'이로 인하여 경계하는 것'이라고 하는 것은 비록 왕을 찬미하지만 잘못한 것이 있음을 말한 것이다. 잘못은 반드시 고쳐야 하고 병통은 반드시 경계해야 한다. 3장은 모두 정사를 권하는 것을 찬미하면서 벼슬아치들이 바르지 않음을 나무란 것이다. 이는 찬미하면서 이로 인하여 경계한 일이다.[因以箴之者 言王雖可美 猶有所失 此失須治 若病之須箴 三章皆美其勸于政事 譏其不正其官 是美而因箴之事也]"라고 하였다.

122 장노(?~?) : 춘추시대 진晉나라 대부로 자는 맹孟이다.

9조. 지나친 고어古語의 사용으로 문장을 해친 사례

언어는 자신의 생각에서 나와야 하기 때문에 글을 짓기란 참으로 어렵다. 만약 옛말을 차용하여 쓰는 것도 쉽지 않다. 역대 문장를 꾸미는 하찮은 재주를 가진 선비를 관찰해 보면 옛말을 차용하여 문장을 이룬 자들이 매우 많다. 한두 가지 서술하여 후대 사람들의 본보기로 삼도록 하겠다.

장무선張茂先[123]의 시 〈여지勵志〉에 "덕이 깃털처럼 가볍네."[124]라고 하였고 또 "반딧불이 날아다니네."[125]라고 하였다. 비록 두 글자(毛·行)를 바꾸어 음운音韻을 조화롭게는 하였지만 옛 시인이 '행行'자를 써서 '천천히 날다'는 뜻을 말하고자 한 것이고, '모毛'자를 써서 '매우 가벼운 것'을 비유하여 말하려고 한 것임을 이해하지 못한 것이다. 응길보應吉

---

123 장무선(232~300) : '무선'은 장화張華의 자이다. 서진西晉 범양范陽 사람으로 문장에 뛰어났다. 화려한 시문으로 알려졌고, 장재張載, 장협張協과 함께 '삼장三張'으로 불렸다. 작품에 〈초료부鷦鷯賦〉와 〈여사잠女史箴〉 등이 유명하고, 저서로 《박물지博物志》가 있다.

124 덕이……가볍네 : 원문은 '德輶如羽'. 〈여지勵志〉 9수 가운데 세 번째 시 "仁道不遐 德輶如羽 求焉斯至 眾鮮克舉(인도는 멀지 않고 덕은 깃털처럼 가벼워서, 구하면 이르는데 뭇 사람들 가운데 이를 행하는 사람 드무네.)"의 한 구절이다. 《시경》〈대아大雅 증민烝民〉의 "德輶如毛"라는 구절을 차용하였다.

125 반딧불이 날아다니네 : 원문은 '熠燿宵流'. 〈여지勵志〉 9수 가운데 첫 번째 시 "大儀斡運 天回地遊 四氣鱗次 寒暑環周 星火旣夕 忽焉素秋 涼風振落 熠燿宵流(대도大道가 순환하여 하늘과 땅이 움직여, 사계절은 정연히 차례를 지키고 추위와 더위가 순환하네. 유성은 저녁이 되자 가을 하늘에 홀연히 지나가고, 찬바람에 낙엽이 지고 반딧불 불빛은 밤에 흘러 다니네.)"의 한 구절이다. 《시경》〈빈풍豳風 동산東山〉의 "熠燿宵行"이라는 구절을 차용하였다.

甫[126]의 시 〈화림집華林集〉에 "문왕과 무왕의 도는 아직 그 계획이 땅에 떨어지지 않았네."[127]라고 하였다. 이미 '지도之道'를 말하고 나서 다시 '궐유厥猷'를 이었으니, 이것은 '지붕 밑에 지붕을 얹는 것[屋下架屋]'[128]이라고 말하지 않겠는가? 육수陸倕[129]의 〈석궐명石闕銘〉에 "제왕이 나라를 건설할 때 위치를 바르게 하고 방위를 분별하였다."[130]라고 하여, 마침내 '변방辨方'을 '정위正位'의 뒤에 두었으니 이를 '윗도리를 치마로 삼았다'고 말하지 않겠는가?

九條

語出於已, 作之固難, 語借於古, 用亦不易. 觀歷代雕蟲小技之士, 借古語以成篇章者, 紛紛藉藉, 試陳一二, 以鑑後來. 張茂先勵志詩曰, "德輶如羽." 又曰, "熠燿宵流." 雖變二字, 以恊音韻, 而不知詩人言'行'有緩飛之意, 言"毛"有至輕之喻. 應吉甫華林集詩有曰, "文·武之道, 厥猷未墜."

---

126 응길보(?~269) : '길보'는 응정應貞의 자이다. 서진西晉 여남汝南 사람으로, 응거應璩의 아들이다. 담론談論을 잘해 재학才學으로 유명했다.

127 문왕과……않았네 : 원문은 '文武之道 厥猷未墜'. 《논어》〈자장子張〉에 "문왕과 무왕의 도가 아직 땅에 떨어지지 않아 사람들에게 남아 있다.[文武之道 未墜於地 在人]"라는 구절을 차용하였다.

128 지붕……것 : 남이 한 일을 거듭할 뿐 새로운 것을 창조하지 못함을 비유하여 이르는 말이다.

129 육수(470~526) : 양나라 오군吳郡 사람으로, 자는 좌공佐公이고, 육혜효陸慧曉의 아들이다. 어려서부터 학문을 열심히 닦아 글짓기에 능했다. 형 육료陸僚, 육임陸任과 이름을 나란히 하여 '삼륙三陸'으로 불리었다. 저서로 《육태상집陸太常集》이 있다.

130 제왕이……분별하였다 : 원문은 '惟王建國 正位辨方'. 《주례周禮》〈천관天官 총재冢宰〉에 "제왕이 나라를 건설할 때 방위를 분별하여 위치를 바르게 하였다.[惟王建國 辨方正位]"라는 구절을 차용하였다.

旣言"之道", 復綴"厥猷", 此所謂屋下架屋者歟. 陸倕石闕銘曰, "惟王建國, 正位辨方." 逐令"辨方", 後於"正位", 所謂轉衣爲裳者歟.

10조. 투식적으로 진부한 말을 사용하여
문장의 추함을 드러내는 사례

옛말에 "검은 사마귀가 뺨에 있으면 좋고 이마에 있으면 추하다."라고
하였으니 마땅한 말이다. 진晉나라 이후로 붓을 잡고 글을 쓰는 선비들
은 경서經書의 말을 배우기를 좋아하는 사람들이 많다.

예컨대 손성孫盛[131]이 역사서를 지으면서 "모년 봄 제 정월[某年春帝正
月]"이라고 썼다.【이는 손성이 지은 《위진양추魏晉陽秋》에서 한 말이다. 또
《춘추좌씨전》은공隱公 원년에 "왕정월王正月"[132]이라고 썼는데, 노나라 제후
가 주周나라 천자의 책력을 쓴 것이다. 현재는 조조曹操[133]와 사마씨司馬氏[134]

---

131 손성(302~374) : 동진 태원太原 사람으로, 자는 안국安國이다. 역사에 뛰어났다.
    노후에도 학문을 버리지 않고, 《위씨춘추魏氏春秋》와 《진양추晉陽秋》 등과 시부
    를 저술했다.

132 왕정월 : 《춘추좌씨전》은공隱公 원년에 "元年春王正月"이라고 하였다. 《춘추공
    양전》에 "경문의 '원년 봄 왕 정월[元年春王正月]'의 '원년'이란 무엇인가. 임금이
    시작되는 해이다. '봄'이란 무엇인가. 한 해의 시작이다. '왕'이란 누구를 말하는
    가. 문왕을 말한다. 어찌 왕을 먼저 말하고 정월을 뒤에 말했는가. 이는 '왕정월'
    의 뜻이다. 어찌 왕 정월을 말하는가. 대일통을 보이는 것이다.[元年春王正月 元
    年者何 君之始年也 春者何 歲之始也 王者孰謂 謂文王也 曷爲先言王而後言正月 王
    正月也 何言乎王正月 大一統也]"라고 하였다.

133 조조(155~220) : 자는 맹덕孟德, 아명은 아만阿瞞·길리吉利이다. 지금의 안휘성
    安徽省 박주시亳州市 사람으로 후한 헌제獻帝 때에 승상丞相을 지냈으며, 위왕
    魏王으로 봉해졌다. 아들인 조비曹丕가 위나라 황제의 지위에 오른 뒤에는 무황
    제武皇帝로 추존되었다.

134 사마씨 : 사마씨는 원래 하내河內 온현溫縣의 명문가로, 사마의司馬懿가 3국의
    하나인 위魏나라의 조조曹操를 비롯하여 여러 황제를 섬기면서 군사적·정치적으
    로 공적을 세워 권신權臣이 되었다. 그가 죽은 뒤에도 그의 아들 사마사司馬師와
    사마소司馬昭도 권신으로서 세력을 확보하고 반대자를 제거해서 위나라 황실을
    위압하였다. 263년 사마소가 집정할 때 3국의 하나인 촉한蜀漢을 멸망시켰고,

가 천하를 소유하였으니 '제정월帝正月'이라고 쓰는 것은 마땅치 않다.】사혜련
謝惠連[135]이 지은 부賦에 "눈의 시의여, 위대하도다![雪之時義遠矣哉]"[136]
라고 하였다.【이는 사혜련이 지은 〈설부雪賦〉에서 한 말이다. 《주역》 괘卦의
뜻이 깊은 것을 살피고서 이 말로 찬미한 것이다. 대개 문인들이 눈과 달을 읊
은 작품에 이런 말을 사용하는 것은 마땅하지 않다.】

이는 대개 검은 사마귀가 이마에 있는데도 추한 줄을 모르는 것이다.

十條

古語曰, "黶子在頰則好, 在顙則醜." 言有宜也. 自晉以降, 操觚含毫之士,
喜學經語者多矣, 且如孫盛著史, 書曰, "某年春帝正月."【謂盛作魏晉陽
秋也, 且春秋書"王正月", 示魯侯用周天子正朔, 曹·馬躬有天下, 不當書
"帝正月".】謝惠連作賦, 乃曰, "雪之時義遠矣哉!"【謂惠連作雪賦也. 按易
卦義深者, 以此語贊之. 大抵文士雪月之詠, 非所當也.】此蓋不知黶子在
顙之爲醜也.

265년 사마소의 아들 사마염司馬炎은 위나라의 황제 조환曹奐으로부터 선양이
라는 명목으로 황제위를 빼앗아 제위에 오르고 낙양을 도읍으로 삼아 서진西晉
을 세웠다.

135 사혜련(397~422) : 남조 송나라 때의 시인으로, 글을 짓는 재주가 뛰어나 족형族
兄인 사령운謝靈運과 함께 '대소사大小謝'로 불리었다.

136 눈의……위대하도다 : 원문은 '雪之時義遠矣哉'. 《주역》 예괘豫卦에 "예豫의 시의
여, 위대하구나.[豫之時義 大矣哉]"라고 한 구절을 차용한 것이다.

기記

– 모두 7조이다

1조. 《예기》〈단궁 상檀弓上〉의 기사는 문장이 간결하면서도 치밀하고 뜻은 깊으면서도 명확하다

《예기》〈단궁 상〉에 실린 기사記事의 문장을 보면 예스럽고 간결하면서도 치밀하고 뜻은 깊으면서도 명확하다. 비록 《춘추좌씨전》과 같은 풍부한 문장으로도 감히 앞을 초월할 수 있겠는가? 간략히 두 가지 일을 거론해 보겠다.

세자 신생申生이 여희驪姬에게 참소를 당하자[137] 어떤 사람은 그에게 시비를 분변하도록 하였다. 《춘추좌씨전》 희공僖公 4년조에 그 일을 기록하여 "어떤 사람이 태자에게 '태자께서 변명하시면 임금께서 반드시 죄의 유무를 분변하실 것입니다.'라고 하자, 태자가 '임금께서는 여희가 아니면 편히 지내시지 못하시고 배불리 드시지도 않으신다. 내가 죄가 없음을 밝힌다면 여희는 반드시 죄를 받게 될 것이다. 임금께서는 늙

---

137 신생(?~?)이……당하자 : '신생'은 춘추시대 진 헌공晉獻公의 태자이다. 《춘추좌씨전》 희공僖公 4년조에, 헌공이 총애하던 애첩 여희驪姬가 신생을 죽이려는 계책을 내어 신생이 아버지 헌공을 독살하려는 것처럼 꾸미니, 헌공은 노하여 태자의 스승 두원관杜原款을 죽였다. 어떤 사람이 신생에게 사실을 밝히기를 권하자, "아버지는 여희가 아니면 편안히 지내지 못하고 배불리 먹지 못한다. 내가 해명하면 여희가 죄를 얻게 될 것이다. 아버지가 이미 늙으셨으니, 내가 또 그렇게 할 수 없다."라고 하였다. 또 달아나라고 권하자, "아버지께서 그 죄를 살피지 못했으니, 이러한 누명을 쓰고 다른 나라로 도망친다면 그 누가 나를 받아들이겠는가." 라고 하고는 목을 매어 죽었다.

으셨으니 여희를 잃으면 반드시 즐거워하지 않으실 것이다.'"라고 하였다. 《예기》〈단궁 상〉에 "그대는 어찌하여 아버지 헌공에게 그대의 생각을 말하지 않는가?"라고 하니, 세자가 "그것은 안된다. 임금께서 여희를 편안히 여기시는데 그렇게 하는 것은 아버지 헌공의 마음을 상하게 하는 것이다."라고 하였다. 이를 살펴보면 《예기》〈단궁 상〉의 문장이 낫다.【《춘추곡량전》희공僖公 10년조에 그 일을 기록하여 "세자의 사부 이극里克이 세자에게 '들어가서 스스로 해명하십시오. 들어가서 스스로 해명하시면 사실 수 있습니다. 들어가서 스스로 해명하지 않으시면 살 수 없습니다.'라고 하자, 세자가 '임금께서는 이미 늙으셨고 판단이 흐려지셨습니다. 내가 해명한다면 여희는 반드시 죽게 될 것입니다. 여희가 죽으면 임금께서는 편안치 못하실 것입니다.'"라고 하였다. 이러한 문장은 《예기》〈단궁 상〉에도 미치지 못할 뿐만 아니라 《춘추좌씨전》에도 미치지 못한다.】

춘추시대 진晉나라 대부 지도자知悼子가 죽어 아직 장례로 치르지 않았는데 진 평공晉平公이 술을 마시고 음악을 연주하자 두궤杜蕢가 '대신의 초상은 질일疾日[138]보다 중한 날이니 음악을 연주하지 않습니다.'라고 하였다. 《춘추좌씨전》소공昭公 9년조에 그 일을 기록하여 "일진이 자일子日과 묘일卯日에 해당하는 날을 '질일疾日'이라고 하여 임금도 음악을 철거하고 음악을 배우는 자도 학업을 멈추니, 이는 나쁜 날이기 때문이다. 임금을 보좌하는 대신들을 '고굉股肱'이라 하니 고굉이 혹시라도 죽

---

138 질일 : 불길한 날을 이른다. 《춘추좌씨전》소공昭公 9년조에 "일진이 자일子日과 묘일卯日에 해당하는 날을 질일疾日이라고 한다.[辰在子卯 謂之疾日]"라고 하였다. 이 구절에 대한 두예杜預 주注에 "질疾은 '싫어하다'는 뜻으로, 주紂는 갑자甲子에 죽고 걸桀은 을묘乙卯에 죽었기 때문에 임금이 꺼리는 날로 여겼다.[疾 惡也 紂以甲子喪 桀以乙卯亡 故國君以爲忌日]"라고 하였다.

어 결원이 생기면 이만한 아픔이 어디 있겠니까?"라고 하였다. 《예기》 〈단궁 하〉에는 "자일과 묘일에는 음악을 연주하지 않습니다. 지도자의 빈소가 당에 있으니 이는 자일이나 묘일보다 더 중한 것입니다."라고 하였다. 이를 살펴보면 《예기》 〈단궁〉의 문장이 더 낫다.

己 - 凡七條

一條

觀檀弓之載事, 言簡而不踈, 旨深而不晦, 雖左氏之富艷, 敢奮飛於前乎, 略擧二事以見, 世子申生爲驪姬所譖, 或令辯之. 左氏載其事, 則曰, "或謂太子, '子辭, 君必辯焉.' 太子曰, '君非姬氏, 居不安, 食不飽. 我辭, 姬必有罪. 君老矣, 吾又不樂.'" 檀弓則曰, "子盍言子之志於公乎?" 世子曰, "不可, 君安驪姬, 是我傷公之心也.'" 考此則檀弓爲優.【穀梁傳載其事曰, 世子之傅里克謂世子曰, '入自明. 入自明, 則可以生. 不入自明, 則不可以生.', 世子曰, '吾君已老矣, 已昏矣, 吾若此而入自明, 明驪姬必死, 驪姬死, 則吾君不安.'" 若此文, 非惟不及檀弓, 亦不及左氏矣.】知悼子未葬, 晉平公飮以樂, 杜蕢謂大臣之喪, 重於疾日不樂. 左氏言其事, 則曰, "辰在子卯, 謂之疾日, 君撤宴樂, 學人舍業, 爲疾故也. 君之卿佐, 是謂股肱, 股肱或虧, 何痛如之." 檀弓則曰, "子卯不樂. 知悼子在堂, 斯其爲子卯也大矣." 考此, 則檀弓爲優.

2조. 《예기》〈단궁檀弓〉에서 사용한
장구법長句法과 단구법短句法

《장자》〈변무騈拇〉에 "오리의 다리가 비록 짧지만 이를 이어주면 근심한다. 학의 다리가 길다고 자르면 슬퍼한다."라고 하였다. 《예기》〈단궁〉의 문장을 길게 하기도 짧게 하기도 하는 등 제각기 문장을 구성하는 장법章法이 있어서 더할 수도 없고 줄일 수도 없는 것이 이와 같다.

장구법은 다음과 같다. 《예기》〈단궁 하〉에 "사람으로 하여금 대체로 억지로 몸을 파리하게 하는 것이 아닌가 하고 의심하게 하지 않겠는가?", 《예기》〈단궁 하〉에 "누가 어버이의 초상이 있는데 목욕하고 패옥을 하는 자가 있단 말인가?", 《예기》〈단궁 하〉에 "괴상은 기량杞梁의 처가 예禮를 안 것만도 못하도다.", 《예기》〈단궁 하〉에 "진실로 예의와 충신과 정성스럽고 진실한 마음이 없이 백성들에게 임한다면"이라고 하는 경우가 그것이다.

단구법은 다음과 같다. 《예기》〈단궁 상〉에 "증자의 대나무 자리가 화려하고 깨끗합니다.[華而晥]", 《예기》〈단궁 하〉에 "적손을 세워야 한다.[立孫]"139와 《예기》〈단궁 하〉에 "겁이 나서 자살한 경우와 압사壓死한 경우와 익사溺死한 경우다.[畏厭溺]"140와 같은 경우가 그것이다.

---

139 적손을……한다 : 《예기》〈단궁 상〉에 "백자가 '옛날에 문왕은 백읍고伯邑考를 두고 무왕을 세웠으며, 미자는 그의 손자 돈腯을 두고 연衍을 세웠다. 중자도 옛 도를 행한 것이다.'라고 대답하였다. 자유가 이 말을 듣고 공자에게 물으니, 공자는 '아니다. 적손嫡孫을 세워야 한다.'라고 말하였다.[伯子曰 昔者文王舍伯邑考而立武王 微子舍其孫腯而立衍也 夫仲子亦猶行古之道也 子游問諸孔子 孔子曰 否 立孫]"라는 구절이 있다.

140 겁이……경우다 : 《예기》〈단궁 하檀弓下〉에 "죽었더라도 조문을 하지 않는 것에

二條

鳧脛雖短, 續之則憂, 鶴脛雖長, 斷之則悲. 檀弓文句, 長短有法, 不可增
損, 其類是哉. 長句法, "毋乃使人疑夫不以情居瘠者乎哉?", "孰有執親之
喪而沐浴佩玉者乎?", "蕢尙不如杞梁之妻之知禮也.", "苟無禮義忠信誠
慤之心以蒞之." 短句法, "華而睆", "立孫", "畏", "厭", "溺".

세 가지가 있다. 겁이 나서 자살한 경우와 압사壓死한 경우와 익사溺死한 경우가
그것이다.[死而不弔者三 畏厭溺]"라는 구절이 있다.

3조. 《예기》〈단궁檀弓〉의 잘 다듬어진 뛰어난 문장

거문고를 연주하는 것이 어려운 것이 아니라 줄을 조율하는 것이 어렵고, 문장을 짓는 것이 어려운 것이 아니라 문장을 잘 다듬는 것이 어렵다. 《예기》〈단궁〉의 문장은 잘 다듬어지고 더더욱 정교하여 《공자가어》와 비교해 보더라도 오묘함을 볼 수 있다.

《예기》〈단궁 하〉에 "백성들 가운데 지팡이에 의지하여 보성保城으로 들어와 쉬는 자들을 만났다."라고 하였다.【《공자가어》〈곡례자공문曲禮子貢問〉에 "백성들 가운데 보성에서 지팡이에 의지하여 쉬고 있는 사람을 만났다."라고 하였다.】《예기》〈단궁 하〉에 "모두 죽었다.[皆死焉]"[141]라고 하였다.【《공자가어》〈곡례자공문〉에 "적진에 뛰어들어 전사하였다."라고 하였다.】 《예기》〈단궁 상〉에 "부인을 거느릴 때가 되었는데도 침소로 들어가지 않는다."라고 하였다.【《공자가어》〈곡례자공문〉에 "부인을 거느릴 만도 한데 처소에 받아들이지 않았다."라고 하였다.】

《예기》〈단궁 상〉에 "남궁도南宮縚의 처가 시어머니의 상을 당하였다."라고 하였다.【《공자가어》〈곡례자공문〉에 "남궁도의 처는 공자 형의 딸이었는데, 시어머니의 상을 당하였다."라고 하였다.】《예기》〈단궁 상〉에 "나는 눈물이 까닭 없이 흐르는 것을 것을 싫어한다."라고 하였다.【《공자가어》〈곡례자공문〉에 "나는 눈물을 흘리면서 까닭 없는 것을 싫어한다."라고 하였다.】《예기》〈단궁 상〉에 "중자는 그래도 옛 도를 행하였다."라고 하였

---

141 모두 죽었다 : 《예기》〈단궁 하〉에 "노나라와 제齊나라가 낭郎에서 싸울 적에 공숙우인公叔禺人이 이웃 마을의 동자인 왕기와 함께 싸움터에 달려가서 싸우다가 모두 죽었다.[戰于郎 公叔禺人 與其隣童汪踦 往皆死焉]"라는 구절이 있다.

다.【《공자가어》〈곡례자공문〉에 "증자도 오히려 옛사람들의 도를 행하였다."라고 하였다.】《예기》〈단궁 하〉에 "공자께서 듣지 못한 척하고 지나가시자"라고 하였다.【《공자가어》〈곡례자공문〉에 "공자께서는 그를 위해 듣고도 숨기고 거짓으로 못 들은 체하고 지나가시자"라고 하였다.】

《예기》〈단궁 상〉에 "마침내 젓갈을 엎어 버리라고 하였다."라고 하였다.【《공자가어》〈곡례자공문〉에 "마침내 좌우로 하여금 젓갈을 엎어 버리도록 하였다."라고 하였다.】《예기》〈단궁 상〉에 "죽어서 빨리 썩는 것이 낫다."라고 하였다.【《공자가어》〈곡례자공문〉에 "죽어서 빨리 썩는 것이 낫다."라고 하였다.】《예기》〈단궁 하〉에 "혼기魂氣로 말하면 가지 않음이 없다."라고 하였다.【《공자가어》〈곡례자공문〉에 "혼기로 말한다면 가지 않을 곳이 없다."라고 하였다.】

三條

鼓瑟不難, 難於調弦, 作文不難, 難於鍊句. 檀弓之文, 鍊句益工, 參之家語, 其妙覿矣. "遇負杖入保者息."【家語曰, "遇人入保負杖者息."】"皆死焉."【家語曰, "命敵死焉."】"比御而不入."【家語曰, "可御而不處內".】"南宮縚之妻之姑之喪".【家語曰, "南宮縚之妻, 孔子之兄女, 喪其姑."】"予惡乎涕之無從也."【家語曰, "吾惡乎涕而無以將之."】"仲子亦猶行古之道也."【家語曰, "仲子亦猶行古人之道."】"夫子爲弗聞也者而過之."【家語曰, "夫子爲之隱, 佯不聞以過之."】"遂命覆醢."【家語曰, "遂令左右皆覆醢."】"死不如速朽之愈也."【家語曰, "死不如朽之速愈."】"若魂氣則無不之也."【家語曰, "若魂氣則無所不之."】

4조. 《주례周禮》〈고공기考工記 총론總論〉의 언어에 담긴 세 가지 아름다움

《주례》〈고공기〉의 문장을 의논하면 대개 세 가지 아름다움이 있는데, 첫 번째는 '웅건하면서도 아정함', 둘째는 '완곡하면서도 준엄함', 셋째는 '정제되어 있으면서도 순정함'이니 간략하게 뒤에 그 조목별로 나열하겠다.

'웅건하면서도 아정함'은 《주례》〈고공기 총론〉에 "정나라의 도刀와 송나라의 도끼와 노나라의 창과 오월의 검劍은 다른 곳으로 옮겨 만들면 이처럼 훌륭하게 만들 수 없다."라고 하였다. 《주례》〈고공기 궁인弓人〉에 "활을 만들 때 시위를 거는 곳을 모나게 하고 활짱에서 손으로 쥐는 부분인 줌통을 높게 하며 활의 줌통 양쪽의 구부러진 곳을 길게 하고 활의 줌통을 얇게 한다."라고 하였다.【《춘추좌씨전》 양공襄公 26년조에 "환난을 구휼하고 결점을 보완하며 잘못을 바로잡고 번난을 다스려 주었다."라고 하였으니, 이것이 이러한 종류의 글을 쓰는 방법이다.】

'완곡하면서도 준엄함'은 《주례》〈고공기 재인梓人〉에 "움켜 죽이고 물어뜯는 짐승은 반드시 발톱을 감추고 눈은 툭 튀어나오고 비늘은 불거져 나온다. 발톱을 감추고 눈이 튀어나오고 비늘이 불거지면 사람이 보기에 반드시 발끈 성을 내는 것 같다. 진실로 성을 낸다면 무거운 악기를 질 만하다. 여기에 채색까지 갖추면 반드시 소리를 낸다. 발톱을 감추지 않고 눈이 튀어나오지 않고 비늘이 불거져 나오지 않는다면 반드시 기운이 쇠하여 시들한 짐승이다. 여기에 무거운 악기를 매달면 반드시 못쓰게 될 것 같고 채색까지 갖추면 두들겨도 반드시 울지 않는다."

라고 하였다.【이 문장은 순거筍簴[142]를 장식한 짐승의 가죽에 대한 설명이다.】

《주례》〈고공기 포인鮑人〉에 "가죽을 무두질할 때 당기고 펴는 것은 고르게 하려는 것이다. 가죽을 펴서 고르게 하면 취하여 사용하는 가죽은 고르게 되니 만약 펴서 고르지 않으면 한쪽은 쭈글쭈글하고 한쪽은 팽팽하다. 만약 한쪽이 쭈글쭈글하고 한쪽이 팽팽하면 사용할 때 반드시 팽팽한 쪽이 먼저 찢어지고 팽팽한 쪽이 먼저 찢어지면 넓은 쪽이 좁아진다."라고 하였다.【이 문장은 가죽을 만드는 방법을 설명하였다.】

'정제되어 있으면서도 순정함'은《주례》〈고공기 총론〉에 "쇠를 녹여 칼을 만들고, 흙을 뭉쳐 그릇을 만든다.",《주례》〈고공기 여인輿人〉에 "잔거棧車[143]는 가리려고 하고 식거飾車[144]는 사치스럽게 하려고 한다.",《주례》〈고공기 부씨鳧氏〉에 "종이 크고 짧은 것은 그 소리가 빠르고 가까이서만 들리고, 종이 작고 긴 것은 그 소리가 퍼져 멀리까지 들린다.",《주례》〈고공기 경씨磬氏〉에 "소리가 너무 높으면 옆을 갈고 소리가 너무 낮으면 끝을 간다."라고 하였다.

四條

考工記之文, 榷而論之, 蓋有三美, 一曰雄健而雅, 二曰宛曲而峻, 三曰整齊而醇, 略條于後. 雄健而雅, "鄭之刀, 宋之斤, 魯之削, 吳·粵之劍, 遷乎其地而弗能爲良.", "凡爲弓, 方其峻而高其桝, 長其畏而薄其敝."【左氏傳曰, "恤其患而補其闕, 正其違而治其煩." 亦此法也.】宛曲而峻, "凡攫杀

---

142 순거 : 종이나 경磬과 같은 악기를 매는 틀을 이른다.

143 잔거 : 대나무로 엮어 만들어 가죽을 씌우지 않은 사士가 타는 수레이다.

144 식거 : 가죽으로 장식한 대부가 타는 수레를 이른다.

援簨之類, 必深其爪, 出其目, 作其鱗之而. 深其爪, 出其目, 作其鱗之而,
則於眡必撥爾而怒. 苟撥爾而怒, 則於任重宜, 且其匪色, 必似鳴矣. 爪
不深, 目不出, 鱗之而不作, 則必頹爾如委矣. 苟頹爾如委, 則加任焉, 則
必如將廢措, 其匪色必似不鳴矣."【此文說筍簴之獸也.】"引而信之, 欲其
直也. 信之而直, 則取材正也. 信之而枉, 則是一方緩一方急也. 若苟一方
緩一方急, 則及其用之也, 必自其急者先裂. 若苟自急者先裂, 則是以博爲
帴也."【此文說製韋革.】整齊而醇, "爍金以爲刃, 凝土以爲器.", "棧車
欲弇, 飾車欲侈.", "鍾大而短, 則其聲疾而短聞, 鍾小而長, 則其聲舒而遠
聞.", "已上則摩其旁, 已下則摩其耑."

5조. 《춘추》와 《시경》의 문장을 배열하는 방법

《춘추》의 문구 중 긴 것은 30여 글자가 넘는 것도 있고 짧은 것은 한 글자에 그친 것도 있다.【예컨대 《춘추좌씨전》 성공成公 2년조에 "계손행보季孫行父, 장손허臧孫許, 숙손교여叔孫僑如, 공손영제公孫嬰齊가 군대를 거느리고 가서 진晉나라 극극郤克, 위나라 손량부孫良夫, 조나라 공자수公子首와 회합하여 제후齊侯와 안鞍에서 교전하였다.[季孫行父 臧孫許 叔孫僑如 公孫嬰齊 帥師會晉郤克 衛孫良夫 曹公子首 及齊侯戰於鞌]"와 같은 사례는 장구長句이다. 예컨대 《춘추좌씨전》 환공桓公 5년조에 "메뚜기[螽]"[145]와 같은 사례는 단구短句이다.】

《시경》의 문구로 긴 것도 8글자를 넘지 않고 짧은 것도 2글자 이하는 없다.【여덟 글자의 경우 예컨대 "나는 감히 내 친구들과 같이 편히 즐길 수 없구료.[我不敢効我友自逸]"와 같은 경우이다. 체우摯虞[146]는 《시경》에 아홉 글자의 구절이 있는데 '멀리 저 길가의 빗물을 취하여, 저기에서 떠다가 여기에 붓더라도 고두밥과 서속밥을 지을 수 있도다.[泂酌彼行潦挹彼注兹]'"[147]라고 하였지만 이는 두 구절의 시구로 그의 말은 잘못이다. 두 글자의 경우는 "조인肇禋"[148]

---

145 《춘추좌씨전》……메뚜기 : "채나라 사람, 위나라 사람, 진나라 사람이 주왕周王을 따라 정鄭나라를 정벌하였다. 우제虞祭를 지냈다. 메뚜기의 재해가 발생하였다.[蔡人衛人陳人從王伐鄭 大雩 螽]"라는 구절이 있다.

146 체우(250~311) : 서진의 문학가로, 자는 중흡仲洽이다. 저서로 《문장류별집文章流別集》이 있다.

147 멀리……있도다 : 《시경》〈대아大雅 형작泂酌〉의 구절이다.

148 조인 : 제사를 시작함을 이르는 말이다. 《시경》〈주남周頌 유청維淸〉에 "청명하게 하여 이어 밝히는 것은 문왕의 법이니라. 처음 제사를 지냄으로부터 이룸이 있음에 이르렀으니 주나라의 상서로다.[維淸緝熙 文王之典 肇禋 迄用有成 維周之

과 같은 경우이다.】

《춘추》는 포폄褒貶에 근본을 두고 《시경》은 찬미와 풍자에 본의를 두었으니 글을 짓는 데 일정한 법칙을 두지 않음이 없다.

五條

春秋文句, 長者踰三十餘言, 短者止於一言.【如"季孫行父·臧孫許·叔孫僑如·公孫嬰齊帥師會晉郤克·衛孫良父·曹公子首, 及齊侯戰於鞌"之類, 是長句也. 如"螽"之類, 是短句也.】詩之文句, 長 不踰八言, 短者不減二言.【八言者, 如"我不敢効我友自逸"之類是也. 摯虞云, "詩有九言, '泂酌彼行潦挹彼注玆'是也." [然此當爲二句, 其說非也]¹⁴⁹ 二言者 若"肇禋"之類】春秋主於褒貶, 詩則本於美刺, 立言之間, 莫不有法.

禋"라는 구절에 실려 있다.

149 [然此當爲二句 其說非也] : 원본元本·명홍치본明弘治本·도본屠本·비급본祕笈本
에 의거하여 '然此當爲二句 其說非也' 10자를 보충하였다.

6조. 《시경》에서 사용된 조사助辭 용법

시인이 조사를 쓸 때는 문장에 반드시 운자韻字을 많이 쓴다. '야也'자를 조사로 쓴 경우가 있는데, 예컨대 《시경》〈패풍邶風 모구旄丘〉에 "어떻게 편안히 사시는가? 반드시 돕는 자가 있네.[何其處也 必有與也]"【'처處'자와 '여與'자가 운자이다.】, '이而'자를 조사로 쓴 경우가 있는데, 예컨대 《시경》〈제풍齊風 저著〉에 "나를 문간에서 기다리나니 충이充耳를 흰 실로 하였고.[俟我于著乎而 充耳以素乎而]"【'저著'자와 '소素'자가 운자이다.】, '의矣'자를 조사로 쓴 경우가 있는데, 예컨대 《시경》〈주남周南 권이卷耳〉에 "저 산에 오르자니 내 말이 병났고.[陟彼砠矣 我馬瘏矣]",【'저砠'자와 '도瘏'자가 운자이다.】 '기忌'자를 조사로 쓴 경우가 있는데, 예컨대 《시경》〈정풍鄭風 대숙우전大叔于田〉에 "말을 달리고 경마를 잡히며 오늬를 놓아 활을 쏘고 활고자를 덮도다.[抑磬控忌 抑縱送忌]"【'공控'자와 '송送'자가 운자이다.】, '혜兮'자를 조사로 쓴 경우가 있는데, 예컨대 《시경》〈소남召南 표유매摽有梅〉에 "그 열매가 일곱이로다. 좋은 시기를 놓치지 말라[其實七兮 迨其吉兮]"[150]【'칠七'자와 '길吉'자가 운자이다.】, '지之'자를 조사로 쓴 경우가 있는데, 예컨대, 《시경》〈정풍鄭風 여왈계명女曰鷄鳴〉에 "그대가 초대하여 오신 분임을 안다면 잡패를 선물할 것이며.[知子之順之 雜佩以問之]"【'순順'자와 '문問'자가 운자이다.】, '지止'자를 조사로 쓴 경우가 있는데, 예컨대 《시경》〈제풍齊風 남산南山〉에 "이미 시집을 왔으니 어찌

---

150 그……말라 : 《시경》〈소남召南 표유매摽有梅〉의 "떨어지는 매화여 그 열매가 일곱이로다. 나를 구하는 서사는 좋은 시기를 놓치지 말라.[摽有梅 其實七兮 求我庶士 迨其吉兮]"라는 구절에서 인용한 것으로 문장의 순서가 조금 다르다.

하여 또 그리워하는가?[旣曰庸止 曷又從止]"【'용庸'자와 '종從'자가 운자이다. '지止'는 '다만[只]'이라는 뜻이다. 《시경》〈용풍鄘風 백주柏舟〉에도 '지只'자를 운자로 쓴다.[151] 초사楚辭[152]의 〈대초부大招賦〉에 '지只'자를 조사로 쓴 경우[153]가 있으니, 대개 이를 본받은 것이다.】, '차且'자를 조사로 쓴 경우가 있는데, 예컨대, 《시경》〈당풍唐風 초료椒聊〉에 "산초나무여, 가지가 멀리 뻗었도다.[椒聊且 遠條且]"【'료聊'자와 '조條'자가 운자가 된다.】의 경우이다. 조사가 4구와 6구로 쓴 경우도 많은데 지금 다 기록하지 않는다.

또 《예기》는 시인의 문장이 아니지만 조사 앞에 협운協韻을 둔다. 예컨대 《예기》〈예운禮運〉에 "예가 교외에서 행해지면 온갖 신들이 직책을 받으며, 예가 사직에서 행해지면 온갖 재화가 지극해지며, 예가 조묘에서 행해지면 효도와 사랑이 행해지며, 예가 오사에 행해지면 법칙이 바로잡힌다."라고 하였다. 이 문장에서는 '언焉'자를 조사로 썼고, '직職'·'극極'·'복服'·'칙則'자가 협운이 된다.

六條

詩人之用助辭, 辭必多用韻. 有用'也'辭, 若"何其處也, 必有與也."【['處', '與'爲韻][154]】有用'而'辭, 若"俟我于著乎而, 充耳以素乎而."【['著', '素'爲

---

151 '지只'자를……쓴다 : 《시경》〈용풍鄘風 백주柏舟〉에 "어머니는 하늘이신데, 이처럼 사람 마음 몰라주시나.[母也天只 不諒人只]"라는 구절이 있다.

152 초사 : 원문의 '이소離騷'는 '초사楚辭'의 오자로 바로잡는다.

153 '지只'자를……경우 : 〈대초부大招賦〉에 "겨울을 이어받은 푸른 봄 따스한 햇빛이 비치네.[靑春受謝 白日昭只]"라는 구절이 있다.

154 [處與爲韻] : 원본元本·명홍치본明弘治本·도본屠本·비급본祕笈本·송세영宋世英 교기校記에서 인용한 진본陳本에 의거하여 '處與爲韻' 4자를 보충하였다.

韻.]¹⁵⁵】有用'矣'辭, 若"陟彼砠矣, 我馬瘏矣."【['砠', '瘏'爲韻.]¹⁵⁶】有用
'忌'辭, 若"抑磬控忌, 抑縱送忌."【['控', '送'爲韻.]¹⁵⁷】有用'兮'辭, 若"其
實七兮, 迨其吉兮."【['七', '吉'爲韻.]¹⁵⁸】有用'之'辭, 若"知子之順之, 雜佩
以問之."【['順', '問'爲韻.]¹⁵⁹】有用'止'辭, 如"旣曰庸止, 曷又從止."【['庸',
'從'爲韻, '止', 卽'只', 酈柏舟詩亦用'只'爲辭, 離騷有大招用'只'辭 蓋法乎
此.]¹⁶⁰】有用'且'辭, 若"椒聊且, 遠條且."【['聊', '條'爲韻.]¹⁶¹】如四句六
句者多矣, 今不備載. 又禮記非詩人之文, 助辭之上, 亦有韻協. 如曰, "禮
行於郊, 而百神受職焉. 行於社, 而百貨可極焉. 禮行於祖廟, 而孝慈服
焉. 禮行於五祀, 而正法則焉." 此則用'焉'辭, 而'職'·'極'·'服'·'則'爲協

---

155 [著素爲韻]: 원본元本·명홍치본明弘治本·도본屠本·비급본祕笈本·송세영宋世英
교기校記에서 인용한 진본陳本에 의거하여 '著素爲韻' 4자를 보충하였다.

156 [砠瘏爲韻]: 원본元本·명홍치본明弘治本·도본屠本·비급본祕笈本·송세영宋世英
교기校記에서 인용한 진본陳本에 의거하여 '砠瘏爲韻' 4자를 보충하였다.

157 [控送爲韻]: 원본元本·명홍치본明弘治本·도본屠本·비급본祕笈本·송세영宋世英
교기校記에서 인용한 진본陳本에 의거하여 '控送爲韻' 보충하였다.

158 [七吉爲韻]: 원본元本·명홍치본明弘治本·도본屠本·비급본祕笈本·송세영宋世英
교기校記에서 인용한 진본陳本에 의거하여 '七吉爲韻' 4자를 보충하였다.

159 [順問爲韻]: 원본元本·명홍치본明弘治本·도본屠本·비급본祕笈本·송세영宋世英
교기校記에서 인용한 진본陳本에 의거하여 '順問爲韻' 4자를 보충하였다.

160 [庸從爲韻……蓋法乎此]: 원본元本·명홍치본明弘治本·도본屠本·비급본祕笈本·
송세영宋世英 교기校記에서 인용한 진본陳本에 의거하여 '庸從爲韻……蓋法乎
此' 28자를 보충하였다.

161 [聊條爲韻]: 원본元本·명홍치본明弘治本·도본屠本·비급본祕笈本·송세영宋世英
교기校記에서 인용한 진본陳本에 의거하여 '聊條爲韻' 4자를 보충하였다.

7조. 공영달孔穎達[162]이 논한 《시경》의 장법章法

공영달이 "장章을 만드는 방법은 그 체제를 항상 같게 하지는 않았다. 어떤 것은 장을 중복하여 한 가지 일을 함께 서술하였다.【《시경》〈소남召南 채빈采蘋〉과 같은 경우이다.】 어떤 것은 한 가지 일을 중첩하여 여러 장으로 만들었다.【《시경》〈소남 감당甘棠〉과 같은 경우이다.】 어떤 것은 처음은 같이 하고 끝은 달리하였다.【《시경》〈소아小雅 출거出車〉와 같은 경우이다.】 어떤 것은 처음은 달리하고 끝은 같게 하였다.【《시경》〈주남周南 한광漢廣〉과 같은 경우이다.】 어떤 것은 일이 끝났다가 다시 거듭하였다.【《시경》〈대아大雅 기취既醉〉와 같은 경우이다.】 어떤 것은 장을 거듭하여 일을 다르게 말하였다.【《시경》〈빈풍豳風 치효鴟鴞〉와 같은 경우이다.】 어떤 것은 계절에 따라 색을 바꾸었다.【《시경》〈소아小雅 하초불황何草不黃〉과 같은 경우이다.】 어떤 것은 일에 따라 글자를 바꾸었다.【《시경》〈대아大雅 문왕유성文王有聲〉과 같은 경우이다.】 어떤 것은 한 장에 두 번 말하였다.【《시경》〈주남周南 채채부이采采芣苢〉와 〈소아小雅 빈지초연賓之初筵〉과 같은 경우이다.】 어떤 것은 3장에서 처음으로 풍자하려는 내용을 드러냈다.【《시경》〈소아 빈지초연〉과 같은 경우이다.】 어떤 편은 여러 장이 있는데 장章마다 구句의 수를 다르게 하였다. 어떤 장은 여러 구가 있는데 구마다 다르게 하였다."라고 하였다. 시의 체제를 포괄한 것이 누가 이 설명보다 뛰어나겠는가? 그래서 특별히 여기에 기록하였다.

---

162 공영달(574~648) : 당나라 태종太宗 때의 문신이자 학자이다. 문장과 천문, 수학에 능통하였으며, 태종의 명에 따라 《수서隋書》와 《오경정의五經正義》 등을 편찬하였다.

七條

孔穎達曰, "(詩)[立]¹⁶³章之法, 不常厥體 或重章共述一事,【采蘋之類.】或一事疊爲數章,【甘棠之類.】或初同而末異,【出車之類.】或首異而末同, 【漢廣之類.】或事訖而更申,【旣醉之類.】或章重而事別,【鴟鴞之類.】或隨時而改色,【何草不黃也.】或因事而變文,【文王有聲也.】或一章而再言, 或三章而一發,【采采芣苢·賓之初筵.】篇有數章, 章句衆寡不等, 章有數句, 句字多少不同." 包括詩體, 孰踰此說, 故特取焉.

---

163 (詩)[立] : 북경대학교출판사北京大學校出版社《모시정의毛詩正義》에 의거하여 '立'으로 바로잡았다.

하권 下卷

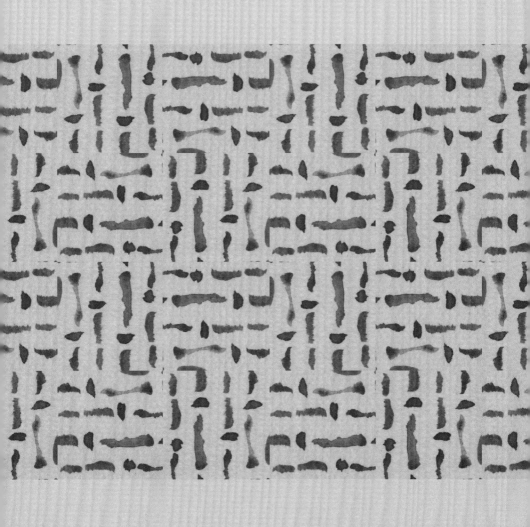

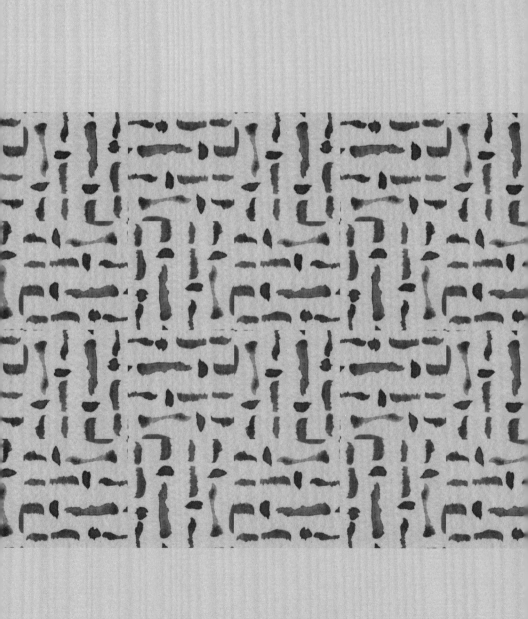

경庚

- 모두 2조이다

1조. 동일한 글자를 배열한 사례

문장에는 몇 구절에 같은 글자를 쓰는 경우가 있는데, 이는 문장의 기세를 굳세게 하고 문장의 뜻을 확대하려는 것이다. 그렇지만 이러한 것들에는 정해진 법칙이 있다.

한퇴지韓退之[1]의 작품은 고문의 으뜸이 되니, 이러한 종류의 법칙에 특별히 주의를 기울여야 한다. 예컨대 그의 〈하책존호표賀冊尊號表〉에서 '지위之謂'라는 글자[2]를 쓴 것은 대개 《주역》〈계사전 상繫辭傳上〉에

---

1 한퇴지 : '퇴지退之'는 당나라 문학가인 한유韓愈(768~824)의 자이다. 시호는 문공 文公이다. 회주懷州 출생으로 792년 진사시에 합격하였다. 산문의 문체개혁文體改革과 시에 있어 지적인 흥미를 정련精練된 표현으로 나타낼 것을 시도하는 등 문학상의 공적을 세웠다. 이는 송대 이후 중국 산문문체의 표준이 되고 제재題材의 확장을 주는 등 영향을 주었다. 저서로 《창려선생집昌黎先生集》이 있다.

2 '지위之謂'라는 글자 : 〈하책존호표賀冊尊號表〉에 "신은 들으니 인을 체득하여 자라는 것을 '원元'이라고 하고, 발하여 절도에 맞는 것을 '화和'라고 하고, 통하지 않는 바가 없는 것을 '성聖'이라고 하고, 묘하여 정해진 방향이 없는 것을 '신神'이라고 하고, 천지를 경위하는 것을 '문文'이라고 하고, 화란을 평정하는 것을 '무武'라고 하고, 하늘보다 먼저 하여도 하늘이 어기지 않는 것을 '법천法天'이라고 하고, 도로 천하를 구제하는 것을 '응도應道'라고 한다.[臣聞體仁長人之謂元 發而中節之謂和 無所不通之謂聖 妙而無方之謂神 經緯天地之謂文 戡定禍亂之謂武 先天不違之謂法天 道濟天下之謂應道]"라고 하였다.

서 취한 것[3]이고, 그의 〈화기畫記〉에서 '자者'자를 사용한 것[4]은 대개 《주례》〈고공기考工記〉에서 취한 것이고, 그의 〈남산南山〉 시에 '혹或'자를 사용한 것은 대개 《시경》〈소아小雅 북산北山〉에서 취한 것이다. 이를 모두 뒤에 주석으로 달았으니, 누가 한퇴지가 스스로 옛 격식에 얽매이지 않고 새로운 방법을 만들어 냈다고[自我作古][5] 말하겠는가?【한퇴지가 〈화기〉에서 말한 것을 살펴보면, "말을 타고 서 있는 사람이 다섯 명, 갑옷을 입고서 병기를 메고 말을 타고 있는 사람이 열 명, 짐을 지고서 말을 탄 자가 두 사람, 병기를 들고서 말을 탄 자가 두 사람이다."[6]라고 하였다. 이 이하로 모두 사람의 인원수를 기록하는 것은 《서경》〈주서周書 고명顧命〉에 "두 사람은 작변雀弁을 쓴 채 세모진 창[惠]을 잡고, 네 사람은 얼룩무늬 두건[綦弁]을

---

3 《주역》……것 : 《주역》〈계사전 상〉에 "한 번 음陰이 되고 한 번 양陽이 되는 것을 도道라고 하고, 일음일양一陰一陽을 계속하여 만물을 화육化育하는 것이 '선善'이고, 사물이 생겨나면서 갖추고 있는 것이 '성性'이다. 어진 사람은 이를 보고 어질다고 말하고, 지혜로운 사람은 이를 보고 지혜롭다고 말한다. 백성들은 날마다 그것을 쓰지만 알지 못하므로 군자의 도가 드문 것이다.[一陰一陽之謂道 繼之者善也 成之者性也 仁者見之謂之仁 知者見之謂之知 百姓日用而不知 故君子之道鮮矣]", "음양이 끝없이 변전變轉하면서 생성 변화하는 것을 '역易'이라고 한다.[生生之謂易]", "날로 새로워짐을 '성덕盛德'이라 이른다.[日新之謂盛德]"라는 구절이 있다.

4 '자者'자를……것 : 아래 '자법者法'의 번역에서 다루고 있다.

5 스스로……냈다고 : 《당대소령집唐大詔令集》〈정관오년봉건공신조貞觀五年封建功臣詔〉에 "스스로 옛 격식에 얽매이지 않고 새로운 방법을 만들어 내면 되었지 반드시 전적으로 옛날의 전고를 따를 필요는 없다.[自我作古 未必專依前典]"라는 구절이 있다. '自我作古'는 '自我作故'라고도 한다.

6 말을……두 사람이다 : 원문은 "말을 타고 서 있는 사람이 다섯 명, 갑옷을 입고서 병기를 메고 말을 타고 있는 사람이 열 명, 큰 깃발을 들고 말을 타고서 앞에 서 있는 사람이 한 명, 갑옷을 입고서 병기를 메고 말을 타고 가다가 내려 말을 끌고 가는 사람이 열 명, 짐을 지고서 말을 탄 사람이 두 사람, 병기를 들고서 말을 탄 사람이 두 사람이다.[騎而立者五人 騎而被甲載兵立者十人 一人騎執大旗前立 騎而被甲載兵行且下牽者十人 騎且負者二人 騎執器者二人]"라고 하였는데, 일부 문장이 생략되었다.

쓴 채 창을 잡고, 한 사람은 면복冕服을 입은 채 창을 잡고, 한 사람은 면복을 입은 채 도끼를 잡고, 한 사람은 면복을 입은 채 양지창[戣]을 잡고, 한 사람은 면복을 입은 채 창[瞿]을 잡고, 한 사람은 면복을 입은 채 창[銳]을 잡고 옆 계단에 서 있었다."[7]라는 구절을 법으로 삼은 것이다. 이것은 동일한 종류의 글자를 사용하는 방법과는 다르지만 우선 여기에 붙여두니, 이는 한퇴지가 문장을 함부로 쓰지 않은 것을 보이기 위함이다.】

동일한 종류의 글자를 사용한 사례를 모두 거론할 수가 없어 경서經書와 자서子書 가운데 통용되는 것들만 골라 기록한다. 이를 통해 유사한 사례에 맞닥뜨리면 지식을 성장시킬 수 있을 것이다.

庚 - 凡二條

一條

文有數句用一類字, 所以壯文勢, 廣文義也. 然皆有法. 韓退之爲古文伯,[8] 於此法尤加意焉. 如賀冊尊號表用'之謂'字, 蓋取易繫辭, 畫記用'者'字, 蓋取考工記, 南山詩用'或'字, 蓋取詩北山, 悉注于後, 孰謂退之自作古哉.【觀退之畫記云, "騎而立者五人, 騎而被甲載兵立者十人, 騎且負者二

---

7 두……있었다 : 원문은 "두 사람은 작변雀弁으로 세모난 창[惠]를 잡고 필문 안에 서 있고, 네 사람은 기변綦弁으로 창을 잡되 칼날을 위로 하여 두 계단의 섬돌 좌우에 늘어서고, 한 사람은 면복冕服으로 창을 잡고서 동당에 서 있고, 한 사람은 면복으로 도끼를 잡고 서당에 서 있고, 한 사람은 면복으로 양갈래 창[戣]을 잡고서 동쪽 귀퉁이에 서 있고, 한 사람은 면복으로 창을 잡고서 서쪽 귀퉁이에 서 있고, 한 사람은 면복으로 창을 잡고서 옆 계단에 서 있었다.[二人雀弁執惠 立于畢門之內 四人綦弁執戈上刃 夾兩階阽 一人冕執劉 立于東堂 一人冕執鉞 立于西堂 一人冕執戣 立于東垂 一人冕執瞿 立于西垂 一人冕執銳 立于側階]"라고 하였는데, 일부 문장이 생략되었다.

8 伯 : 원본元本·명홍치본明弘治本에는 '覇'로 되어 있다.

人, 騎執器者二人," 自此以下, 凡記人數者, 蓋取書顧命"二人雀弁執惠, 四人綦弁, 執戈上刃, 一人冕執劉, 一人冕執鉞, 一人冕執戣, 一人冕執瞿, 一人冕執銳"之法也. 此與用字一類不同, 姑附于此, 示退之之文不妄作也.】用一類字者, 不可徧擧, 采經子通用者志之, 可觸類而長矣.

1-1. '혹或'을 쓰는 구법

【《시경》〈소아小雅 북산北山〉에 "어떤 이는 편안히 거처하며 쉬고 있는데 어떤 이는 수고로움을 다하여 나라에 일하며, 어떤 이는 편안히 누워 침상에 있는데 어떤 이는 길 가기를 그치지 않는다. 어떤 이는 부르짖음을 알지 못하고 어떤 이는 처참하게 나랏일만 걱정하네. 어떤 이는 실컷 놀며 한가히 지내는데 어떤 이는 나랏일에 바쁘기 그지없네. 어떤 이는 즐겨 하며 술 마시고 또 모여 아무 말이나 일삼는데 어떤 이는 하지 않는 일이 없네."라고 하였다. 한퇴지의 〈남산南山〉 시에 "어떤 산은 이어진 것이 서로 따르는 듯하고 어떤 산은 위축된 것이 서로 싸우는 듯하다. 어떤 산은 위세가 안정된 것이 복종하는 듯하고 어떤 산은 우뚝한 것이 놀란 것 같다. 어떤 산은 흩어진 것이 다 부서진 것 같고 어떤 산은 달려가는 것이 한 곳으로 모여드는 것 같다. 어떤 산은 나는 듯한 기세가 배가 노니는 것 같고 어떤 산은 무너져 내린 것이 말이 내달리는 것 같다."라고 하였다. 모두 《시경》〈소아小雅 북산北山〉에서 '혹或'자를 사용하는 법을 확대하여 쓴 것이다.

《노자》29장에 "그러므로 만물은 어떤 것은 앞서가고 어떤 것은 뒤따르며 어떤 것은 숨을 느리게 쉬고 어떤 것은 크게 내쉬기도 하며 어떤 것은 강하고 어떤 것은 약하며 어떤 것은 꺾기도 하고 어떤 것은 무너뜨리기도 한다."라고 하

였으니, 이것이 또 하나의 구법이다.】

1-1

或法.【詩北山曰, "或燕燕居息, 或盡瘁事國, 或息偃在牀, 或不已于行, 或不知叫號, 或慘慘劬勞, 或棲遲偃仰, 或王事鞅掌, 或湛樂飮酒, 或慘慘畏咎, 或出入風議, 或靡事不爲." 退之, 南山詩云, "或連若相從, 或蹙若相鬪, 或妥若弭伏, 或竦若驚雛, 或散若瓦解, 或赴若輻輳, 或翩若(船)[盤][9]游, 或決若馬驟." 皆廣北山'或'字法而用之也. 老子曰, "故物或行或隨, 或呴或吹, 或强或羸, 或載或隳." 又一法也.】

1-2. '자者'를 쓰는 구법

【《주례》〈고공기考工記 재인梓人〉에 "지脂인 것과 고膏인 것과 나臝인 것과 우羽인 것과 인鱗인 것이 있다."라고 하였고, 또 "목[脰]으로 우는 놈, 부리로 우는 놈, 날개로 우는 놈, 넓적다리로 우는 놈, 가슴으로 우는 놈이 있다."라고 하였다. 《장자》〈제물론齊物論〉에 "물 흐르는 소리, 화살 나는 소리, 꾸짖는 소리, 들이마시는 소리, 외치는 소리, 아우성치는 소리, 둔하게 울리는 소리, 맑게 울리는 소리를 낸다."라고 하였다. 한퇴지의 〈화기畫記〉에 "걸어가는 놈, 끌려가는 놈, 바삐 달려 가는 놈, 물을 건너는 놈, 막 물에서 나온 놈, 머리를 들고 바라보는 놈, 머리를 돌려 바라보는 놈, 우는 놈, 누워 있는 놈, 움직이는[訛] 놈, 서 있는 놈, 앞발을 들고 사람처럼 서 있는 놈, 풀을 뜯어먹는 놈, 물을 마시는 놈, 오줌을 누는 놈, 높은 곳으로 올라가는 놈이 있다."라고 하였다. 여기에서

---

9 (船)[盤] : 원본에는 '船'으로 되어 있으나 명홍치본明弘治本·도본屠本에 의거하여 '盤'으로 바로잡았다.

사용한 '자者'는 《주례》〈고공기 재인〉과 장자의 《장자》의 구법을 쓴 것이다.】

1-2

者法.【考工記曰, "脂者, 膏者, 臝者, 羽者, 鱗者." 又曰, "以脰鳴者, 以注
鳴者, 以旁鳴者, 以翼鳴者, 以股鳴者, 以胷鳴者." 莊子曰, "激者, 謞者,
叱者, 吸者, 叫者, 譹者, 宎者, 咬者." 韓退之, 畫記云, "行者, 牽者, 奔者,
涉者, 陸者, 翹者, 顧者, 鳴者, 寢者, 訛者, 立者, 齕者, 飮者, 溲者, 陟者,
降者." 凡此用'者'字, 其原出于考工記及莊子法也.[10]】

1-3. '지위之謂'를 쓰는 구법

【《주역》〈계사전 상繫辭傳上〉에 "부유한 것은 '큰 업[大業]'이라 이르고, 날로
새롭게 하는 것[日新]은 '성대한 덕[盛德]'이라 이르는 것이며, 낳고 또 낳는 것
[生生]을 '역易'이라고 이르며, 형상[形象]을 이루는 것을 '건乾'이라 하고, 법을
본받는 것을 '곤坤'이라고 하며, 수를 다하여[極數] 연구하고 닥쳐오는 것을 아
는 것[知來]을 '점占'이라고 하며 변통하는 것을 '일[事]'이라고 이르고, 음양陰
陽을 헤아릴 수 없는 것을 '신神'이라고 이른다."라고 하였다. 한퇴지의 〈하책존
호표賀冊尊號表〉에 "신은 들으니 인을 체득하여 자라는 것을 '원元'이라고 하
고, 발하여 절도에 맞는 것을 '화和'라고 하고, 통하지 않는 바가 없는 것을 '성
聖'이라고 하고, 묘하여 정해진 방향이 없는 것을 '신神'이라고 하고, 천지를 경
위하는 것을 '문文'이라고 하고, 화란을 평정하는 것을 '무武'라고 하고, 하늘

---

10 考工記及莊子法也 : 원본元本·명홍치본明弘治本·도본屠本·비급본祕笈本에는 '考
工記因用莊子'로 되어 있다.

보다 먼저 하여도 하늘이 어기지 않는 것을 '법천法天'이라고 하고, 도로 천하를 구제하는 것을 '응도應道'라고 한다."라고 하였다. 이는 대개《주역》〈계사전 상〉에서 구법을 취한 것이다.】

1-3

之謂法.【繫辭曰, "富有之謂大業, 日新之謂盛德, 生生之謂易, 成象之謂乾, 效法之謂坤, 極數知來之謂占, 通變之謂事, 陰陽不測之謂神." 韓退之, 賀冊尊號表云, "臣聞體仁以長人之謂元, 發而中節之謂和, 無所不通之謂聖, 妙而無方之謂神, 經緯天地之謂文, 戡定禍亂之謂武, 先天不違之謂法天, 道濟天下之謂應道." 蓋取易繫辭也.】

1-4. '위지謂之'를 쓰는 구법

【《주역》〈계사전 상繫辭傳上〉에 "문을 닫는 것을 '곤坤'이라 하고, 문을 여는 것을 '건乾'이라 하고, 한 번 닫고 한 번 여는 것을 '변화'라 하고, 끝없이 왕래하는 것을 '통通'이라 한다. 드러난 것을 '상象'이라고 하고, 형상으로 드러난 것을 '기器'라고 하며, 만들어서 쓰는 것을 '법法'이라고 하고, 쓰는 것을 편리하게 해서 출입하며 백성들이 모두 사용하는 것을 '신神'이라고 한다."라고 하였다. 경서經書와 자서子書, 전기傳記에 이러한 구법을 쓰는 경우가 많아 다 기록하지 않는다.】

1-4

謂之法.【易繫辭曰, "闔戶謂之坤, 闢戶謂之乾, 一闔一闢謂之變, 往來不窮謂之通, 見乃謂之象, 形乃謂之器, 制而用之謂之法, 利用出入, 民咸用

之謂之神."之類. [凡經子傳記, 用此多矣. 故不悉載.]¹¹】

1-5. '지之'를 쓰는 구법

【《맹자》〈등문공 상滕文公上〉에 "백성을 위로하여 나에게 오게 하고, 바로잡아 정직하게 해 주고, 도와주고 이끌어 준다."라고 하였다. 《노자》 51장에 "그러므로 도가 낳고 기르니, 키우고 기르고 이루고 익히고 먹이고 덮어준다."라고 하였다. 《주역》〈설괘전說卦傳〉에 "우레로써 동하고, 바람으로써 흩고, 비로써 적시고, 해로써 건조시키고, 간艮으로써 그치고, 태兌로써 기쁘게 하고, 건乾으로써 군주 노릇하고, 곤坤으로써 감춘다."라고 하였으니, 이것이 또 하나의 구법이다.】

1-5

之法.【孟子曰, "勞之來之, 匡之直之, 輔之翼之." 老子曰, "故道, 生之畜之, 長之育之, 成之熟之, 養之覆之." 易說卦曰, "雷以動之, 風以散之, 雨以潤之, 日以烜之, 艮以止之, 兌以說之, 乾以君之, 坤以藏之." 此又一法也.】

1-6. '가可'를 쓰는 구법

【《주례》〈고공기考工記 윤인輪人〉에 "그래서 규規에 맞게 하고 우萭에 맞게 하며 물에 담궈 보고 매달아 보며 양을 잴 수가 있고 무게를 달 수가 있다."라고 하였다. 《주례》〈표기表記〉에 "임금을 섬겨 귀하게도 해 줄 수 있고 천하게

---

11 [凡經子傳記……故不悉載]: 문연각文淵閣 사고전서본四庫全書本에 의거하여 '凡經子傳記……故不悉載' 13자를 보충하였다.

도 해 줄 수 있으며 부유하게 할 수도 있고 가난하게 할 수도 있으며 살릴 수도

있고 죽일 수도 있다."라고 하였다.】

1-6

可法.【考工記曰, "故可規可萬, 可水可縣, 可量可權." 表記曰, "事君可貴
可賤, 可富可貧, 可生可殺."】

1-7. '가이可以'를 쓰는 구법

【《논어》〈양화陽貨〉에 "시는 일으킬 수 있으며, 보게 할 수 있으며, 무리를 지
을 수 있으며, 원망할 수 있다."라고 하였다. 《예기》〈월령月令〉에 "높고 밝은 곳
에 오를 만하며 조망을 멀리할 만하며 산릉에 오를 만하고 누대에 거처할 만하
다."라고 하였다. 《장자》〈양생주養生主〉에 "자신의 몸을 보전할 수 있으며, 자
신의 생명을 온전하게 유지할 수 있고, 어버이를 잘 봉양할 수 있으며, 자신에
게 주어진 천수를 끝까지 누릴 수 있다."라고 하였다.】

1-7

可以法.【論語曰, "詩, 可以興, 可以觀, 可以群, 可以怨." 月令曰, "可以登
高明, 可以遠眺望, 可以升山陵, 可以處臺榭." 莊子曰, "可以保身, 可以全
生, 可以養親, 可以盡年."】

1-8. '위爲'를 쓰는 구법

【《주역》〈설괘전說卦傳〉에 "건乾은 하늘이 되고, 둥근 것이 되고, 군주가 되고 아버지가 되고, 옥이 되고, 금이 되고, 추위가 되고, 얼음이 되고, 큰 적색이 되고, 좋은 말이 되고, 늙은 말이 되고, 수척한 말이 되고, 얼룩말이 되고, 나무의 과일이 된다."라고 하였다. 《장자》〈인간세人間世〉에 "겉으로 따르다가 빠져 들어가게 되면 자신이 전도되고 멸식滅息되며 붕괴되고 넘어질 것이고, 마음으로 화합하려고 하다가 그를 감화하려는 속마음이 겉으로 드러나면 명성이 널리 알려져서 재앙을 초래할 것이다."라고 하였으니, 이것이 또 하나의 구법이다.】

1-8

爲法.【易說卦曰, "乾爲天, 爲圓, 爲君, 爲父, 爲玉, 爲金, 爲寒, 爲冰, 爲大赤, 爲良馬, 爲老馬, 爲瘠馬, 爲駁馬, 爲木果." 莊子曰, "形就而入, 且爲顚爲滅, 爲崩爲蹶. 心和而出, 且爲聲爲名, 爲妖爲孼." 此又一法也.】

1-9. '필必'을 쓰는 구법

【《주례》〈고공기考工記 윤인輪人〉에 "바퀴통을 만드는 데는 반드시 곧아야 하고, 바퀴 위를 꾸미는 장식은 반드시 바르게 해야 하고, 아교를 사용하는 데는 반드시 잘 붙게 해야 하고, 살대를 쓰는 데는 반드시 헤아려야 한다."라고 하였다. 《예기》〈월령月令〉에 "차조와 벼의 양을 반드시 알맞게 하고, 누룩을 반드시 제때에 만들고, 재료를 씻고 찌는 것을 반드시 정결하게 하고, 샘물은 반드시 냄새 좋은 맑은 물을 사용하고, 담그는 도기는 반드시 좋은 것을 쓰고,

불 때는 정도를 반드시 적당하게 한다."라고 하였다.】

1-9

必法.【考工記曰, "容轂必直, 陳篆必正, 施膠必厚, 施筋必數." 月令曰,
"秫稻必齊, 麴糵必時, 湛熾必潔, 水泉必香, 陶器必良, 火齊必得."】

1-10. '불이不以'[12]를 쓰는 구법

【《춘추좌씨전》환공桓公 6년조에 "나라 이름, 관직명, 산천의 이름, 드러내기 어
려운 질병, 축생畜牲, 기물과 폐백의 글자를 이름으로 쓰지 않는다."라고 하였다.】

1-10

不以法.【左氏傳曰, "不以國, 不以官, 不以山川, 不以隱疾, 不以畜牲, 不
以器幣."】

1-11. '무無'를 쓰는 구법

【《춘추좌씨전》정공定公 4년조에 "화란의 머리가 되지 말며, 부유함을 믿지
도 말며, 은총도 믿지 말며, 동료를 어기지 말며, 예를 잃지 말며, 재능으로써
교만을 부리지 말며, 남의 화를 겹치게 하지 말며, 덕이 아닌 것은 꾀하지 말
며, 의가 아닌 것은 범하지 말라."고 하였다.】

---

12 불이 : '사용하지 않는다[不用]'는 뜻이다.

1-11

無法.【左氏傳曰, "無始亂, 無怙富, 無恃寵, 無違同, 無敖禮, 無驕能, 無復怨, 無謀非德, 無犯非義."】

1-12. '이불而不'을 쓰는 구법

【《춘추좌씨전》양공襄公 29년조에 "곧으면서도 오만하지 않았고 굽히되 굴복하지 않았으며, 친근하되 핍박하지 않았고 소원하되 사이가 벌어지지 않았으며, 옮겨 다녔으되 음탕에 이르지 않았고 반복하되 싫어하지 않았으며, 슬퍼하되 우수하지 않았고 즐거워하되 주색에 빠지지 않으며, 사용하여도 부족하지 않았고 마음이 광대하되 스스로 드러내지 않았으며, 은혜를 베풀되 허비하지 않았고 취하되 탐하지 않았으며, 조용히 거처하되 정체하지 않았고 행하되 방탕하지 않은 것을 볼 수 있다."라고 하였다.】

1-12

而不法.【左氏傳曰, "直而不倨, 曲而不屈, 邇而不偪, 遠而不攜, 遷而不淫, 復而不厭, 哀而不愁, 樂而不荒, 用而不匱, 廣而不宣, 施而不費, 取而不貪, 處而不底, 行而不流."】

1-13. '기其'를 쓰는 구법

【《주역》〈계사전 하繫辭傳下〉에 "그 이름을 칭함은 작으나 그 유類를 취함은 크다. 그 뜻이 원대하며, 그 말이 문채로우며, 그 말이 곡진하면서도 맞으며,

그 일이 진열되어 있으면서도 은미하다."라고 하였다. 《예기》〈악기樂記〉에 "그 슬픈 마음이 감동된 자는 그 소리가 윤택이 없어서 줄어들고, 그 즐거운 마음이 감동된 자는 그 소리가 분명하여 급박하지 않고, 그 기쁜 마음이 감동된 자는 그 소리가 발산하여 흩어지고, 그 노여운 마음이 감동된 자는 그 소리가 거칠어 사납고, 그 공경하는 마음이 감동된 자는 그 소리가 곧아서 모나고, 그 사랑하는 마음이 감동된 자는 그 소리가 조화로워 유순하다."라고 하였다. 여기에 비록 구절마다 '기其'자를 쓰고 있으면서도 두 구절로서 뜻을 드러내었으니, 이것이 또 하나의 구법이다.】

1-13

其法.【易繫辭曰, "其稱名也小, 其取類也大, 其旨遠, 其辭文, 其言曲而中, 其事肆而隱." 樂記曰, "其哀心感者, 其聲噍以殺, 其樂心感者, 其聲嘽以緩. 其喜心感者, 其聲發以散, 其怒心感者, 其聲粗以厲. 其敬心感者, 其聲直以廉. 其愛心感者, 其聲和以柔." 此雖每句用'其'字, 而二句以見意, 又一法也.】

1-14. '언焉'[13]을 쓰는 구법

【《예기》〈제통祭統〉에 "귀신을 섬기는 도를 보이며, 군신의 의리를 보이며, 부자의 의를 보이며, 귀천의 등급을 보이며, 친소의 차등을 보이며, 관작과 포상의 베풂을 보이며, 부부의 분별을 보이며, 정사의 고름을 보이며, 어른과 어

---

13 언 : 문장의 끝에 쓰여 종결을 나타내기도 하고, 형용사나 부사 뒤에 쓰여 상태를 나타내기도 한다. 후자의 경우 '然'과 쓰임이 비슷하다.

린아이의 차례를 보이며, 위아래의 교제를 보인다."라고 하였다. 《예기》〈학기
學記〉에 "학문을 염두에 두며, 학문을 닦으며, 학문으로 쉬며, 학문으로 놀 것
이다."라고 하였다. 《예기》〈삼년문三年問〉에 "빙빙 돌며 슬피 울고 발을 구르며
주춤거린다."라고 하였으니, 이것이 또 하나의 구법이다.】

1-14

焉法.【祭統曰, "見事鬼神之道焉, 見君臣之義焉, 見父子之倫焉, 見貴賤
之等焉, 見親疎之殺焉, 見爵賞之施焉, 見夫婦之別焉, 見政事之均焉, 見
長幼之序焉, 見上下之際焉." 學記曰, "藏焉, 修焉, 息焉, 游焉." 三年問
曰, "翔回焉, 鳴號焉, 蹢躅焉, 踟躕焉." 又一法也.】

1-15. '우시于時'를 쓰는 구법

【《시경》〈대아大雅 생민生民〉에 "이에 집에 거처하고 이에 나그네들을 붙여
살게 하고, 이에 말할 것을 말하고 이에 논할 것을 논했다."라고 하였다. 정강성
鄭康成[14]은 "'시時'는 '이[是]'라는 뜻이다."라고 하였다.】

1-15

于時法.【詩曰, "于時處處, 于時廬旅, 于時言言, 于時語語." 鄭康成云,
"時, 是也."】

---

14 정강성 : '강성康成'은 후한말 학자인 정현鄭玄의 자이다. 《주서周書》·《상서尚書》·
《모시毛詩》·《의례儀禮》·《예기禮記》·《논어論語》·《효경孝經》·《상서대전尚書大傳》
등에 주注를 달았다.

1-16. '실實'[15]을 쓰는 구법

【《시경》〈대아大雅 생민生民〉에 "진실로 씨앗을 담궈 싹이 트려고 하며, 진실로 씨를 뿌려 점점 자라며, 진실로 이삭이 패어 여물며, 진실로 단단하고 아름다우며, 진실로 이삭이 늘어졌도다."라고 하였다.】

1-16

實法.【詩曰, "實方實苞, 實種實襃, 實發實秀, 實堅實好, 實穎實栗."】

1-17. '증시曾是'[16]를 쓰는 구법

【《시경》〈대아大雅 탕蕩〉에 "어떻게 강포한 자와, 어떻게 가렴주구하는 자들이, 어떻게 자리에 있으며, 어떻게 정사를 맡았는가."라고 하였다.】

1-17

曾是法.【詩曰, "曾是强禦, 曾是(倍)[揎][17]克, 曾是在位, 曾是在服."】

1-18. '후侯'[18]를 쓰는 구법

【《시경》〈주송周頌 민여소자閔予小子〉에 "가장과 큰 아들과, 둘째 아들과 여

---

15 실 : '진실로'·'참으로[寔]'의 뜻이다.
16 증시 : '어떻게'·'왜[怎么]'의 뜻이다.
17 (倍)[揎] : 금본今本《시경》의거하여 '揎'로 바로잡았다.
18 후 : 문장의 앞에 붙는 어조사로 아무런 뜻이 없다.

러 자제들과, 품앗이꾼과 품팔이 일꾼들이."라고 하였다.】

1-18

侯法.【詩曰, "侯主侯伯, 侯亞侯旅, 侯彊侯以."】

1-19. '유약有若'을 쓰는 구법

【《서경》〈군석君奭〉에 "괵숙과 같고 굉요와 같으며 산의생과 같고 태전과 같고 남궁괄과 같기 때문이다."라고 하였다.】

1-19

有若法.【書曰, "有若虢叔, 有若閎夭, 有若散宜生, 有若泰顚, 有若南宮括."】

1-20. '미상未嘗'[19]을 쓰는 구법

【《공자가어》〈오의해五儀解〉에 "슬픔을 안 적이 없고 근심을 안 적도 없으며, 수고로움을 안 적이 없고 두려움을 안 적이 없으며 위태로움을 안 적이 없다."라고 하였다.】

---

19 미상 : '일찍이……한 적이 없다.'·'아직……하지 않다.[未曾]'는 뜻이다.

1-20

未嘗法.【家語曰, “未嘗知哀, 未嘗知憂, 未嘗知勞, 未嘗知懼, 未嘗知危.”】

1-21. ‘사斯’[20]를 쓰는 구법

【《예기》〈단궁 하檀弓下〉에 “사람이 기쁘면 울적하고, 울적하면 노래를 읊고, 노래를 읊으면 몸을 흔들고, 몸을 흔들면 춤을 추고, 춤을 추면 싫증이 나고, 싫증이 나면 서글퍼지고, 서글프면 한탄하고, 한탄하면 가슴을 치고, 가슴을 치면 몸부림쳐 뛰게 된다.”라고 하였다.】

1-21

斯法.【檀弓曰, “人喜則斯陶, 陶斯咏, 咏斯猶, 猶斯舞, 舞斯慍, 慍斯戚, 戚斯嘆, 嘆斯辟, 辟斯踊矣.”】

1-22. ‘어시호於是乎’[21]를 쓰는 구법

【《국어國語》〈주어 상周語上〉에 “상제에게 제사 지내는 쌀이 여기에서 나오고, 백성의 많은 번식이 여기에서 생기며, 나랏일에 쓸 경비의 공급이 여기에 달려 있고, 백성이 화합하고 친목하게 지내는 것이 여기에서 일어나며, 재물의

---

20 사 : 단문을 연결시키며 연관관계를 나타낸다. ‘……하면’·‘……그렇다면’으로 해석된다.

21 어시호 : 뒷일이 앞일과 긴밀하게 이어짐을 나타내는 말로 아랫구의 맨 앞이나 주어의 뒤에 쓰인다. ‘여기에 있어서[於是焉]’라는 뜻이다.

늘어남이 여기에서 시작되고, 돈후하고 관대하며 순수하고 굳센 덕성이 여기에서 이루어집니다."라고 하였다.】

1-22

於是乎法.【國語曰, "上帝之粢盛, 於是乎出, 民之蕃庶, 于是乎生, 事之供給, 於是乎在, 和協輯睦, 於是乎興, 財用蕃殖, 於是乎始, 敦厖純固, 於是乎成."】

1-23. '유有'를 쓰는 구법

【《예기》〈예기禮器〉에 "감정대로 곧바로 행하는 경우가 있으며, 굽혀서 줄이는 경우가 있으며, 경상經常의 예를 따라 똑같이 행하는 경우가 있으며, 순차적으로 제거하는 경우가 있으며, 윗사람의 것을 떼어 내어서 아랫사람에게 나누어 주는 경우가 있으며, 낮은 자를 밀어서 등급을 올리는 경우가 있으며, 본받아서 문채 나게 하는 경우가 있으며, 본받되 문채를 지극히 하지 않는 경우가 있으며, 높은 자의 것을 따라서 취해다 쓰는 경우가 있다."라고 하였다. 《주례》〈춘관春官 악사樂師〉에 "불무帗舞가 있고 우무羽舞가 있고 황무皇舞가 있고 모무旄舞가 있고 간무干舞가 있고 인무人舞가 있다."라고 하였다. 《춘추좌씨전》환공桓公 6년조에 "이름에는 다섯 종류 있으니, 신신이 있고 의義가 있고 상象이 있고 가假가 있고 유類가 있습니다."[22]라고 한 것이 또 한 구법이다.

---

22 《춘추좌씨전》……있습니다 : 아랫 구절은 다음과 같다. 《춘추좌씨전》환공桓公 6년조에, 환공이 대부 신수申繻에게 이름에 대해 묻자 신수가 "이름에는 다섯 종류 있으니, 신신이 있고 의義가 있고 상象이 있고 가假가 있고 유類가 있습니다. 출생할 때의 특징을 사용해 이름 짓는 것이 신신이고, 덕행德行을 나타내는 글자를 사

《맹자》〈등문공滕文公〉에 "아버지와 자식은 친함이 있어야 하고, 임금과 신하는 의리가 있어야 하며 남편과 아내는 분별이 있어야 하고 어른과 어린아이는 차례가 있어야 하고 친구 사이에는 믿음이 있어야 한다."라고 한 것이 또한 하나의 구법이다.】

1-23

有法.【禮器曰, "有直而行也, 有曲而殺也, 有經而等也, 有順而討也, 有撕而播也, 有推而進也, 有放而文也, 有放而不致也, 有順而摭也." 樂師曰, "有帗舞, 有羽舞, 有皇舞, 有旄舞, 有干舞, 有人舞." 左氏傳曰, "名有五, 有信, 有義, 有象, 有假, 有類." 又一法也. 孟子曰, "父子有親, 君臣有義, 夫婦有別, 長幼有序, 朋友有信." 此又一法也.】

1-24. '혜兮'[23]를 쓰는 구법

【《순자荀子》〈유효儒效〉에 "가지런하여 조리가 있고, 근엄하여 남에게 존경을 받을 수 있게 하며, 꿋꿋하여 시종 변함이 없고, 편안하여 평온함이 오래갈 수 있으며, 확고하여 도의를 지켜서 태만하지 않고, 명석하여 지혜를 운용하는

용해 이름 짓는 것이 의義이고, 유사한 물체의 이름을 사용해 이름 짓는 것이 상象이고, 물명物名을 가차해 이름 짓는 것이 가假이고, 부친과 관계가 있는 글자를 사용해 이름 짓는 것이 유類입니다. 나라의 이름을 이름으로 사용하지 않으며, 관직의 이름을 이름으로 사용하지 않으며, 산천의 이름을 이름으로 사용하지 않으며, 숨겨진 병病의 이름을 이름으로 사용하지 않으며, 축생畜牲의 이름을 이름으로 사용하지 않으며, 기물과 폐백의 이름을 이름으로 사용하지 않습니다.[名有五 有信 有義 有象 有假 有類 以名生爲信 以德命爲義 以類命爲象 取於物爲假 取於父爲類 不以國 不以官 不以山川 不以隱疾 不以畜牲 不以器幣]"라고 대답하였다.

23 혜 : 문장의 가운데에 쓰여 어기를 부드럽게 해주는 어조사이다.

것이 똑똑하며, 순조로워 큰 줄거리와 세목이 행해지고, 여유로워 예악법도가 있으며, 화락하여 사람들의 선행을 즐거워하고, 근심하여 사람들의 행위가 도리에 합당하지 않을까 염려한다."라고 하였다.】

1-24

兮法.【荀子曰, "井井兮其有條理也, 嚴嚴兮其能敬己也, 分分兮其有終始也, 厭厭兮其能長久也, 樂樂兮其執道不殆也, 炤炤兮其用知之明也, 修修兮其用統類之行也, 綏綏兮其有文章也, 熙熙兮其樂人之臧也, 隱隱兮其恐人不當也."】

1-25. '즉則'을 쓰는 구법

【《중용》에 "성실하면 나타나고, 나타나면 드러나고, 드러나면 밝아지고, 밝아지면 감동시키고, 감동시키면 변하고, 변하면 바뀔 수 있다."라고 하였다.】

1-25

則法.【中庸曰, "誠則形, 形則著, 著則明, 明則動, 動則變, 變則化."】

1-26. '연然'[24]을 쓰는 구법

【《순자》〈비십이자非十二子〉에 "위엄 있고 장중하고 편안하고 느긋하며, 여유롭고 트이고 분명하고 거리낌이 없다."라고 하였다.】

---

24 연 : 형용사의 접미사로 쓰인다.

1-26

然法.【荀子曰, "儼然, 壯然, 俱然, 蕼然, 恢恢然, 廣廣然, 昭昭然, 蕩蕩然."】

1-27. '해奚'를 쓰는 구법

【《장자》〈지락至樂〉에 "무엇을 하고 무엇을 그만두고, 무엇을 피하고 무엇을 취하며, 무엇에 나아가고 무엇을 떠나고, 무엇을 좋아하고 무엇을 싫어해야 하는가."라고 하였다.】

1-27

奚法.【莊子曰, "奚爲奚據, 奚避奚處, 奚就奚去, 奚樂奚惡."】

1-28. '이而'를 쓰는 구법

【《장자》〈지락至樂〉에 "자네의 얼굴은 깎아지른 듯 모나며 자네의 눈은 똑바로 쏘아보고, 자네의 이마는 높이 솟아 있고, 자네의 입은 크게 벌어져 있고, 자네의 풍채는 높은 산처럼 위압적인 모습이다."[25]라고 하였다. 《주례》〈고공기考工記 황씨幌氏〉에 〈천을 누일 때 사용한〉 재를 씻어낼 때는 〈천의〉 물기를 말리고서 〈재를 털어내고, 〈천을〉 다시 물에 담가 헹구고서 물기를 말리고,

---

25 자네의……모습이다 : 《장자》〈지락至樂〉에서 사용된 '而'는 2인칭 대명사로 '너'·'그대'·'너희들'의 뜻으로 쓰였다. 《춘추좌씨전》성공成公 9년조에 "여나라 사람들이 초나라 공자 평平을 사로잡자, 초나라 사람들이 '죽이지 마라! 우리가 너희 편의 포로를 돌려보낼 것이다.'라고 하였다.[莒人囚楚公子平 楚人曰 勿殺 吾歸而俘]"라는 구절에 사용된 '而'와 동일한 사례이다.

〈천에 남아 있는 재를〉 비벼서 없애고서 다시 하룻밤 동안 물에 담가 둔다.[26]

1-28

而法.【莊子曰, "而容崖然, 而目沖然, 而顙頯然, 而口闞然, 而狀義然."
考工記曰, "淸其灰, 而盝之, 而揮之, 而沃之, 而盝之, 而塗之, 而宿之."】

1-29. '방차方且'[27]를 쓰는 구법

【《장자》〈천지天地〉에 "장차 자신을 근본으로 하여 형체마다 차이를 두려고
하며 장차 지혜를 존숭하여 불같이 치달리려고 하고 장차 작은 일에 부림을 당
하려고 하고 장차 사물에 속박되려고 하고 장차 사방을 돌아보며 사물에 응대
하려고 하고 장차 여럿의 편의에 응대하려고 하고 장차 사물과 더불어 변화하
려고 한다."라고 하였다.】

1-29

方且法.【莊子曰, "方且本身而異形, 方且尊知而(失)[火][28]馳, 方且爲緖
使, 方且爲物絯, 方且四顧而物應, 方且應衆宜, 方且與物化."】

---

26 천을……둔다 : 《주례》〈고공기考工記〉에서 사용된 '而'는 접속사로 해석하지 않으
　며 '……하고 나서', '곧' 등의 시간적 전후관계를 나타내는 뜻으로 쓰인다. 《장자》〈내
　편內篇 양생주養生主〉에 "칼을 깨끗이 하고 나서 그것을 간직하였다.[善刀而藏之]"
　라는 구절에 사용된 '而'와 동일한 사례이다.

27 방차 : 동작이나 행위 혹은 어떤 상황이 막 발생하려고 함을 나타낸다. '장차……하
　려고 하다'는 뜻이다.

28 (失)[火] : 금본今本《장자莊子》〈천지天地〉에 의거하여 '火'로 바로잡았다.

1-30. '사似'를 쓰는 구법

【《장자》〈제물론齊物論〉에 "백 아름이나 되는 나무의 구멍은 코 같기도 하고 입 같기도 하고 귀 같기도 하며 두공 같기도 하고 나무 그릇 같기도 하고 절구통 같기도 하며 깊은 웅덩이 같고 얕은 웅덩이 같기도 하다."라고 하였으니, 이는 바람이 나무 구멍에 불어 나무가 흔들리는 모양을 형용하여 말한 것이다.】

1-30

似法.【莊子曰, "似鼻, 似(目)[口],²⁹ 似耳, 似枅, 似圈, 似臼, 似(窪)[洼]³⁰者, 似汙者." 此言風吹竅穴動作之貌.】

1-31. '호乎'³¹를 쓰는 구법

【《장자》〈대종사大宗師〉에 "몸가짐이 법도에 꼭 맞아 태도가 단정하면서도 고집하지 않으며, 넓고 크게 마음을 비운 듯하면서도 꾸미지 않았다. 환하게 밝은 모습으로 마치 기쁜 일이 있는 듯하며, 임박해서 움직여 마지못한 듯하며, 가득하게 자기 안색을 나타내는 일도 있지만 몸가짐이 법도에 맞아 자신의 참다운 덕德에 머물며, 넓은 도량으로 세속과 함께하는 듯 하지만 오연히 제약받지 않으며, 아무 말도 하지 않아서 감추는 것을 좋아하는 듯하지만 무심히 모든 말을 다 잊어버린다."라고 하였다. 《예기》〈예기禮器〉에 "정성스럽게 공경하며 조심스럽게 충성하며 부지런히 흠향하고자 하는 것이다."라고 하였으니,

---

29 (目)[口] : 금본今本《장자莊子》〈제물론齊物論〉에 의거하여 '口'로 바로잡았다.

30 (窪)[洼] : 금본今本《장자莊子》〈제물론齊物論〉에 의거하여 '洼'로 바로잡았다.

31 호 : 형용사의 뒤에 쓰이고 단독으로는 쓰이지 않는다.

《장자》는 이 구법을 넓혀 이용한 것이다.】

1-31

乎法.【莊子曰, "與乎其觚而不堅也, 張乎其虛而不華也, 邴邴乎其似喜
乎, 崔乎其不得已乎, 滀乎進我色也, 與乎止我德也, 厲乎其似世乎, 警乎
其未可制也, 連乎其似好閉也, 悅乎忘其言也." (祭義)[禮器]³²曰, "洞洞乎
其敬也, 屬屬乎其忠也, 勿勿乎其欲其饗之也." 莊子, 盖廣此法而用之.】

1-32. '내乃'를 쓰는 구법

【《시경》〈대아大雅 문왕文王〉에 "이에 편안하게 하고 이에 머물며 이에 좌로
하고 이에 우로 하며 이에 큰 경계를 구획하고 이에 길을 내고 이에 밭을 일구
며 이에 이랑을 만든다."라고 하였다.】

1-32

乃法.【詩曰, "乃慰乃止, 乃左乃右, 乃疆乃理, 乃宣乃畝."】

1-33. '이지以之'를 쓰는 구법

【《예기》〈중니연거仲尼燕居〉에 "이로써 거처에 예가 있기 때문에 어른과 어린
아이가 분별되며, 이로써 규문 안에 예가 있기 때문에 삼족이 화목하며, 이로

---

32 (祭義)[禮器] : 인용한 내용이 《예기禮記》〈예기禮器〉에 있는 것에 의거하여 '禮器'로
바로잡았다.

써 조정에 예가 있기 때문에 관작이 차례에 맞으며, 이로써 사냥에 예가 있기 때문에 군대의 일이 익숙해지며, 이로써 군대에 예가 있기 때문에 무공武功이 이루어지는 것이다."라고 하였다.】

1-33

以之法.【仲尼燕居曰, "以之居處有禮, 故長幼辨也, 以之閨門之內有禮, 故三族和也, 以之朝廷有禮, 故官爵序也, 以之田獵有禮, 故戎事閑也, 以之軍旅有禮, 故武功成也."】

1-34. '족이足以'를 쓰는 구법

【《주역》 건괘乾卦 〈문언전文言傳〉에 "인을 실천하는 사람이 남의 우두머리가 될 만하며 모임을 아름답게 함이 예에 합하며 물건을 이롭게 함이 의에 조화되며, 굳건함이 일의 근간이 될 수 있다."라고 하였다. 《중용》에 "오직 천하의 지극한 성인만이 뛰어나게 총명하고 지혜로워서 백성에게 군림할 수가 있다. 관유하고 온유하기 때문에 천하를 포용할 수가 있으며, 강인하고 꿋꿋하기 때문에 자신의 신념을 굳게 지킬 수가 있으며, 엄숙하고 중정한 자세를 잃지 않기 때문에 공경히 대할 수가 있으며, 조리 있고 세밀하게 관찰하기 때문에 분별할 수가 있다."라고 하였다. 이것이 하나의 구법이다.】

1-34

足以法.【易曰, "(禮)[體][33]仁足以長人, 嘉會足以合禮, 利物足以和義, 貞固足

---

33 (禮)[體] : 금본今本 《주역》 건괘乾卦 〈문언전文言傳〉에 의거하여 '體'로 바로잡았다.

以幹事." 中庸曰, "聰明睿智, 足以有臨也, 寬裕溫柔, 足以有容也, 發强剛毅,
足以有執也, 齊莊中正, 足以有敬也, 文理密察, 足以有別也." 此一法也.】

1-35. '야也'를 쓰는 구법

【《중용》에 "몸을 닦음과 어진 이를 높임과 친척을 친애함과 대신을 공경함과
신하들의 마음을 체찰體察함과 백성들을 자식처럼 사랑함과 백공들을 오게
함과 먼 지방의 사람을 회유懷柔함과 제후들을 은혜롭게 하는 것이다."라고 하
였다. 예컨대《주역》〈잡괘전雜卦傳〉한 편 전체에서 사용된 '야也'자를[34] 또한
다 거론할 수가 없다.】

1-35

也法.【中庸曰, "修身也, 尊賢也, 親親也, 敬大臣也, 體群臣也, 子庶民
也, 來百工也, 柔遠人也, 懷諸侯也." 若周易雜卦一篇, 全用'也'字, 又不可
盡(法)[擧][35]】

1-36. '득기得其'를 쓰는 구법

【《예기》〈중니연거仲尼燕居〉에 "궁실이 제도를 얻으며, 양量과 정鼎이 법상法

---

34 사용된 '야也'자를 : "진괘는 일어나는 것이고 간괘는 멈추는 것이다. 손괘와 익
   괘는 성함과 쇠함의 시작이고 대축괘는 때를 기다리는 것이고 무망괘는 재앙이
   다.[震 起也 艮 止也 損益 盛衰之始也 大畜 時也 无妄 災也]"라고 하였는데, 여기서
   '야也'자를 사용한 경우이다.

35 (法)[擧] : 문연각文淵閣 사고전서본四庫全書本에 의거하여 '擧'로 바로잡았다.

象을 얻으며, 맛이 제철을 얻으며, 음악이 절주를 얻으며, 수레가 법식을 얻으며, 귀신이 흠향함을 얻으며, 상례가 슬퍼함을 얻으며, 변설이 무리를 얻으며, 관청이 체통을 얻으며, 정사가 베풀어짐을 얻는다."라고 하였다.】

1-36

得其法.【仲尼燕居曰, "宮室得其度, 量鼎得其象, 味得其時, 樂得其節, 車得其式, 鬼神得其饗, 喪紀得其哀, 辯說得其黨, 官得其體, 政事得其施."】

1-37. '이以'를 쓰는 구법

【《주례》〈대사악大司樂〉에 "인귀人鬼, 천신天神, 지기地示[36]를 이르게 하고, 나라를 조화롭게 하고, 만민을 화합시키고, 빈객을 편안하게 하고, 먼 외방 사람을 기쁘게 하고, 동물을 흥작시킨다."라고 하였다.《주례》에 이러한 구법이 매우 많으니 지금 다 기록하지 않는다.】

1-37

以法.【大司樂曰, "以致鬼神, 以和邦國, 以諧萬民, 以安賓客, 以說遠人, 以作動物." 周禮此法極多, 今不備載."】

---

36 지기: 원문의 '以致鬼神'이《주례》에는 '以致鬼神示'로 되어 있다. 저본을 교감하지 않고 '示'를 번역으로만 반영하였다. '示'는 '祇'와 같다.

1-38. '왈曰'을 쓰는 구법

【《서경》〈홍범洪範〉에 "오행은 첫 번째는 수水, 두 번째는 화火, 세 번째는 목木, 네 번째는 금金, 다섯 번째는 토土이다."라고 하였다.《주례》에 기사記事를 순서대로 정리한 것이 모두 이와 같은 구법이다.《주례》〈춘관春官 태사太師〉에 "풍風, 부賦, 비比, 흥興, 아雅, 송頌이다."라고 하였다.《서경》〈홍범〉에 "비온 듯 젖은 현상과, 갠 듯 건조한 현상과, 흐릿한 현상과, 이어지지 않은 현상과, 번갈아 서로 이기는 현상을 살피는 것이며, 점괘는 정貞과 회悔로 이루어지는 것입니다."라고 하였다. 이러한 종류는 다 말로 헤아릴 수 없는데 이 또한 하나의 구법이다.

《주례》〈춘관春官 대종백大宗伯〉에 "봄에 조회하는 것을 '조朝'라고 하고, 여름에 조회하는 것을 '종宗'이라고 하며, 가을에 조회하는 것을 '근覲'이라고 하고, 겨울에 조회하는 것을 '우遇'라고 하며, 비정기적으로 뵙는 것을 '회會'라고 하고, 무리 지어 뵙는 것을 '동同'이라고 한다."라고 하였다.《주역》〈계사전 하繫辭傳下〉에 "천지의 큰 덕을 '생生'이라고 하고, 성인의 큰 보배를 '위位'라고 한다. 무엇으로 지위를 지키는가? 인仁이다. 무엇으로 사람을 모으는가? 재물이다. 재물을 다스리고 말을 바르게 하며 백성들의 그릇됨을 금하는 것을 '의義'라고 한다."라고 하였다. 이러한 종류도 또 하나의 구법이다.】

1-38

日法.【洪範曰, "一曰水, 二曰火, 三曰木, 四曰金, 五曰土." 周禮凡所次序, 其事皆類, 此一法也. 周禮小胥, "曰風, 曰賦, 曰比, 曰興, 曰雅, 曰頌." 洪範曰, "曰雨, 曰霽, 曰蒙, 曰驛, 曰克, 曰貞, 曰悔." 凡此類不言數, 又一法也. 大宗伯曰, "春見曰朝, 夏見曰宗, 秋見曰覲, 冬見曰遇, 時見曰會, 殷見曰同." 易繫辭曰, "天地之大德曰生, 聖人之大寶曰位, 何以守位曰仁, 何以聚人曰財, 理財, 正辭, 禁民爲非曰義." 凡此類, 又一法也.】

1-39. '득지得之'를 쓰는 구법

【《장자》〈대종사大宗師〉에 "희위씨는 그것을 얻어서 천지를 손에 쥐었으며, 복희씨는 그것을 얻어서 기의 근원을 취했으며, 북두성은 그것을 얻어서 영원토록 어긋나지 않으며, 일월은 그것을 얻어서 영원토록 쉬지 않으며, 감배는 그것을 얻어서 곤륜산을 받아들였으며, 풍이는 그것을 얻어서 황하에서 노닐었으며, 견오는 그것을 얻어서 태산에 머물렀으며, 황제는 그것을 얻어서 운천에 올랐으며, 전욱은 그것을 얻어서 현궁에 거처하였으니……."라고 하였다.】

1-39

得之法.【莊子曰, "豨韋氏得之, 以挈天地, 伏羲得之, 以襲氣母, 維斗得之, 終古不忒, 日月得之, 終古不息, 堪坏得之, 以襲崑崙, 馮夷得之, 以游大川, 肩吾得之, 以處大山, 黃帝得之, 以登雲天, 顓頊得之, 以處玄宮云云."】

1-40. '지이之以'를 쓰는 구법

【《예기》〈문왕세자文王世子〉에 "대도로써 생각하며, 공경으로써 사랑하며, 예로써 거행하며, 효양으로써 닦으며, 의로써 다스리며, 인으로써 마쳤다."라고 하였다.】

1-40

之以法.【禮記曰, "慮之以大, 愛之以敬, 行之以禮, 修之以孝養, 紀之以義, 終之以仁."】

1-41. '소이所以'[37]를 쓰는 구법

【《예기》〈예운禮運〉에 "상제를 교외에서 제사 지냄은 하늘의 지위를 정하는 것이요, 사社를 국도에서 제사 지냄은 땅의 이로움을 나열하는 것이요, 선조를 사당에서 제사 지내는 것은 인에 근본을 둔 것이요, 산천에 제사 지냄은 귀신을 예로 대접하는 것이요, 오사五祀는 일에 근본을 둔 것이다."라고 하였다.】

1-41

所以法.【禮運曰, "祭帝於郊, 所以定天位也, 祀社於國, 所以列地利也. 祖廟, 所以本仁也. 山川 所以儐鬼神也. 五祀, 所以本事也."】

1-42. '존호存乎'를 쓰는 구법

【《주역》〈계사전 상繫辭傳上〉에 "귀천을 진열함은 위位에 있고, 소대를 정함은 괘卦에 있고, 길흉을 분별함은 사辭에 있으며, 회悔와 인吝을 근심함은 나뉨에 있고 동動하여 허물을 없게 함은 뉘우침에 있다."라고 하였다.】

1-42

存乎法.【易繫辭曰, "列貴賤者存乎位, 齊小大者存乎卦, 辨吉凶者存乎辭, 憂悔吝者存乎介, 震无咎者存乎悔."】

---

37 소이 : 문장의 뒷 구절에 쓰여 원인으로 인해 결과가 초래된 것을 이른다.

1-43. '막대호莫大乎'를 쓰는 구법

【《주역》〈계사전 상繫辭傳上〉에 "법法과 상象은 천지보다 더 큰 것이 없고, 변變과 통通은 사시보다 더 큰 것이 없다. 상象이 매달려 밝게 드러남은 일월보다 더 큰 것이 없고, 크고 높음은 부귀보다 더 큰 것이 없다. 물건을 구비하며 씀을 지극히 하며 기물을 이루어서 천하를 이롭게 함은 성인보다 더 큰 것이 없고……"라고 하였다.】

1-43

莫大乎法.【易繫辭曰, "法象莫大乎天地, 變通莫大乎四時, 懸象著明莫大乎日月, 崇高莫大乎富貴, 備物致用, 立成器以爲天下利, 莫大乎聖人云云."】

1-44. '지소이知所以'를 쓰는 구법

【《중용》에 "몸 닦기를 알게 되고, 몸 닦기를 알면 사람 다스리기를 알게 되며, 사람 다스리기를 알면 천하와 국가를 다스릴 줄 안다."라고 하였다.】

1-44

知所以法.【中庸曰, "則知所以修身, 知所以修身, 則知所以治人, 知所以治人, 則知所以治天下國家矣."】

1-45. '의矣'를 쓰는 구법

【《시경》〈소아小雅 유월六月〉 모서毛序에 "〈녹명〉이 폐해지면 화락이 없어질 것이고, 〈사모〉가 폐해지면 군신의 의리가 없어질 것이고, 〈황황자화〉가 폐해지면 충성과 믿음이 없어질 것이고, 〈당체〉가 폐해지면 형제의 정이 없어질 것이다."라고 하였다. 아래도 모두 이와 같아서 모두 기록하지 않는다. 《시경》〈대아大雅 판板〉에 "말을 온화하게 하면 백성들이 화합할 것이며, 말을 기쁘게 하면 백성들이 안정되리라."라고 하였다. 비록 시의 구절마다 '의矣'자를 사용하였지만 아래 위 구절이 서로 긴밀하게 관계를 맺고 있다.】

1-45

矣法.【六月詩序曰, "鹿鳴廢則和樂缺矣, 四牡廢則君臣缺矣, 皇皇者華廢則忠信缺矣, 棠棣廢則兄弟缺矣." 下皆類此, 不能悉載. 板詩曰, "辭之輯矣, 民之洽矣, 辭之懌矣, 民之莫矣." 此雖每句用'矣'字, 而上下之意相關.】

2조. 약속이나 한 듯이 동일한 내용을 기록한 경전經典의 사례

경전의 문장이 서로 비슷한 것이 있는데 이는 답습한 데서 나온 것이 아니다. 실제 기록해야 할 사리가 있는 경우 약속이나 한 것처럼 동일한 기록이 있다. 간략하게 뒤에 조목별로 정리를 하였으니 내용을 알 수 있다.

시詩에 "예의에 잘못이 없다면 어찌 남의 말을 돌아볼 게 있는가?"라고 하였다.【이 시는 일시逸詩[38]로 《순자》 〈정명正名〉에 이를 인용하여 "예의에 잘못이 없다면 어찌 남의 말을 돌아볼 게 있는가?"라고 하였다.】

《춘추좌씨전》 민공閔公 원년에 사위士蔿[39]가 속담을 인용하여 "마음에 티끌이 없으면 어찌 집이 없는 것을 근심하겠는가?"라고 한 말이 실려 있고, 《시경》 〈왕풍王風 대거大車〉에 "나를 믿지 못한다면 환히 밝은 해를 두고 맹세하리라."라는 구절이 실려 있으며, 《춘추좌씨전》 희공僖公 24년조에 공자 중이重耳[40]가 "내가 외삼촌과 마음을 같이하지 않는다면 황하의 물이 희게 될 것입니다."라고 말한 내용이 실려 있다.【물건을 가리키며 맹세한 말들이 대개 이와 같다.】

《시경》 〈소아小雅 시월지교十月之交〉에 "원로 한 분을 아껴 남겨 두어서 우리 임금을 지키게 하지 않는구나."라고 하였고, 《춘추좌씨전》 애공哀公 16년조에서 노나라 애공이 공자孔子를 위해 내린 조사弔辭에 "나라의 원로 한 사람을 남겨 두어 나 한 사람을 도와 임금 자리에 있게 하지

---

38 일시 : 《시경》에 수록되지 않은 고대 시가를 이른다.

39 사위(?~?) : 진晉나라 사람으로, 진 헌공晉獻公이 공자 이오夷吾와 중이重耳를 위해 그에게 두 성을 쌓게 하였다.

40 중이(?~B.C.628) : 춘추시대 진晉나라 사람으로 후에 문공文公이 되었다.

않는구나."라고 하였다. 이것이 약속이라도 한 듯이 같은 내용을 실은 첫 번째 사례이다.

《춘추좌씨전》소공昭公 2년조에, "진晉나라의 한기韓起가 노나라에 빙문하여 태사씨太史氏의 집에 가서 도서를 구경할 때 《역상易象》과 《노춘추魯春秋》를 보고 '주나라의 예가 모두 노나라에 있구나. 나는 오늘에야 주공의 덕과 주나라의 왕업이 흥성한 이유를 알았다.' 하였다."라고 하였고, 《공자가어》〈관주觀周〉에 공자가 주나라에서 가서 "교제사와 사직의 제사를 지내는 곳을 지나고 명당明堂의 법칙을 상고하며 종묘와 조정의 법도를 살피고는 감탄하며 '내가 지금에서야 주공의 덕과 주나라의 왕업이 흥성한 이유를 알았다.' 하였다."라고 하였다. 이것이 약속이라도 한 듯이 같은 내용을 실은 두 번째 사례이다.

《춘추좌씨전》성공成公 10년조에 진후가 병이 위독하여 "진秦나라에 의원을 요구하자, 진백秦伯이 의원 완緩을 보내 치료하게 하였다. 의원이 와서 보고는 '이 병은 치료할 수가 없습니다. 황肓의 위, 고膏의 아래에 있습니다.' 하였다."라고 하였고 《전국책》〈진책秦策〉에 "편작扁鵲이 진 무왕秦武王을 만났는데 무왕이 자신의 병을 보여 주자 편작이 무왕의 신하들을 물리치기를 청하고 '대왕의 병은 귀의 앞과 눈 아래에 있습니다.' 하였다."라고 하였다. 이것이 약속이라도 한 듯이 같은 내용을 실은 세 번째 사례이다.

《춘추좌씨전》성공成公 18년조에 주자周子가 "그대들이 나의 명을 따르는 것은 오늘에 달렸고 따르지 않는 것도 오늘에 달렸다."라고 한 말이 실려 있고, 《국어》〈오어吳語〉에 오나라 왕이 "진晉나라 군주를 섬기는 일이 오늘에 달려 있고 내가 맹주가 되어 진晉나라 군주를 섬길 수 없는 것도 오늘에 달려 있다."라고 한 말이 실려 있다. 이것이 약속이라도 한 듯이 같은 내용을 실은 네 번째 사례이다.

《국어》〈초어楚語〉에 관역보觀射父[41]가 "선왕의 제사는 한 가지 순결한 마음, 두 가지 벽옥, 세 가지 희생, 네 가지 제사, 다섯 가지 색깔, 여섯 가지 율律, 일곱 가지 큰일, 여덟 가지 악기, 아홉 가지 제사, 천간의 10일과 지지의 12진으로 길일을 가려 신을 이르게 한다."라고 한 말이 실려 있고, 《춘추좌씨전》 소공昭公 12년조에 안자가 "선왕이 다섯 가지 맛으로 음식의 맛을 맞추고, 다섯 가지 소리로 소리를 조화롭게 한 것은 그 마음을 화평하게 하고 그 정사를 이루기 위함이었습니다. 소리도 맛과 같아서 한 가지 기氣, 두 가지 체體, 세 가지 유類, 네 가지 물物, 다섯 가지 소리[聲], 여섯 가지 율律, 일곱 가지 음音, 여덟 가지 풍風, 아홉 가지 노래[歌]가 합하여 음악을 이룬다."라고 하였다.〖이 문장은 대개 사물에 대해 수를 정확히 들어맞게 한 것이고 수에 대해서도 순서를 들어맞게 한 것이니, 공교로운 문장이다.〗이것이 약속이라도 한 듯이 같은 내용을 실은 다섯 번째 사례이다.

《주례》〈고공기考工記 궁인弓人〉에 "뽕나무[柘]가 최고이고, 감탕나무[檍]가 그다음, 산뽕나무[檿桑]가 그다음, 귤나무[橘]가 그다음, 모과나무[木瓜]가 그다음, 가시나무[荊]가 그다음이다."라고 하였고, 《예기》〈예기禮器〉에 "예는 때가 으뜸이고, 순함이 그다음, 체體가 그다음, 마땅함이 그다음, 걸맞게 함이 그다음이다."라고 하였다. 이것이 약속이라도 한 듯이 같은 내용을 실은 여섯 번째 사례이다.

---

41 관역보(?~?) : 춘추 시대 초楚나라의 대부로, 소왕昭王을 섬겼던 사람이다.

二條

大抵經傳之文, 有相類者, 非固出於蹈襲, 實理之所在, 不約而同也. 略
條於後, 則可推矣. 詩曰, "禮義不愆, 何恤於人言."【此逸詩, 荀子引之云,
'禮義之不愆兮, 何恤人之言兮.'】左氏傳載士蒍稱諺曰, "心苟無瑕, 何恤
乎無家." 詩曰, "謂予不信, 有如皦日." 左氏傳載公子重耳曰, "所不與舅
氏同心者, 有如白水."【凡指物爲誓, 語多類如此.】⁴² 詩曰, "不憖遺一
老, 俾守我王." 左氏傳魯哀公誄孔丘, "不憖遺一老, 俾屏予一人以在
位." 此不約而同, 一也. 左氏傳曰, "晉韓起聘魯, 觀書於大史氏, 見易象
魯春秋, 曰, '周禮盡在魯矣. 吾乃今知周公之德與周之所以王也.'" 家語
曰, "孔子適周, 歷郊社之所, 考明堂之則, 察廟朝之度, 於是喟然曰, '吾
乃今知周公之聖與周之所以王也.'" 此不約而同, 二也. 左氏傳曰, "晉侯
疾病, 求醫於秦, 秦伯使醫緩爲之, 醫至, 曰, '疾不可爲也, 在肓之上, 膏
之下.'" 戰國策曰, "扁鵲見秦武王, 武王示之病, 扁鵲請除左右, 曰, '君之
病在耳之前, 目之下.'" 此不約而同, 三也. 左氏傳載周子曰, "二三子用我,
今日, 否, 亦今日." 國語載吳王曰, "孤之事君, 在今日, 不得事君, 亦在今
日." 此不約而同, 四也. 國語載觀射父曰, "先王之祀也, 以一純·二精·三
牲·四時·五色·六律·七事·八種·九祭·十日·十二辰以致之." 左氏傳載
晏子曰, "先王之濟五味, 和五聲, 以平其心成其政也. 聲亦如味, 一氣·二
體·三類·四物·五聲·六律·七音·八風·九歌以相成也."【此文旣於物愜
數, 又於數愜序, 亦文之工者.】⁴³ 此不約而同, 五也. 考工記曰, "柘爲上,
檿次之, 檿桑次之, 橘次之, 木瓜次之, 荊次之." 禮器曰, "禮, 時爲大 順
次之, 體次之, 宜次之, 稱次之." 此不約而同, 六也.

---

42 [凡指物爲誓 語多類如此] : 원본元本·명홍치본明弘治本·도본屠本·비급본祕笈本
·송세영宋世英 교기校記에서 인용한 진본陳本에 의거하여 '凡指物爲誓 語多類如
此' 10자를 보충하였다.

43 [此文旣於物愜數……亦文之工者] : 원본元本·명홍치본明弘治本·도본屠本·송세
영宋世英 교기校記에서 인용한 진본陳本에 의거하여 '此文旣於物愜數……亦文之
工者' 17자를 보충하였다.

신辛

– 모두 8조이다

《춘추좌씨전》에 나타난 여덟 가지 체제

춘추시대에는 왕도가 비록 미약하기는 했지만 문풍이 모두 사라지지 않아 수많은 문장의 규모를 자세히 포괄하였다. 《춘추좌씨전》의 문장을 고찰하고 그중에 정수만을 골라 여덟 가지 형식으로 나누어 각각 본문의 뒤에 달았다.

첫 번째는 '명命'이라고 하니 완곡하면서 도리에 합당하고,【《서경》에는 여덟 편의 '명命'이 있다.[44]】두 번째를 '서誓'라고 하니 조심스러우면서도 엄격하고,【《서경》에는 여덟 편의 '서誓'가 있다.[45]】세 번째를 '맹盟'이라고 하니 간략하면서도 신실하고, 네 번째를 '도禱'라고 하니 간절하면서도 정중하고,【《서경》〈주서周書 무성武成〉에 무왕이 주紂를 치면서 기도하였는데, "도 있는 사람의 증손인 주왕 발은"에서부터 "신의 부끄러움이 될 일은 하지 마소서!"까지의 구절이 바로 이 문장이다.】다섯 번째를 '간諫'이라고 하니 온화하면서도 강직하고, 여섯 번째를 '양讓'이라고 하니 설득력이 있고 바르고, 일곱 번째를 '서書'라고 하니 창달하면서도 법도에 맞고, 여덟 번째를 '대對'라고 하니 아름다우면서도 민첩하다. 글을 짓는 사람들이 이

---

44 《서경》에는……있다 : 〈열명 상說命上〉·〈열명 하說命下〉·〈미자지명微子之命〉·〈채중지명蔡仲之命〉·〈고명顧命〉·〈필명畢命〉·〈경명冏命〉·〈문후지명文侯之命〉을 이른다.

45 《서경》에는……있다 : 〈감서甘誓〉·〈탕서湯誓〉·〈태서 상泰誓上〉·〈태서 중泰誓中〉·〈태서 하泰誓下〉·〈목서牧誓〉·〈비서費誓〉·〈진서秦誓〉를 이른다.

러한 규례를 본다면 옛사람들이 글을 쓴 전체를 알 것이다.

辛 - 凡八條

春秋之時, 王道雖微, 文風未殄, 森羅辭翰, 備括規摹. 考諸左氏, 摘其英華, 別爲八體, 各繫本文, 一曰命, 婉而當,【[尙書, 有命(十)八篇.]⁴⁶】二曰誓, 謹而嚴,【[尙書, 有誓八篇.]⁴⁷】三曰盟, 約而信, 四曰禱, 切而愨,【[尙書, 武成, 有武王伐紂禱辭, 自'惟有道曾孫發', 至'無作神羞', 是其文也.]⁴⁸】五曰諫, 和而直, 六曰讓, 辨而正, 七曰書, 達而法, 八曰對, 美而敏. 作者觀之, 庶知古人之大全也.

---

46 [尙書 有命(十)八篇]：원본元本·명홍치본明弘治本·도본屠本·송세영본宋世英 교기校記에서 인용한 진본陳本에 의거하여 '尙書 有命(十)八篇' 6자를 보충하였다. 또한 '十八篇'으로 되어 있으나《서경》에 실린 명命은 모두 8편으로 '十'을 연문으로 처리하였다.

47 [尙書 有誓八篇]：원본元本·명홍치본明弘治本·도본屠本·송세영본宋世英 교기校記에서 인용한 진본陳本에 의거하여 '尙書 有誓八篇' 6자를 보충하였다.

48 [尙書……是其文也]：원본元本·명홍치본明弘治本·도본屠本·송세영본宋世英 교기校記에서 인용한 진본陳本에 의거하여 '尙書……是其文也' 27자를 보충하였다.

1조. 명命[49]

주周나라 영왕이 유정공劉定公을 사신 보내 제후齊侯에게 명을 내리
다.【예컨대 주나라 양왕襄王이 진晉나라 중이重耳에게 명한 경우이니, 그 문장
의 체제 또한 모범으로 삼을 만한다.】

《춘추좌씨전》양공襄公 14년조에, 주나라 영왕이 유정공을 시켜 제후
에게 명을 내려 "예전에 백구태공이 우리 선왕을 도울 때 주나라 왕실
의 고굉이었고 만민의 사보였다. 그래서 선왕께서 태사의 직을 세습시켜
동방 제후들의 본보기가 되게 하였으니 왕실이 무너지지 않은 것은 백
구의 공을 힘입어서이다. 이제 내가 너 환環에게 명하노니 부지런히 구
씨舅氏의 법을 따르하고 너의 선조를 이어 네 선인을 욕되게 하지 말고,
공경하여 짐의 명을 버리지 말라."라고 하였다.

一條 - 命
周靈王命齊侯.[50]【如周襄王命晉重耳, 其體亦可法.】

---

49 명 :《문심조룡文心雕龍》〈조책詔策〉에 "명命에는 네 종류가 있으니, 그 첫째를 '책
서策書', 두 번째를 '제서制書', 세 번째를 '조서詔書', 네 번째를 '계칙戒敕'이라 한
다. '계칙'은 지방의 기관에 대해 계고戒告하는 것이고, '조서'는 여러 관리들에게
포고하는 것이고, '제서'는 은사恩赦를 시행하는 것이고, '책서'는 여러 왕들을 임
명함에 각각 쓰인다.[命有四品 一曰策書 二曰制書 三曰詔書 四曰戒敕 敕戒州部 詔
誥百官 制施赦命 策封王侯]"라고 하였다.
50 齊侯 : 원본元本·명홍치본明弘治本·도본屠本에는 '齊靈公'으로 되어 있고, 비급본
祕笈本에는 주석이 실려 있지 않다.

王使劉定公, 賜齊侯命曰,[51] "昔伯舅太公, 右我先王, 股肱周室, 師保萬民, 世祚太師, 以表東海, 王室之不壞, 繄伯舅是賴, 今余[52]命女環, 茲率舅氏之典, 纂乃祖考, 無忝乃舊. 敬之哉, 無廢朕命."

51 王使劉定公 賜齊侯命曰 : 원본元本·명홍치본明弘治本·도본屠本에는 이 구절이 '王曰'로 되어 있다.

52 余 : 원본元本·명홍치본明弘治本·도본屠本에는 '予'로 되어 있고, 금본今本《좌씨춘추전》에도 '余'로 되어 있다.

2조. 서誓[53]

진晉나라 조간자趙簡子가 정나라를 칠 것을 맹세[誓]하다.

《춘추좌씨전》 애공哀公 2년조에 조간자가 맹세하여 "범씨와 중항씨가 천명을 어기고서 백성들을 참살하고, 진晉나라를 독점하기 위해 그 임금을 멸망시키고자 한다. 우리 임금께선 정鄭나라를 믿고 의지하여 몸을 보호하셨는데, 지금 정나라는 도리를 어기고서 임금을 버리고 신하를 도우니, 여러분들이 천명을 따르고 왕의 명을 복종하며 덕과 의를 상도로 삼고 부끄럼을 제거하는 것이 이번 전쟁에 달렸다.

전쟁에서 적을 이긴 자는, 상대부는 현縣을 받을 것이고, 하대부는 군郡을 받을 것이며, 사士는 토지土地 10만 이랑을 받을 것이고, 서인과 공인, 상인은 관직을 받을 것이며, 종과 노예는 노예의 신분에서 벗어나 자유의 몸이 될 것이다.

나 조간자는 이번 전쟁에 승리하여 죄를 짓지 않는다면 임금님께서 상을 내릴 것을 생각하실 것이지만, 만약 내가 패전하여 죄를 짓는다면 나를 목 졸라 죽여서 속관屬棺과 벽관辟棺[54]도 없이 세 치 두께의 오동나무 판자로 짠 관에 넣어 소거素車에 실어 박마가 끌게 하고, 조상의 묘역에도 들어가지 못하게 할 것이니, 이는 하경에게 내리는 징벌이다."라

---

53 서 : 《문심조룡文心雕龍》〈축맹祝盟〉에 "한나라 유방이 제후를 세우고 산하와 같이 영원할 것을 맹세하였다.[漢祖建侯 定山河之誓]"라고 하였다.

54 속관과 벽관 : '속관'은 안쪽의 이관杝棺과 바깥쪽의 대관大棺 중간에 들어가는, 가래나무로 만든 관이다. '벽관'은 곽槨 속에 넣는 관을 이른다.

고 하였다.

二條 – 誓

晉趙簡子誓伐鄭

誓曰, "范氏·中行氏, 反易天明, 斬艾百姓, 欲擅晉國, 而滅其君, 寡君恃鄭而保焉. 今鄭爲不道, 棄君助臣. 二三子順天明, 從君命, 經德義, 除垢恥, 在此行也. 克敵者, 上大夫受縣, 下大夫受郡, 士田十萬, 庶人工商逐, 人臣隸圉免. 志父無罪, 君實圖之. 若其有罪, 絞縊以戮, 桐棺三寸, 不設屬辟, 素車樸馬, 無入于兆, 下卿之罰也."

3조. 맹盟[55]

박성毫城의 맹세.【예컨대 《맹자》〈고자 하告子下〉에 규구葵丘에서 맹세한 말이[56] 실려 있으니 삼전三典인 《춘추좌씨전》과 《춘추곡량전》, 《춘추공양전》을 보면 내용의 상세함과 차이가 있으니 지금 취하지 않는다.】

《춘추좌씨전》 양공襄公 11년조에 "재서載書[57]에 '우리 동맹한 나라들은 곡식을 쌓아 두지 말 것이며, 이익을 독점하지 말 것이며, 죄인을 보호하지 말 것이며, 악인을 체류시키지 말 것이며, 재앙을 구제할 것이

---

55 맹 : 문체의 하나로, 맹세할 때의 작성하는 문서를 이른다. 《문심조룡文心雕龍》〈축맹祝盟〉에 "맹약의 대체는 반드시 위기를 서술하고 충과 효를 장려하고 운명을 함께 하며 신령에게 기도하여 귀감을 취하며 구천을 가리켜 공정하기를 바라며 마땅히 귀감이 있어야 한다. 감격으로 성의를 확립하고 절실함으로 언어를 부연하는 것은 모두 맹약의 공통된 조건이다.[夫盟之大體 必序危機 獎忠孝 共存亡 戮心力 祈幽靈以取鑑 指九天以爲正 感激以立誠 切至以敷辭 此其所同也]"라고 하였다.

56 《맹자》……말이 : 춘추 오패五霸 가운데 제齊나라 환공桓公이 가장 강하였는데, 그는 규구葵丘의 회맹에서 제후들과 함께 희생을 묶어 놓고 그 위에 회맹 문서를 올려놓은 다음, 피를 마시지 않은 채, 천자 명의名義의 금령을 읽어 내려갔다. "제 환공이 제후들을 규구葵丘에 모아놓고 다섯 가지의 맹약을 하였는데, 그 내용은 다음과 같다. 첫째, 불효하는 자를 처벌하며, 세자世子를 바꾸지 말며, 첩을 아내로 삼지 말라. 둘째, 어진 이를 높이고 인재를 길러서 덕이 있는 이를 표창하라. 셋째, 노인을 공경하고 어진 이를 사랑하며, 손님과 나그네를 잊지 말라. 넷째, 선비는 대대로 관직을 주지 말며, 관청의 일을 겸직시키지 말며, 선비를 취함에 반드시 인재를 얻으며, 마음대로 대부를 죽이지 말라. 다섯째, 제방을 굽게 쌓지 말며, 쌀을 수입해 가는 것을 막지 말며, 대부들을 봉해 주고서 고하지 않는 일이 없도록 하라.[初命曰誅不孝 無易樹子 無以妾爲妻 再命曰 尊賢育才 以彰有德 三命曰 敬老慈幼 無忘賓旅 四命曰 士無世官 官事無攝 取士必得 無專殺大夫 五命曰 無曲防 無遏糴 無有封而不告]"라고 하였다.

57 재서 : 맹약서를 이르는 말이다. 《춘추좌씨전》 양공襄公 9년조에 "진晉나라 사장자士莊子가 재서載書를 지었다.[晉士莊子爲載書]"라고 한 구절의 두예杜預 주에 "재서는 맹세하는 글이다.[載書 盟書]"라고 하였다.

며, 화란을 구휼할 것이며, 호오好惡를 한가지로 하여 왕실을 도울 것이다. 누구라도 이 명을 범한다면 불경한 자를 살피는 신인 사신司慎과 맹약을 감시하는 신인 사맹司盟과 이름난 산과 이름난 강, 각종 신과 뭇 신과 선왕·선공과 일곱 성씨 열 두 나라의 밝으신 신이 벌을 내려 그 백성을 잃게 하고 그 씨족을 멸망시켜 그 나라를 망하게 할 것이다.' 하였다."라고 하였다.

三條 – 盟

亳城北之盟.【如孟子載葵丘盟辭, 觀三傳, 則詳略異同, 今所不取.[58]】

載書曰, "凡我同盟, 毋蘊年, 毋壅利, 毋保姦, 毋留慝, 救災患, 恤禍亂, 同好惡, 獎王室. 或間兹命, 司愼司盟, 名山名川, 群神群祀, 先王先公, 七姓十二國之祖, 明神殛之, 俾失其民, 隊命亡氏, 踣其國家."

---

58 如孟子載葵丘盟辭……今所不取 : 비급본祕笈本에는 이 20자가 없다.

4조. 도禱

위나라 괴외蒯聵가 철수鐵水에서 기도하다.【순언荀偃이 하수의 신에게
기도하였는데,[59] 그 체제도 이를 본받았다.】

《춘추좌씨전》 애공哀公 2년조에 "증손 괴외는 감히 황조 문왕과 열조
강숙과 문조 양공께 밝게 고하나이다. 정나라 승이 순리를 어지럽히니
진晉나라 오는 화란 중에 있어 난을 일으킨 사람을 다스리지 못하고, 조
앙을 보내어 난을 일으킨 사람을 토벌하게 하니, 저 괴외도 감히 스스
로 편안히 있을 수 없어서 창을 드는 거우車右[60]가 되었으니, 감히 고하
건대 힘줄이 끊기거나 뼈가 부러지거나 얼굴을 다치거나 하는 화가 없이
대사를 성공하여 세 할아버님의 수치가 되지 않게 하소서. 생명은 감히
청하지 않겠습니다만 패옥은 감히 아끼지 않겠나이다."라고 하였다.

四條 - 禱

衛蒯聵戰禱鐵.【荀偃禱河, 其體亦法此.[61]】

禱曰, "曾孫蒯聵, 敢昭告皇祖文王, 烈祖康叔, 文祖襄公. 鄭勝亂從, 晉午

---

59 순언이……기도하였는데 :《춘추좌씨전》 양공襄公 18년조에, 진후晉侯가 제齊를
    치기 위해 하수를 건너려 할 때, 순언荀偃이 붉은 실에 옥 한 쌍을 묶어 하수에 던
    지며 "신에게 부끄럽지 않게 된다면 그 배신陪臣인 저[偃]는 감히 다시는 황하를 건
    너지 않을 것이니, 오직 신께서 재결하여 주소서.[無作神羞 其官臣偃 無敢復濟 惟
    爾有神裁之]"라고 기도하였다.

60 거우 : 말을 모는 사람의 오른쪽에 타서 비상사태에 대비하는 무사를 이른다.

61 荀偃禱河 其體亦法此 : 비급본祕笈本에는 이 9자가 없다.

在難, 不能治亂, 使鞅討之. 蒯瞶不敢自佚, 備持矛焉. 敢告無絶筋, 無折
骨, 無面傷, 以集大事, 無作三祖羞. 大命不敢請, 佩玉不敢愛."

5조. 간諫[62]

장애백이 노나라 환공이 고정郜鼎을 종묘에 들여 놓은 것을 간하
다.【간하는 문장은 많은데 지금 이 문장을 취하여 체제로 삼는다.】

《춘추좌씨전》환공桓公 2년조에 장애백이 간하여 "임금은 도덕을 선양
하고 사악을 막아 백관을 감시하더라도 오히려 백관이 잘못될까 두렵습니
다. 그러므로 아름다운 덕을 밝게 드러내어 자손들에게 모범을 보이는 것
입니다. 그러므로 청묘淸廟의 지붕을 띠풀로 이며, 대로의 방석을 부들로
엮어 만들며, 대갱大羹에 양념을 하지 않으며, 자식粢食을 도정하지 않는
것은 검소를 소명하기 위함입니다. 곤袞·면冕·불黻·정珽과 대帶·상裳·폭幅·
석舃과 형衡·담紞·굉紘·연綖은 제도를 소명하기 위함입니다. 조藻·솔率·
비鞞·봉鞛과 반鞶·려厲·유游·영纓은 정수를 소명하기 위함입니다. 화火·
용龍·보黼·불黻은 문장을 소명하기 위함이며, 오색으로 각종 물상을 비슷
하게 그리는 것은 물색을 소명하기 위함이며, 석錫·난鸞·화和·령鈴은 성
음을 소명하기 위함이며, 삼진三辰의 깃발은 광명을 소명하기 위함입니다.

덕은 검소하면서도 법도가 있고 오르내리는 데 일정한 수가 있으니, 문文
과 물物로 귀천을 기록하고, 성聲과 명明으로 덕을 드러내어, 백관을 감시
하면 백관은 이에 경계하고 두려워하여 감히 기율을 위반하지 않습니다.
그런데 지금 덕을 버리시고 도리를 어긴 자를 세워주고서 뇌물로 받은 고

---

62 간 : '잘못을 바로잡다'는 뜻으로,《주례》〈지관地官 보씨保氏〉에 "보씨가 왕의 잘
   못을 간하는 일을 맡았다.[保氏掌諫王惡]"에 대한 정현鄭玄 주注에 "간諫은 예의
   로 바로잡는 것이다.[諫者 以禮義正之]"라고 하였다.

정鼎을 태묘에 안치하여 백관에게 밝게 보이시니, 백관이 이를 본받는다면 어떻게 그들을 처벌할 수 있겠습니까. 국가가 패망하는 것은 관리의 사악에서 유래하고, 관리가 덕을 상실하는 것은 사사로운 총애와 수뢰가 드러나는 데서 유래합니다. 그런데 고정을 태묘에 안치하신다면 수뢰를 드러냄이 이보다 심한 것이 어디에 있겠습니까. 옛날 무왕이 상나라를 이기고 구정九鼎을 낙읍雒邑으로 옮기자 의사義士들은 오히려 이를 비난하였는데, 하물며 도리를 어기고 반란을 일으킨 자에게 뇌물로 받은 기물을 태묘에 안치하여 백관에게 밝게 보이려 하시니, 어쩔 생각이십니까?"라고 하였다.

五條 – 諫

臧哀伯諫諫魯威[63]公納郜鼎.【諫文多矣, 今取此爲體.[64]】

[諫][65]曰, "君人者, 將昭德塞違, 以臨照百官, 猶懼或失之, 故昭令德以示子孫. 是以淸廟茅屋, 大路越席, 大羹不致, 粢食不鑿, 昭其儉也. 袞冕黻珽, 帶裳幅舃, 衡紞紘綖, 昭其度也. 藻率鞞[66]鞛, 鞶厲游纓, 昭其數也. 火龍黼黻, 昭其文也. 五色比象, 昭其物也. 錫鸞和鈴, 昭其聲也. 三辰旂旗, 昭其明也. 夫德, 儉而有度, 登降有數, 文, 物以紀之, 聲, 明以發之, 以臨照百官, 百官於是乎戒懼, 而不敢易紀律. 今滅德立違, 而寘其賂器於太廟, 以明示百官, 百官象之, 其又何誅焉. 國家之敗, 由官邪也, 官之失德, 寵賂章也. 郜鼎在廟, 章孰甚焉. 武王克商, 遷九鼎于雒邑, 義士猶或非之. 而況將昭違亂之賂器於太廟, 其若之何.

---

63 威 : 도본屠本·비급본祕笈本에는 '桓'으로 되어 있는데, 이는 송나라 사람들이 흠종欽宗 조환趙桓의 이름을 피휘한 것이다.

64 諫文多矣 今取此爲體 : 비급본祕笈本에는 이 9자가 없다.

65 [諫]曰 : 원본元本·명홍치본明弘治本·도본屠本에 의거하여 '諫' 1자를 보충하였다.

66 鞞 : 금본今本《춘추좌씨전》에는 '鞸'로 되어 있다.

6조. 양讓[67]['꾸짖다'이다.]

주나라 첨환백詹桓伯이 진晉나라가 음융陰戎[68]을 거느리고 주나라 고을인 영潁을 친 것을 꾸짖다.

《춘추좌씨전》소공昭公 9년조에 "우리 주나라는 하나라 때부터 후직의 공로로 위국魏國·태국駘國·예국芮國·기국岐國·필국畢國이 우리의 서방 영토가 되었고, 무왕이 상나라를 이긴 뒤에 미쳐서는 포고蒲姑·상엄商奄이 우리의 동방 영토가 되고, 파巴·복濮·초楚·등鄧이 우리의 남방 영토가 되고, 숙신肅愼·연燕·박亳이 우리의 북방 영토가 되었으니, 우리 주나라의 영토가 멀리까지 미쳤는데 어찌 가까운 곳에 제후를 봉했겠는가? 문왕文王·무왕武王·성왕成王·강왕康王께서 동모제同母弟를 제후로 세워 주나라의 울타리가 되게 한 것은 왕실을 보좌하여 쇠퇴를 방지하게 하기 위함이었는데, 어찌 왕실을 변모弁髦처럼 여겨 이로 인하여 버려서야 되겠는가?

선왕이 도올檮杌 등 네 사람을 사방의 먼 변방으로 내쳐 이매魑魅를 막게 하셨기 때문에 윤성允姓의 간악한 족속이 과주瓜州에 살고 있게 된 것인데, 백부 혜공이 진秦나라에서 돌아온 뒤에 융족을 유인해 와서 그들로 하여금 우리 여러 희성姬姓의 나라를 핍박하고 우리 주나라의 근교까지 들어오게 하였으므로 융인이 이에 이곳을 점유하였으니, 융인

---

67 양 : '꾸짖다'는 뜻으로, 《소이아小爾雅》〈광의廣義〉에 "말로 나무라는 것을 '양讓'이라고 한다.[詰責以辭謂之讓]"라고 하였다.

68 음융 : 서융의 하나로 육혼陸渾의 융족戎族을 이른다.

이 중국을 차지한 것이 누구의 잘못인가? 후직이 부강하게 만든 천하를 지금 융인이 다스리고 있으니 천자 노릇 하기가 어렵지 않겠는가? 백부는 깊이 생각하기 바란다.

백부는 나에게 의복에 관면冠冕이 있고 나무에 뿌리가 있고 물에 근원이 있고 백성에 일을 꾀하는 자가 있는 것과 같은데, 백부가 만약 관을 찢고 면류관을 망가뜨리고 나무의 뿌리를 뽑고 물의 근원을 막고 일을 꾀하는 자를 멋대로 버린다면 비록 융적이라 하더라도 어찌 나를 천자로 여기겠는가?"라고 하였다.

六條 – 讓【責也[69]】

周詹桓伯, 責晉率陰戎伐潁.

[辭][70]曰, "我自夏以后稷, 魏·駘·芮·岐·畢, 吾西土也, 及武王克商, 蒲姑·商奄,吾東土也, 巴·濮·楚·鄧, 吾南土也, 肅愼·燕·亳, 吾北土也, 吾何邇封之有? 文·武·成·康之建母弟, 以蕃屛周, 亦其廢隊是爲, 豈如弁髦, 而因以敝之. 先王居檮杌于四裔, 以禦螭魅, 故允姓之姦, 居于瓜州. 伯父惠公歸自秦, 而誘以來, 使偪我諸姬, 入我郊甸, 則戎焉取之. 戎有中國, 誰之咎也? 后稷封殖天下, 今戎制之, 不亦難乎? 伯父圖之. 我在伯父, 猶衣服之有冠冕, 木水之有本原, 民人之有謀主也. 伯父若裂冠毁冕, 扒本塞原, 專棄謀主, 雖戎·狄, 其何有余一人.

---

69 責也 : 비급본祕笈本에는 이 2자가 없다.

70 [辭]曰 : 원본元本·명홍치본明弘治本·도본屠本에 의거하여 '辭' 1자를 보충하였다.

7조. 서書

진晉나라 숙향叔向이 정자산鄭子產이 형법의 조문을 주조하자 편지를 보내다.【자산이 범선자范宣子에게 보냈으니 그 체제를 본받을 만하다.】

《춘추좌씨전》 소공昭公 6년조에 "처음에는 내가 그대에게 희망이 있었으나, 이제는 다 끝났습니다. 옛날에 선왕은 사정의 경중을 헤아려 죄를 판단하였고, 미리 형법을 제정하지 않았으니, 이는 백성들이 쟁심을 갖게 될 것을 두려워했기 때문입니다. 이렇게 하는 것만으로는 오히려 범죄를 막을 수 없기 때문에 도의를 가르쳐 범죄를 막고, 정령을 세워 범죄를 단속하고, 도의와 정령을 예禮에 맞게 시행하고 이를 성실하게 지키고, 인자한 마음으로 백성을 길렀으며, 봉록과 작위의 제도를 제정하여 순종하는 자를 권면하고, 형벌로써 엄단하여 방종하는 자를 위협하였으되, 백성들이 따르지 않을까 두려워하였습니다.

그러므로 충성을 가르치고, 선행을 권장하고, 각자의 업무를 가르치고, 화열한 마음으로 부리고, 공경으로 백성을 대하고, 힘을 다해 일을 처리하고, 과감하게 판결하였습니다. 그러고도 오히려 재덕이 뛰어난 경卿과 명찰한 관원과 충신한 향장과 자혜로운 스승을 구하여 백성을 다스리고 가르치게 하니, 백성들이 이에 믿고 부릴 만하게 되어 화란이 생기지 않았습니다. 백성들이 형법이 있는 줄을 알면 윗사람을 두려워하지 않고 모두 쟁송하려는 마음이 생겨 형서刑書에서 증거를 찾아 요행히 성공하기를 바랄 것이니, 이렇게 된다면 나라를 다스릴 수 없습니다.

하나라 때 정령을 어지럽히는 자가 있자, 우형禹刑을 지었고, 상나라 때 정령을 어지럽히는 자가 있자 탕형湯刑을 지었고, 주나라 때 정령을 어지럽히는 자가 있자 구형九刑을 지었으니, 세 형법이 생긴 것은 모두 말세였습니다. 그런데 지금 그대는 정나라 국정을 보좌하면서 경계를 표시하는 두둑을 쌓고, 관개하는 수로를 내게 하며, 비방을 받을 정치를 하고, 세 법을 제정하고 형서를 주조하여 백성을 안정시키려 하니, 어렵지 않겠습니까?

《시경》〈주송周頌 아장我將〉에 '문왕의 덕을 본받아 날마다 사방을 안정시켰다.'라고 하였고, 또 '문왕을 본받으면 만방이 믿고 복종한다.'라고 하였으니, 이와 같다면 법을 제정할 필요가 뭐 있겠습니까? 백성이 형서刑書를 알게 되면 장차 예를 버리고 형서에서 증거를 끌어다가, 작은 이익도 버리지 않고 다 쟁송하려 할 것이므로 어지러운 옥사가 많아지고 뇌물이 널리 유행하여, 그대가 죽을 때쯤이면 정나라는 아마도 패망하게 될 것입니다. 내가 듣건대 '나라가 망하려면 반드시 법제가 많아진다.'라고 하니, 이 말은 아마도 지금 정나라의 경우를 이른 듯합니다."라고 하였다.

七條 - 書

晉叔向詬鄭子産鑄刑書[書.]⁷¹【子産與范宣子書, 其體可法.】

[書]曰, "始吾有虞於子, 今則已矣. 昔先王議事以制, 不爲刑辟. 懼民之有爭心也, 猶不可禁禦, 是故閑之以義, 糾之以政, 行之以禮, 守之以信, 奉之以仁, 制爲祿位, 以勸其從, 嚴斷刑罰, 以威其淫. 懼其末也, 故誨之以

---

71 [書] : 원본元本·명홍치본明弘治本·도본屠本에 의거하여 '書' 1자를 보충하였다. 아래 '書曰'의 書도 같다.

忠, 聳之以行, 敎之以務, 使之以和, 臨之以莊, 涖之以彊,[72] 斷之以剛.
猶求聖哲之士, 明察之官, 忠信之長, 慈惠之師. 民於是乎可任使也, 而
不生禍亂. 民知有辟, 則不忌於上, 竝有爭心, 以徵於書, 而徼幸以成之,
弗可爲矣. 夏有亂政, 而作禹刑, 商有亂政, 而作湯刑, 周有亂政, 而作九
刑, 三辟之興, 皆叔世也. 今吾子相鄭國, 作封洫, 立謗政, 制參辟, 鑄刑
書, 將以靖民, 不亦難乎? 詩曰, '儀式刑文王之德, 日靖四方.' 又曰, '儀刑
文王, 萬邦作孚.' 如是, 何辟之有? 民知爭端矣, 將棄禮而徵於書, 錐刀之
末, 將盡爭之, 亂獄滋豐, 賄賂竝行, 終子之世, 鄭敗其乎! 肸聞之. 國將
亡, 必多制. 其此之謂乎."

72 臨之以莊 涖之以彊 : 금본今本《춘추좌씨전》소공昭公 6년조에는 '臨之以敬 涖
之以强'으로 되어 있다.

8조. 대對

정鄭나라 자산子産이 진晉나라 사람이 진陳나라의 죄를 물어 자산이 대답하다.【대답하는 문장은 많으니 이 문장을 취하여 체제로 삼았다.】

《춘추좌씨전》 양공襄公 25년조에 자산이 "옛날에 우알보가 주나라의 도자기를 만드는 일을 맡은 장관이 되어 우리 선왕을 섬기니, 우리 선왕께서는 그가 기물을 만들어 일용에 편리하게 한 것을 가상히 여기시고 또 신명의 후예라고 하여, 이에 장녀 태희太姬를 우알보의 아들 호공胡公의 아내로 주고서 그를 진陳나라에 봉하여 삼각三恪의 수[73]를 갖추었으니, 진陳나라는 바로 우리 주나라의 외손으로 지금까지 주나라의 도움을 받고 있습니다.

진 환공이 죽은 뒤 진나라에 변란이 일어나자, 채인蔡人은 채녀蔡女가 낳은 아들을 진군으로 세우려 하였으나, 우리 선군 장공莊公께서 오부五父를 받들어 진군으로 세우니, 채인은 오부를 살해하였습니다. 그러자 우리는 또 채인과 협의해 여공을 임금으로 추대하였고, 그 뒤로 진陳나라 장공莊公과 진陳나라 선공宣公에 이르기까지 모두 우리 정鄭나라가 세워 준 임금이었습니다. 하씨夏氏의 변란[74] 때 당시 태자였던 진陳 성공

---

73 삼각의 수 : 무왕武王이 우알보虞閼父의 아들 호공胡公에게 장녀를 시집보내고 진陳에 봉하여 3각恪을 세웠다는 말이다. 3각은 진陳·기杞·송宋의 세 나라를 이른다. 두예杜預의 주에 "주周나라가 우虞·하夏·은殷의 후손을 봉하여 공경하는 뜻을 보여 3각이라 한다."라고 하였다.

74 하씨의 변란 : 진陳나라의 하징서夏徵舒가 난을 일으켜 그 임금 영공靈公을 시해한 사건을 이른다.

成公이 난리를 피해 도망하여 정처 없이 떠도는 것을 또 우리 정나라가 도와 귀국시켜 임금이 되게 한 것은 진군晉君께서도 아시는 바입니다.

그런데 지금 진나라는 주나라의 큰 덕을 잊고 우리 정나라의 큰 은혜를 무시하여 인척의 정의를 저버리고 초나라의 무리가 많은 것을 믿고서 우리나라를 침범하니, 저들이 만족하게 뜻을 이루도록 버려둘 수 없었습니다. 그러므로 우리는 작년에 귀국에 진나라를 토벌하라고 고하였으나 귀국의 명을 받지 못하였으므로 진나라 군대가 우리 동문을 공격하는 전쟁이 있었습니다. 진나라 군대가 지나는 길마다 우물을 모두 메우고 나무를 다 베어내니, 우리나라는 국세가 강하지 못하여 하늘에 계시는 태희太姬께 치욕을 끼치게 될까 크게 두려웠는데, 하늘이 도우시어 우리나라가 진나라를 치려는 마음을 갖도록 인도하시니, 진나라 사람이 자기들의 죄를 알고서 우리에게 항복하였기에 감히 전리품을 바치는 바입니다.……"라고 하였다.

八條

鄭子産, 對晉人問陳罪.【對文多矣, 取此爲體.】

對曰, "昔虞閼父爲周陶正, 以服事我先王. 我先王賴其利器用也, 與其神明之後也, 庸以元女大姬配胡公, 而封諸陳, 以備三恪. 則我周之自出, 至于今是賴. 桓公之亂, 蔡人欲立其出, 我先君莊公奉五父而立之, 蔡人殺之, 我又與蔡人奉戴厲公, 至於莊宣, 皆我之自立. 夏氏之亂, 成公播蕩, 又我之自入. 君所知也. 今陳忘周之大德, 蔑我大惠, 棄我姻親, 介恃楚衆, 以馮陵我敝邑, 不可億逞, 我是以有往年之告. 未獲成命, 則有我東門之役. 當陳隧者, 井堙木刊. 敝邑大懼不競, 而恥大姬, 天誘其衷, 啓敝邑心, 陳知其罪, 授手于我, 用敢獻功"云云.

임壬

– 모두 7조이다

1조. 잠箴[75]

《서경》〈반경 상盤庚上〉의 경계에, '경계하는 말을 숨기지 말라는
것'[76]이고, 주 선왕 때의 시인《시경》〈소아小雅 정료庭燎〉로 인하여 경계
하는 말[箴]로 삼았으니,[77] 이미 잠箴이라는 명칭이 경전에 나타났다.

《춘추좌씨전》양공襄公 4년조에 "옛날 주나라 무왕武王이 신갑辛甲을
태사로 삼고 이에 백관들에게 명하여 각자 왕의 허물을 경계하는 잠을
짓도록 하였기[各箴王闕][78] 때문에, 진나라 대부 위강이 사냥을 좋아하
는 진도공에게 충간을 하여 〈우인지잠虞人之箴〉을 지었으니 지금 그 문
체를 채록하여 잠체箴體로 삼는다.

---

75 잠 : 문체의 하나로, 훈계하거나 경계하는 뜻을 적은 글의 형식이다. 《문심조룡文
心雕龍》〈명잠銘箴〉에 "잠箴은 '침'이다. 병을 치료하고 막는 것으로 쇠침과 돌침에
비유한다. 유학儒學의 흥기는 하·은·주 3대에 번성하였다. 하나라와 은나라 두
잠箴 가운데 남은 구절이 자못 남아 있다.[箴者 針也 所以攻疾防患 喩鍼石也 斯文
之興 盛於三代 夏商二箴 餘句頗存]"라고 하였다.

76 경계하는……것 : 《서경》〈반경 상盤庚上〉에 "감히 혹시라도 소인들의 경계하는
말을 숨기지 말라.[無或敢伏小人之攸箴]"에 대한 육덕명陸德明의 석례釋例에 "잠箴
은 간하는 것이다.[箴 諫也]"라고 하였다.

77 《시경》……삼았으니 : 〈정료庭燎〉 모시서毛詩序에 "〈정료〉는 선왕宣王을 찬미한 시
이니, 이로 인하여 경계로 삼은 것이다.[庭燎 美宣王也 因以箴之]"라는 구절이 있다.

78 각자……하였기 : '各箴王闕'에 대한 杜預 注에 "신갑辛甲은 주나라 무왕의 태사太
史이다. 궐闕은 '허물'이다. 백관으로 하여금 각각 잠사箴辭를 지어 임금의 허물을
경계하게 한 것이다.[辛甲 周武王大史 闕 過也 使百官各爲箴辭戒王過]"라는 구절이
있다.

우인虞人의 잠箴에 다음과 같이 말하였다. "넓은 땅을 우왕禹王이 답사하여 천하를 구주九州로 나누고 토지를 측량하여 구주의 길을 개통하니, 백성에게는 침묘寢廟가 있고 짐승에게는 무성한 초원이 있어서, 각각 서식할 곳이 있어 덕이 어지럽지 않았는데, 이예夷羿는 제왕이 되어 사냥만을 탐하여 국가의 우환은 망각하고 짐승 잡기만을 생각하였습니다. 무력을 사용하는 사냥을 자주 해서는 안 되는 것인데, 이로 인해 하나라를 키우지 못하였습니다. 나는 사냥을 맡은 신하이므로 감히 복부僕夫에게 고하나이다."

壬 - 凡七條
一條

盤庚之戒, 無伏攸箴, 宣王之詩, 庭燎因箴, 箴之爲名, 見於經矣. 在昔周武, 辛甲爲史, 爰命百官, 各箴王闕, 故虞人之箴, 魏絳獨有取焉. 今采其文, 以備箴體.

芒芒禹迹, 畫爲九州, 經啓九道. 民有寢廟, 獸有茂草, 各有攸處, 德用不擾. 在帝夷羿, 冒于原獸. 忘其國恤, 而思其麀牡. 武不可重, 用不恢于夏家. 獸臣司原, 敢告僕夫.

2조. 찬贊[79]

"익益이 우 임금을 보좌하면서[益贊于禹]"[80]라고 하였으니, '찬贊'이라는 문체가 시작된 것은 오래되었다. 후세 사관들이 기전체紀傳體[81]의 문장 뒤에 찬贊을 두어 시詩의 문체를 모방하였으니, 이는 고대의 '찬'을 서술하는 방식이 아니다. 지금 《서경》〈우서禹書 대우모大禹謨〉의 문장을 채록하여 '찬'의 체제를 갖추었다.

《서경》〈우서 대우모〉에 다음과 같이 말하였다. "익이 우 임금을 보좌하면서 덕은 하늘을 감동하게 하여 멀어도 이르지 않음이 없으니, 가득 차면 덜게 되고 겸손하면 더하게 되니 이것이 천도입니다. 제순帝舜이 처음 역산에서 밭에 가시어 날마다 하늘과 부모에게 울부짖으시어 죄를 떠맡고 악을 자신에게 돌리시어 공경히 일하여 고수를 뵙되 공경하고 두려워하시니, 고수 또한 믿고 따랐습니다. 지극한 정성에는 신도 감

---

79 찬 : 문체의 이름으로, 인물을 찬양하는 운문체의 글이다. 사마천과 반고가 각각 《사기史記》와 《한서漢書》의 편말에 붙인 찬贊은 운문이 아니라 산문으로, 한나라 때는 찬이 산문으로 지어졌음을 알 수 있다. 이후 육조시대 송나라의 범엽范曄이 《후한서後漢書》의 찬을 운문韻文으로 지은 것을 시작으로 운문으로 정착하였다.

80 익이……보좌하면서 : 《서경》〈우서禹書 대우모大禹謨〉에 "익이 우 임금을 보좌하면서 '덕은 하늘을 감동하게 하여 멀어도 이르지 않음이 없으니, 가득 차면 덜게 되고 겸손하면 더하게 되는 것이 천도입니다.'라고 하였다.[益贊于禹曰 惟德動天 無遠弗屆 滿招損 謙受益 時乃天道]"라는 구절이 있다.

81 기전체 : 역사 서술 체제의 하나로, 인물의 전기를 모아 한 시대의 역사를 구성하는 것으로 제왕의 전기인 본기本紀, 신하의 전기인 열전列傳을 중심으로 하여 연표年表·세계표世系表·인명표人名表 등으로 된 표表, 관직·지리·제도 등과 같은 국가의 주요 분야를 기술한 지志 따위로 구성된다. 사마천司馬遷의 《사기史記》가 그 효시이다.

동하는데, 하물며 묘민苗民이야 말할 것이 있겠습니까?"

二條

益贊于禹, 贊起遠矣. 後世史官, 紀傳有贊, 以擬詩體, 非古法也. 今采書文, 以備贊體.

惟德動天, 無遠弗屆. 滿招損, 謙受益, 時乃天道. 帝初于歷山, 往于田, 號泣于旻天, 于父母, 負罪引慝, 祇載見瞽瞍, 夔夔齊慄. 瞽亦允若. 至誠感神, 矧兹有苗.

3조. 명銘[82]

　'명銘'이라는 작품은 애초에 정해진 체제가 없다. 예컨대《주례》〈고공기考工記 율씨栗氏[83]〉의 〈양명量銘〉은 《시경》의 대아大雅·소아小雅와 비슷하고, 공회孔悝[84]의 '정명鼎銘'[85]은《서경》의 고명誥命[86]과 다르지 않으며, 성탕成湯의 〈반명盤銘〉[87]과 고보考父의 〈정명鼎銘〉[88]은 체제가 또 다

<hr>

82　명 : 문체의 하나로, 남의 공덕을 기리거나 스스로 교훈이나 경계로 삼기 위하여 비석이나 기물 따위에 새기는 글이다.《문심조룡文心雕龍》〈명잠銘箴〉에 "명銘은 포폄을 겸하고 있기 때문에 문체는 늠름하고 원만함을 귀하게 여긴다.[銘兼褒讚 故體貴弘潤]"라고 하였다.

83　율씨 : 주周나라의 벼슬 이름이다. 나라에 6가지의 직종을 두어 각종 기물을 담당하게 하는데, 율씨는 금속을 다루는 공인工人으로 무게를 다는 기구를 만들었다.《주례》〈고공기考工記 율씨栗氏〉에 "율씨가 양기量器를 만들고 거기에 명문銘文을 새기기를 '이 문덕이 있는 군주께서 법도를 생각하여 진실로 지극함에 이르렀도다.'라고 하였다.[栗氏爲量 其銘曰 時文思索 允臻其極]"라는 구절이 있다.

84　공회(?~?) : 춘추시대 위衛의 정경正卿으로, 첩輒을 축출하고 괴외蒯聵을 옹립한 공으로, 장공이 그 이름을 솥[鼎]에 새겼다.

85　정명 : 위衛나라 공회孔悝의 정鼎에 새긴 명문에 "6월 정해丁亥일에 공이 태묘에 이르러 체제를 지내셨는데, 공이 말씀하기를 '숙구叔舅여! 너의 선조 장숙莊叔이 성공成公을 보좌하였는데, 성공이 마침내 한수漢水의 북쪽으로 피난하면서 장숙에게 따르도록 명하셨으며 후에 성공이 주나라 도읍에서 깊은 궁실로 나아가셨는데, 장숙이 성공을 위해 분주하여 싫어함이 없었다.'라고 하였다.[衛孔悝之鼎銘曰 六月丁亥 公假于大廟 公曰 叔舅 乃祖莊叔 左右成公 成公乃命莊叔隨難于漢陽 卽宮于宗周 奔走無射]"라고 하였다.

86　고명 : 황제의 명령인 고誥와 명命을 이른다.

87　성탕의 〈반명〉 : '성탕'은 은殷나라 탕왕湯王의 다른 이름이다.《대학》에 "〈반명盤銘〉에 '진실로 어느 하루에 새로워졌거든 나날이 새로워지고 또 나날이 새로워져야 한다.'라고 하였다.[苟日新 日日新 又日新]"라는 말이 있다.

88　고보의 〈정명〉 : 송나라의 정승 정고보正考父는 세 왕을 보좌하였는데 명령을 받을수록 더욱 공손하였다. 그래서《춘추좌씨전》소공昭公 7년조의 〈정명鼎銘〉에

르다. 네 종류 명銘의 체제를 모두 채록하였으니 옛날 명을 쓰는 방법을
갖춘 것이다.

三條

銘文之作, 初無定體. 量人量銘, 乃類詩雅. 孔悝鼎銘, 無異書命. 成湯盤
銘, 考父鼎銘, 體又別矣. 四體俱采, 古法備焉.

3-1. 양명量銘

《주례》〈고공기考工記 율씨栗氏〉에 "이 문덕이 있는 군주께서 법도를
생각하여 진실로 지극함에 이르렀도다. 훌륭한 양기가 완성됨에 사방
의 나라에 보여주니, 길이 네 자손 계도하여 이 기물을 준칙으로 삼을
지어다."라고 하였다.

3-1

時文思索, 允臻其極. 嘉量旣成, 以觀四國. 永啓厥後, 玆器維則.

"일명一命을 받아 대부가 되었을 때는 고개를 숙였고, 재명再命을 받아 경卿이 되
었을 때는 허리를 굽혔고 삼명三命을 받아 상경 上卿이 되었을 때는 몸을 굽히고
서 담장을 따라 빠른 걸음으로 다녔다.[一命而僂 再命而傴 三命而俯 循墻而走]"라
고 하였다.

3-2. 정명鼎銘[89] 【공회孔悝】

《춘추좌씨전》 애공哀公 16년조에 《예기》 〈제통祭統〉에 다음과 같이
말하였다. "6월 정해丁亥일에 공이 태묘에 이르러 체제를 지내셨는데,
공이 말하였다. '숙구叔舅여! 너의 선조 장숙莊叔이 성공成公을 보좌하였
는데, 성공이 마침내 한수漢水의 북쪽으로 피난하면서 장숙에게 따르
도록 명하셨으며 후에 성공이 주나라 도읍에서 깊은 궁실로 나아가셨
는데, 장숙이 성공을 위해 분주하여 싫어함이 없었다. 장숙莊叔이 또 헌
공을 도왔다. 헌공은 장숙의 손자인 성숙에게 명하여 조상이 행한 일
을 계승하라. 그때 아버지 문숙文叔은 선조가 하려고 했던 충의의 뜻을
일으키고 경사를 격려하고 고무시켜 몸소 위나라의 어려움을 근심하였
다. 그의 조정을 위해 일한 것이 밤낮으로 게으르지 않았으니 백성들은
모두 「아름답도다.」라고 하였다.' 공이 '숙구여! 그대에게 명을 주노라!
그대는 그대의 아버지의 덕업을 계승토록 하라.'라고 하자, 공회가 머리
를 조아려 '임금의 융숭하신 대명을 보답하고 현양하여 겨울 제사 때 이
정彝鼎에 글을 새기겠습니다.'라고 하였다."

3-2

六月丁亥, 公假于太廟, 公曰, 叔舅, 乃祖莊叔, 左右成公, 成公乃命莊叔,
隨難于漢陽, 卽宮于宗周, 奔走無射, 啓右獻公, 獻公乃命成叔, 纂乃祖

---

89 정명 : 무쇠솥에 새긴 글을 이르는데, 어떤 사실이 먼 후대까지 전해가기를 기원
하는 뜻에서 만든다. 아래 내용은 《예기》 〈제통祭統〉에, 공회孔悝가 그의 어머니
공백희孔伯姬와 공모하여 진晉나라에 망명해 있던 위衛나라 태자 괴외蒯聵가 국
왕으로 즉위하는 데에 큰 공을 세웠다. 이로 인해 공회의 공을 기리는 뜻으로 문
장을 솥[鼎]에 새긴 것이다.

服, 乃考文叔, 興舊耆欲, 作率慶士, 躬恤衛國, 其勤公家, 夙夜不懈, 民
咸曰休哉. 公曰, 叔舅, 予女銘, 若纂乃考服. 悝拜稽首, 曰, 對揚以辟之,
勤大命, 施于烝彝鼎.

3-3. 반명盤銘[90]【《대대례기》〈무왕장명武王杖命〉에 "탕왕의 궤장几杖에 모두 명명銘을 새겼다."라고 하였다. 여기의 〈반명盤銘〉은 유독 《예기》에만 보인다.】

《서경》〈상서商書 중훼지고仲虺之誥〉의 "덕이 날로 새로워지면[德日新]"
이라는 구절에 대한 정현鄭玄 전전傳에 "탕의 〈반명盤銘〉에 '진실로 하루
라도 새로워질 수 있거든, 나날이 새롭게 하고 또 날로 새롭게 하라.' 하
였다."라고 하였다.

3-3.

【大戴禮, "湯几杖之屬, 皆有銘." 此盤銘, 獨見禮記.】德日新, 日日新, 又
日新.

3-4. 정명鼎銘

《춘추좌씨전》소공昭公 7년조에 공자孔子의 선조인 정고보正考父의 솥
[鼎]에 "일명一命을 받아 대부가 되었을 때는 고개를 숙였고, 재명再命을
받아 경卿이 되었을 때는 허리를 굽혔고, 상경上卿 때에는 몸을 굽히고

---

90 반명 : 대야에 새긴 명문銘文으로, 옛사람들은 세수하거나 목욕하는 그릇에 경계
하는 글을 새긴 것을 이른다.

서, 길 한복판을 피해 담장을 따라 빨리 걸어간다면, 아무도 나를 감히 업신여기지 못하리라. 나는 여기에 미음을 끓여 먹고 내 입에 풀칠을 하면서 살아가리라."라는 내용이 새겨져 있었다.

3-4

一命而僂, 再命而傴, 三命而俯. 循墙而走, 亦莫余敢侮. 饘於是, 以鬻余口.

4조. 가사歌詞

갱재가賡載歌[91]는 이미 《서경》〈우서虞書 고요모皐陶謨〉에서 빛을 발하였고, 《서경》〈하서夏書 오자지가五子之歌〉에 또 하우夏禹의 가르침을 밝혔다. 이때부터 노래를 짓는 사람들이 울연히 흥기하여 각자 절로 노래체[歌體]를 이루었다. 공자孔子가 소요하며 노래하였고 접여接輿[92]는 미친 척하면서 노래하였는데, 가사가 마치 옥소리처럼 아름다워 이 노래와 짝할 만한 것이 없다. 특별히 두 노래만을 취하고 나머지는 생략하였다.

四條

賡載之歌, 旣煥虞謨, 五子之歌, 又昭夏訓, 作者蔚起, 各自爲體, 孔子逍遙, 接輿佯狂, 歌詞玉振, 鮮其儷哉. 特取二歌, 餘在所略.

---

91 갱재가 : 임금과 신하가 서로 노래를 이어서 부르는 것으로, 순舜 임금과 그 신하 고요皐陶가 서로 노래를 주고받으면서 임금과 신하로서 공경히 직무를 수행할 것을 권면한 것에서 온 말이다.

92 접여 : 춘추시대 초나라의 은사隱士로, 공자와 같은 시대 사람으로 미친 척하며 벼슬하지 않았다.

4-1. 공자孔子의 노래[93]

《예기》〈단궁 상檀弓上〉에 "태산泰山이 무너지겠구나. 대들보가 부러지겠구나. 철인哲人이 시들어 죽겠구나."라고 하였다.

4-1. 孔子歌

泰山其頹乎! 梁木其壞乎! 哲人其萎乎!

4-2. 접여接輿의 노래【《장자》〈인간세人間世〉에 "봉이여, 봉이여! 어찌하여 덕이 이렇게 쇠하였는가. 앞으로의 세상은 기다릴 수 없고, 지나간 옛날은 따라갈 수 없네."라고 하였다. 비록 조금 첨삭한 부분이 있지만 기상이 《논어》〈미자微子〉와는 다르다.】

《논어》〈미자〉에 "봉이여, 봉이여. 어찌하여 덕이 쇠하였는가. 지나간 일은 말해도 소용 없지만 앞으로의 일은 따를 수 있으니, 그만둘지어다, 그만둘지어다. 정사政事에 종사하는 자들은 위태롭기만 하다."라고 하였다.

4-2. 接輿歌【莊子, 亦載此歌, 曰, "鳳兮鳳兮, 何如德之衰也! 來世不可待, 往世不可追也. 雖小有增損, 然氣象與論語不同.】

鳳兮鳳兮, 何德之衰! 往者不可諫, 來者猶可追. 已而已而! 今之從政者殆而!

---

93 공자의 노래 : 《예기》〈단궁 상檀弓上〉에 "공자孔子가 자신이 세상을 떠날 꿈을 꾸고 아침에 일찍 일어나 뒷짐을 지고 지팡이를 짚고 문 앞에서 한가로이 거닐며 노래하여 '태산이 무너지겠구나. 들보가 부러지겠구나. 철인이 죽게 되겠구나.'라고 하였다.[泰山其頹乎 樑木其壞乎 哲人其萎乎]"는 구절이 있다.

5조. 가요歌謠[94]

노래의 종류를 세가지로 분류되는데, 첫 번째는 '요謠', 두 번째는 '구
謳'이며,【여러 사람이 부르는 노래를 '요謠'라고 하고, 혼자 부르는 노래를 '구
謳'[95]라고 한다.】세 번째를 '송誦'이라고 한다.

주나라 동요를 '구욕鸜鵒'[96]이라고 하고, 진晉나라 동요를 '용순龍鶉'[97]
이라고 한다. 성을 수리하는 사람과 쌓는 사람의 노래가 다르고, 나라
사람과 많은 사람들의 노래가 또 다르다. 비록 모두 풀을 베는 사람들

---

94 가요 : 악기의 반주에 맞추어 부르는 것을 '가歌'라고 하고, 반주 없이 부르는 것을
'요謠'라고 한다.

95 구 : 《설문해자》에서는 "구謳는 제나라 노래이다.[謳 齊歌也]"라고 하였다. 《한서》
〈고제기高帝記〉에 "여러 장수들과 사졸들이 모두 노래를 부르며 동쪽 고향으로
돌아갈 것을 생각하여 도중에 도망하는 자가 많았다.[諸將及士卒 皆歌謳思東歸 多
道亡者]"라는 구절에 대한 안사고顔師古 주注에 "구謳는 소리를 함께하여 부르는
노래고, '제齊'는 '많은 사람'이다.[謳 謂齊聲而歌也 齊 衆也]"라고 하였다.

96 구욕 : 《춘추좌씨전》소공昭公 25년조에 "구욕조鸜鵒鳥(구관조)가 와서 둥지를 지
었다.'라고 기록한 것은 일찍이 없었던 일이기 때문이다. 사기師己가 '괴이하도다.
내가 듣건대 문공文公과 성공成公 때에 동요가 있었는데, 그 동요에「구욕이 오면
임금님 출국하여 치욕을 당하리라. 구욕이 날아다니면 임금님 국외의 교야에 계
시고 신하가 가서 말[馬]을 드리리라. 구욕이 뛰어다니면 임금님 간후乾侯에 계시
면서 의복을 요구하리라. 구욕이 와서 둥지 지으면 임금님 멀리 나가 계시다가 주
보裯父는 고생하다 죽고 송보는 교만하리라. 구욕이 오면 갈 때는 노래하고 올 때
는 곡하리라.」고 하였다. 이런 동요가 있었는데, 지금 구욕이 와서 둥지를 지었으
니 아마도 장차 화가 미칠 것이다.'라고 하였다.[有鸜鵒來巢 書所無也 師己曰 異哉
吾聞文武[成]之世 童謠有之曰 鸜之鵒之公出辱之鸜 鵒之羽 公在外野 往饋之馬 鸜鵒
跦跦 公在乾侯 徵褰與襦 鸜鵒之巢 遠哉遙遙 裯父喪勞 宋父以驕 鸜鵒鸜鵒 往歌來哭
童謠有是 今鸜鵒來巢 其將及乎]"라고 하였다.

97 용순 : 진晉나라 때 동요이다. '용'은 여름철의 남쪽 하늘에 보이는 전갈자리[天蝎座]
에 속하는 '용미성龍尾星'을 이르고, '순'은 바다뱀자리[長蛇座]에 속하는 '순화성鶉火
星'을 이른다.

의 말이라도 오히려 보고 본받을 만한 법이 있다. 이러한 노래들은《춘
추좌씨전》에서 자세히 볼 수 있는데 그중 뛰어난 것들을 채록하였다.

五條

歌之流也, 又別爲三, 一曰謠, 二曰謳.【齊歌曰謠, 獨歌曰謳.】三曰誦. 周
謠鸜鵒, 晉謠龍鶉, 城者築者, 所謳不同, 國人與人, 其誦亦異, 雖皆芻
詞, 猶可觀法, 備見左氏, 采其尤乎.

5-1. 진晉나라 노래

《춘추좌씨전》희공僖公 5년 동요에 "병자일 새벽 용미성龍尾星[98]이 태
양 가까이에 있어 보이지 않을 때에 군복을 씩씩하게 차려 입고서 괵나
라의 깃발을 빼앗는다. 순화성鶉火星[99]이 새의 깃처럼 펼쳐지고 천책성
天策星이 빛을 잃고 순화성이 남쪽 하늘에 뜰 때 군대가 승전하여 괵공
이 도망갈 것이다.'라고 하였다."라고 하였다.

5-1. 晉謠

丙之晨, 龍尾伏辰. 均服振振, 取虢之旂, 鶉之賁賁. 天策焞焞, 火中成軍, 虢公
其奔.

---

98 용미성 : 이십팔수 중 '기수箕宿'를 이른다. 동방 창룡칠수蒼龍七宿의 끝에 있다고
　 하여 이르는 말이다.
99 순화성 : 이십팔수 중 '유수柳宿'를 이른다. 남방 주작朱雀의 일곱 별자리 가운데 세
　 번째 별자리로 여덟 개의 별로 이루어져 있다.

5-2. 성 쌓는 노래

《춘추좌씨전》양공襄公 17년조에 대를 쌓는 일꾼들이 "택문에 사는 피부가 흰 이는 우리를 부역에 징발하고, 읍내에 사는 피부가 검은 이는 우리의 마음을 위로하시네."라고 노래하였다.

5-2. 築謳

澤門之晳, 實興我役, 邑中之黔, 實慰我心.

5-3. 많은 사람들의 노래

《춘추좌씨전》양공襄公 6년조에 "우리의 의관을 취하여 간직하고 우리의 전지를 몰수하여 다섯 집씩을 묶어 한 조로 만들었네. 누가 자산을 죽여준다면 내가 그를 도우리라. 우리의 자제를 자산이 가르치고, 우리의 전지를 자산이 증산되게 하였네. 자산이 죽으면 누가 그 뒤를 이으리."라고 하였다.【《후한서》〈잠팽열전岑彭列傳〉에, 후한의 잠팽岑彭이 위군태수魏郡太守가 되어 선정을 베풀자 많은 사람들이 "우리에게 도둑이 있었는데 잠군이 그를 토벌해 주었고, 우리에게 간악한 관리가 있었는데, 잠군이 그를 막아 주었네."라고 하였으니, 대개 이 '많은 사람들의 노래'의 방법을 본뜬 것이다.】

5-3. 輿誦

取我衣冠而褚之, 取我田疇而伍之. 孰殺子産, 吾其與之. 我有子弟.[100] 子

---

100 吾其與之 我有子弟 : 금본《춘추좌씨전》양공襄公 6년조에는 "其與之 我有子弟"
   의 문장이 "내가 그를 도우리라."라고 하였다. 3년이 되자 또 "우리의 子弟를 子

産誨之, 我有田疇, 子産殖之. 子産而死, 誰其嗣之?【後漢岑彭爲魏郡太守, 興人歌曰, "我有枳棘, 岑君伐之, 我有蟊賊, 岑君遏之." 蓋又法此也.】

6조. 축하祝嘏[101]와 뇌시誄諡[102]

제사에는 축하祝嘏가 있고 사람이 죽고 나서는 뇌문誄文과 시호를 두었는데, 이러한 체제는 주공周公이 완비한 것이다. 축사祝辭[103]와 하사嘏辭[104]는 공경을 높이 여기고 뇌문誄文과 시사諡辭는 죽은 사람의 실제 삶에 걸맞아야 한다. 예禮에 관한 서적들을 살펴보니 그 중 사우제士虞祭의 축사祝辭와 정혜문자貞惠文子의 시사諡辭가 있으니, 실로 이 글을 짓는 사람들의 모범이 된다. 지금 선별하여 취하였다.

六條

祭有祝嘏, 死有誄諡, 周公之制備矣. 祝嘏尙欽, 誄諡宜實. 考諸禮籍, 有士虞祭祝辭, 貞惠文子諡辭, 實作者之儀表也, 今取之.

産이 가르치고[吾其與之 及三年 又誦之日 我有子弟]"라고 되어 있다.

101 축하 : 제사 때 기원하는 말을 올리고 신의 말을 전해 주는 일을 맡은 사람을 이른다.

102 뇌시 : 죽은 사람의 생전 공덕을 칭송하여 시호諡號를 지어 추증하는 글을 이른다.

103 축사 : 제주를 위해 기원하는 말을 이른다.

104 하사 : 제사를 지낼 때 집사執事가 시동尸童의 말을 전하는 형식으로 제주에게 복을 내려 주는 말을 이른다.

6-1. 사우土虞[105] 축사

《의례》〈사우례土虞禮〉에 "애자哀子 모某의 애현상哀顯相은 아침 일찍
부터 저녁까지 마음이 편치 않아 감히 깨끗한 희생 돼지[剛鬣]와 향합,
제물[嘉薦]과 기장[普淖], 찰기장[明齊]으로 빚은 술로 당신의 황조皇祖 모
보某甫에게 가서 슬피 협사祫事를 거행하오니 흠향하소서."라고 하였
다.【지금 축문은 오직 '상향尙饗'이라는 두 글자만 같다. 나머지는 모두 옛 법
이 아니다.】

6-1. 士虞祝辭

哀子某, [哀][106]顯相, 夙興夜處不寧, 敢用潔牲剛鬣[香合],[107] 嘉薦普淖,
明齊溲酒, 哀薦祫事, 適邇皇祖某甫, 尙饗.[今之祝文, 唯同尙饗 二字. 餘
皆非古法也.][108]

---

105 사우 : '사士'는 부모의 장사를 치르고 신령을 맞이하여 우제虞祭를 모시는 의식
  과 절차를 이른다. '우虞'는 《석명釋名》〈석상제釋喪制〉에 "장례를 지내고 나서 돌
  아와 빈궁에서 장례를 치르는 것을 '우虞'라고 하니, 신을 즐겁게 하고 편안하게
  하여 돌아오게 하는 것이다.[旣葬 還祭於殯宮曰虞 謂虞樂安神 使還此也]"라고 하
  였다. 《예기》〈단궁檀弓〉에 "반곡反哭을 마치면 상주는 유사와 함께 우제에 쓸
  희생을 살펴본다. 다른 유사는 묘소에 남아서 궤연几筵을 묘소의 왼쪽에 깔고
  제찬祭饌를 거기에 놓아둔다. 그리고 돌아와서 그날 안으로 우제를 지낸다.[旣反
  哭 主人與有司視虞牲 有司以几筵舍奠於墓左 反 日中而虞]"라고 하였다.

106 [哀] : 《의례》〈사우례士虞禮〉에 의거하여 '哀' 1자를 보충하였다.

107 [香合] : 《의례》〈사우례士虞禮〉에 의거하여 '香合' 2자를 보충하였다.

108 [今之祝文……餘皆非古法也] : 문연각文淵閣 사고전서본四庫全書本에 의거하여
  '今之祝文……餘皆非古法也' 16자를 보충하였다.

6-2. 정혜문자貞惠文子 시사諡辭

《예기》〈단궁 하檀弓下〉에 "옛날에 위나라가 흉년이 들어 굶주리게 되었을 때 선생이 죽을 쑤어 그들에게 나누어 주었으니, '혜惠'가 아니겠는가. 위나라에 국난이 있었을 때 선생이 죽음을 무릅쓰고 과인을 호위하였으니, '정貞'이 아니겠는가. 선생이 위나라의 정치를 맡아 하면서 제도를 만들고 이웃 나라와 잘 교류하였으니, '문文'이 아니겠는가. 그러므로 그 시호를 '정혜문자貞惠文子'라 하겠노라."라고 말하다.【옛날에는 세 글자로 시호를 짓는 법은 없었다. 당나라 이손李巽[109]은 위나라 임금이 시호 짓는 제도를 어지럽혔다고 생각했다. 지금 그의 시호한 문장을 취하였기 때문에 거듭 시호를 짓는 법에 관하여 논평하지 않는다.】

6-2. 貞惠文子諡辭

昔者, 衛國凶饑, 夫子爲粥與國之餓者, 是不亦惠乎! 昔者, 衛國有難, 夫子以其死衛寡人, 不亦貞乎! 夫子聽衛國之政, 修其班制, 以與四鄰交, 衛國之社稷不辱, 不亦文乎! 故謂夫子貞惠文子.【古無三字諡法, 唐李巽謂[110]衛君之亂制也, 今取其文, 故不復議.】

---

109 이손(739~809) : 당나라 사람으로, 자는 영숙令叔이다. 명경발췌明經拔萃에 뽑혔고, 순종順宗 때 염철전운사鹽鐵轉運使로 세수稅收를 늘렸고, 이부상서吏部尙書가 되어서는 관리의 과실을 추호도 용서하지 않았으며, 박정냉혹하여 증오하는 자가 있으면 곧 죽였다.

110 謂 : 원본元本·명홍치본明弘治本·도본屠本에는 '爲'로 되어 있다.

7조. 송도頌禱

경전이나 역사에 실린 옛날의 작품은 매우 많아 다 헤아릴 수 없을
정도이다. 게다가 기자箕子가 지은 〈맥수가麥穗歌〉는 이후의 《시경》〈왕
풍王風 서리黍離〉와 서로 부합된다.【《사기》〈송미자세가宋微子世家〉에 "기
자가 주나라에 조회하러 가는 길에 은殷나라의 옛 도읍을 지나다가 궁실은 무
너지고 벼와 기장이 우거진 것을 보고 마음이 아파 맥수麥秀의 시를 지어 노
래하였는데, 그 시에 '옛터에 보리가 무성하고 벼와 기장도 자랐구나. 저 교활
한 동자여, 나와 함께 하지 않았네.' 하였다."라고 하였다. 이 시는 《시경》〈왕
풍 서리〉를 지은 의도와 서로 다르지 않다. 〈서리서黍離序〉에 "주나라 대부가
부역 가서 종주宗周에 이르러 옛날 종묘와 궁실의 터를 지나니 모두 벼와 보리
가 무성하였다. 그래서 주나라 왕실이 망한 것을 민망히 여겨 이 시를 지었다."
라고 하였다.】

월나라 사람이 〈옹집擁楫〉의 노래를 불렀으니, 이전 《시경》〈당풍唐風
주무綢繆〉의 뜻을 모범으로 삼은 것이다.【악군鄂君이 월나라 사람과 같은
배를 탔는데 월나라 사람이 노를 잡고 "오늘 밤은 어떤 밤인가? 하수 가운데
배를 젓는다네. 오늘은 어떤 날인가? 왕자와 함께 배를 탔다네."라고 하였는
데, 《시경》〈당풍 주무〉의 시어인 "오늘 밤은 어떤 밤인가? 이 좋은 사람을 만
났다네."라고 한 뜻과 같다.】

《대대례기大戴禮記》〈공부公符〉의 영일迎日[111]의 글과 《서경》〈낙고洛
誥〉의 문장은 동일하다.【영일의 글에 "모년 모월 초하루에 상하에 밝게 빛나

---

111 영일 : 정월 초하루에 태양을 맞이하며 제사를 지내는 것을 이른다.

고 정교政教가 사방에 베풀어져서 백성들이 널리 와서 공경하니 나 한 사람 모某가 공경히 절하고 들에서 맞이하고, 정월 초하루에 동쪽 교외에서 태양을 맞는다."라고 하였다. 《서경》〈낙고〉에 성왕成王이 주공을 칭송하여 "공의 덕이 상하에 밝게 빛나고 사방에 부지런히 베풀어져서 널리 공경하고 화목함을 지어 평화롭게 다스려짐을 맞이하였다."라고 하였다.】

왕에게 관례[冠王]를 하는 송사頌詞는 선비의 관례[士禮]와 내용이 같다.【《대대례기》〈공관公冠〉에 성왕成王의 관례에 주공이 송사를 지어 "좋은 달 좋은 날에 왕께서 비로소 관冠을 쓰니 왕은 어린 마음을 버리시고 군주의 직분을 행하소서. 하늘의 명을 따라 천하에 모범이 되어 너의 할아버지와 아버지를 따른다면 영원토록 복록이 끝이 없을 것이오."라고 하였다. 《의례》〈사관례士冠禮〉에 "처음 관을 씌울 때 축사하여 '좋은 달 좋은 날에 비로소 관을 쓰니 너는 너의 어린 마음을 버리고 순조롭게 너의 덕을 이루면 영원토록 길함이 있어서 큰 복을 받으리라.' 하였다."라고 하였다.】 우순虞舜이 지은 〈경운가卿雲歌〉와【우순 때 하늘에 상서로운 구름이 있자 백공들이 서로 화답하고 순임금도 노래하며 "오색구름이 찬란함이여, 얽히어 늘어졌도다. 해와 달이 빛남이여, 아침이요 또 아침이로다."라고 하였다.】 성탕成湯이 지은 기우문祈雨文은 【《순자》〈대략大略〉에 탕 임금이 가뭄이 들자 기도하며 "정사를 잘못하여 백성들을 고통에 처하게 하였습니까? 어찌하여 비를 내리지 않음이 이와 같이 지극하게 합니까? 궁실을 호화스럽게 하고 부녀자들이 사사로운 청탁을 많이 하였습니까? 어찌하여 비를 내리지 않음이 이와같이 지극하게 합니까? 뇌물이 성행하고 아첨하는 사람이 많았습니까? 어찌 하여 비를 내리지 않음이 이와같이 지극하게 합니까?"라고 하였다.] 윤색한 말이 전典과 고誥[112]의 문풍을 온전히 하지 못하고 있으니 작자가 만약 두루 보려고 한다면 이러한 문장에 대해서 마땅히 더 구별해야 할 것이다.

七條

傳記所載, 古作紛然, 未容悉數, 且箕子麥秀之詩, 下符黍離之詠,【箕子朝周, 過殷之故城, 盡生禾黍, 傷之, 作麥秀之詩, 其詩曰, "麥秀漸漸兮, 禾黍油油. 彼狡童兮, 不我好仇." 此與黍離之所作無異. 黍離序曰, "周大夫行役, 至於宗周, 過故宗廟, 宮室盡爲禾黍, 憫周室之顚覆, 而作是詩."】越人擁楫之歌, 上體綢繆之意,【鄂君與越人同舟, 越人擁楫而歌曰, "今夕何夕兮, 得與搴舟水流. 今日何日兮, 得與王子同舟." 此與綢繆詩言"今夕何夕, 見此良人"之意同也.】迎日之辭, 與洛誥文同,【迎日之辭曰, "維某年某月上日, 明光于上下, 勤施于四方, 旁作穆穆, 維予一人某, 敬拜迎于郊, 以正月朔日, 迎日于東郊." 洛誥成王稱周公曰, "惟公德, 明光于上下, 勤施于四方, 旁作穆穆迓衡."】冠王之頌, 與士禮辭類,【成王冠, 周公作頌曰, "令月吉日, 王始加元服, 去王幼志, 服袞職, 欽若昊命, 六合是式, 率爾祖考, 永永無極." 士冠禮, 始加祝曰, "令月吉日, 始加元服, 棄爾幼志, 順爾成德, 壽考維祺, 介爾景福."】虞舜(慶)[卿][113]雲之作,【有虞之時, 有(慶)[卿]雲, 百工相和, 舜乃倡之, 曰, "(慶)[卿]雲爛兮, 糺縵縵兮, 日月光華, 旦復旦兮."】成湯旱禱之文,【湯旱而禱曰, "政不節與? 民失職與? 何以不雨, 至斯極也. 宮室崇與? 女謁盛與? 何以不雨, 至斯極也. 讒夫昌與? 苞苴行與? 何以不雨, 至斯極也."】潤色之語, 不全典誥之風, 作者如欲博觀, 於此宜加旌別.】

---

112 전과 고 : '전'은 《서경》의 〈요전堯典〉과 〈순전舜典〉, '고'는 〈중훼지고仲虺之誥〉와 〈탕고湯誥〉 등을 이른다.

113 (慶)[卿] : 금본 《상서》에 의거하여 '卿'으로 바로잡았다. 아래도 같다.

계癸

– 1조이다

1조. 조명詔命[114]과 봉책封策[115]

당요唐堯·우순虞舜·하우夏禹·은탕殷湯·주무왕周武王이 다스리던 때는 임금과 신하 사이에 타일러 훈계하거나 묻고 답하는 말에도 위의가 있고 부드러워 절로 문장을 이루었다. 이후 춘추시대가 되어 이름난 재상과 재능있는 대부들은 더욱 왕의 말이나 명령인 사명辭命을 중하게 여겨 문장이 화려하면서 모두 옛날의 사상이나 내용을 담고 있었다. 진한秦漢 이래로 황제의 조명詔命은 모두 황제가 친히 지었다.【그래서《후한서》〈제오륜열전第五倫列傳〉에 제오륜第五倫[116]이 광무제光武帝의 조서를 보고 탄식하여 "이분은 성군이시다. 한번 뵙기만 하면 막힘없이 통할 텐데."라고 하였다.】

이후로부터는 그렇지 않아 모든 왕의 말들은 모두 신하들에게 맡겨지었고, 신하도 자신들이 올리는 장章과 표表[117]가 있었다. 이 때문에 띠를 매고 조정에 선 선비들 사이에는 학문에 두루 달통함을 으뜸으로 여겨 제멋대로 글을 지어 쓸데없이 죽간만 채울 뿐이었다. 심지어는 변

---

114 조명 : 왕의 명령을 이른다.

115 봉책 : 천자가 제후를 봉할 때 내려 주는 조서를 이른다.

116 제오륜(?~?) : 후한 때 사람으로, 자는 백어伯魚이다. 회계태수會稽太守를 지냈다.

117 장과 표 : 신하가 임금에게 올리는 글인 장章과 표表를 이른다. '장주章奏'라고도 한다.

려문騈儷文을 짓거나 풍자하는 말을 지었으니 이른바 대언代言[118]이 왕에게 아뢰는 주상奏上의 문체까지도 모두 갖추어야 할 형식을 잃고 말았다.

지금 《서경》과 《좌씨내전左氏內傳》, 《좌씨외전左氏外傳》[119] 가운데의 말을 채록하여 대언代言이나 주상奏上하는 사람들이 참고할 수 있게 기록해 두니 옛사람들이 사용한 문장의 아름다움을 명확히 본받을 수 있다. 예컨대 한 무제漢武帝 초에 고명誥命을 지어 세 아들을 왕으로 세우고 각기 풍속에 따라 신칙하고 경계하였다.[120] 문장의 기상이 옛날과는 멀지 않아 모두 뒤에 붙여 둔다.

---

118 대언 : 왕을 대신하여 조명詔命의 초고를 짓는 것을 이른다.

119 《좌씨내전》, 《좌씨외전》 : 《좌씨외전左氏外傳》은 《국어國語》, 《좌씨내전》은 《춘추좌씨전》을 이른다.

120 한 무제……경계하였다 : 《한서》 〈무오자전武五子傳〉에 8세의 나이에 황태자로 책봉되었고, 바로 그달에 무제가 죽자 즉위하였으며, 대장군 곽광霍光이 유조遺詔를 받들어 정사를 보좌하였다. 연왕燕王 유단劉旦은 무제의 아들로 다재다능하였는데, 위 태자衛太子 유거劉據가 무고巫蠱의 화를 당해 자결하고 제회왕齊懷王 유굉劉閎이 또 죽자 서열상으로 자기가 즉위하리라는 기대를 가졌는데, 소제가 즉위하자 소제를 폐위시키고 자신이 즉위할 목적으로 반란을 도모하다가 결국은 목을 매어 자결하였다. 유택劉澤은 제효왕齊孝王 유장려劉將閭의 손자로, 소제가 무제의 친자親子가 아니라는 설을 퍼뜨리며 연왕과 반란을 도모하다가 병후缾侯 유성劉成의 고발을 당한 뒤에 청주자사靑州刺史 준불의雋不疑에게 잡혀 복주되었다. 상관걸上官桀은 좌장군左將軍으로 곽광과 함께 무제의 유조를 받들어 소제를 즉위시키고 정사를 보좌하다가 곽광과 권력 쟁탈전을 벌이면서 갈등을 빚은 끝에 곽광을 죽이고 연왕을 세우려고 모의하다가 발각되어 아들인 상관안上官安과 함께 멸족되었다.

癸 - 凡一條

一條

唐虞三代, 君臣之間, 告戒答問之言, 雍容溫潤, 自然成文. 降及春秋, 名卿才大夫, 尤重辭命. 婉麗華藻, 咸有古義. 秦漢以來, 上之詔命, 皆出親製.【"[是故第五倫, 見光武詔書, 歎曰, '此聖主也, 一見決矣.[121]]'"】自後不然, 凡有王言, 悉責成臣下, 而臣下又自有章表. 是以束帶立朝之士, 相尙博洽, 肆其筆端, 徒盈篇牘, 甚至於駢儷其文, 俳諧其語, 所謂代言, 與夫奏上之體, 俱失之矣. 今采摭尙書及左氏內外傳之語, 可以代言奏上者錄之, 庶使古人之美, 昭然可法. 如漢武帝初作誥以立三王, 各以土俗申戒, 文辭氣象, 未遠於古, 俱附於後.

---

121 [是故第五倫……一見決矣] : 원본元本·명홍치본明弘治本·도본屠本·비급본祕笈本·송세영宋世英 교기校記에서 인용한 진본陳本에 의거하여 '是故第五倫……一見決矣' 20자를 보충하였다.

순 임금이 우禹에게 명하여 사공司空을 삼는 말【《서경》〈우서虞書 순전舜典〉에 "아, 우야! 너는 수토를 평탄하게 해야 하니, 이것을 힘쓸진저."라고 하였다.】

순 임금이 기棄에게 명하여 후직后稷을 삼은 말【《서경》〈우서 순전〉에 "기야! 백성들이 곤궁하고 굶주리는데 네가 후직이니 이 백곡을 파종하도록 하여라."라고 하였다.】

순 임금이 설契에게 명하여 사도司徒로 삼은 말【《서경》〈우서〉에 "설아, 백성이 친목하지 않고 오품五品이 순하지 않으므로 너를 사도司徒로 삼으니, 공경히 다섯 가지 가르침을 펼치되 너그러움에 있게 하라."고 하였다.】

고요皐陶에게 명하여 사士를 삼는 말【《서경》〈우서 순전〉에, "고요야! 만 이蠻夷가 중하中夏를 어지럽히며 약탈하고 죽이고 밖을 어지럽히고 안을 어지럽히므로 너를 사로 삼노니, 오형의 유배형에 머무는 곳이 있게 하되 오형의 머무는 곳에 세 등급으로 거처하게 할 것이다. 오직 밝게 살펴야만 백성들이 믿을 것이다."라고 하였다.】

백이伯夷에게 명하여 질종秩宗을 삼는 말【《서경》〈우서 순전〉에 "아, 백伯아! 그대를 삼례三禮를 관장하는 질종에 임명하노니, 이른 새벽부터 밤까지 오직 공경하는 자세로 곧고 깨끗하게 처리하도록 하라."고 하였다.】

기夔에게 명하여 전악典樂을 삼는 말【《서경》〈우서 순전〉에 "기야! 너를 명하여 전악으로 삼는다. 귀한 집 자제들을 모아 가르치되, 곧으면서도 온화하며, 너그러우면서도 엄하며, 강하되 사나움이 없으며, 간략하되 오만함이 없게 해야 할 것이다. 시詩는 마음속의 뜻을 드러낸 것이요, 가歌는 그 말의 장단을 길게 읊는 것이요, 성聲은 길게 읊는 데 따라 높낮이와 소리의 청탁淸濁이 달라진 것이요, 율律은 그 읊는 소리를 조화시키는 것이니, 이를 연주하는 8음의

악기가 잘 어울려 서로 차례를 빼앗는 일이 없어야 귀신과 사람이 화합하게 될 것이다."라고 하였다.】

용龍에게 명하여 납언納言을 삼는 말【《서경》〈우서 순전〉에 제순帝舜이 "용아! 짐은 참소하는 말이 선인의 일을 끊어 짐의 무리들을 진동하고 놀라게 함을 미워하여 너를 명하여 납언을 삼노니, 밤낮으로 출납하되 진실하게 하라."고 하였다.】

우禹가 아홉 가지 공을 진달하는 말【《서경》〈우서禹書 대우모大禹謨〉에 순 임금이 "땅이 다스려짐에 하늘이 이루어져서 육부六府와 삼사三事[122]가 진실로 다스려져 만세토록 영원히 힘입음은 너의 공이다."라고 하였다.】

고요皐陶을 권면하여 사士로 삼는 말【《서경》〈우서 대우모〉에 "고요야! 이 신하와 백성들이 혹시라도 나의 정사를 범하는 자가 없는 것은 네가 사사士師가 되어서 오형을 밝혀 오품五品의 가르침을 도와 내가 잘 다스리도록 기약하였기 때문이다. 형벌을 쓰되 형벌이 없는 경지에 이를 것을 기약하여 백성들이 중도中道에 맞게 된 것은 너의 공이니, 힘쓸지어다."라고 하였다.】

또 고요皐陶를 칭찬하는 말【《서경》〈우서 대우모〉에, 순 임금이 "나로 하여금 원하는 대로 정치를 할 수 있게 하여, 사방이 바람에 나부끼듯 따르게 된 것은 바로 너의 공로 덕분이다."라고 하였다.】

순 임금이 또 우에게 명하는 말【《서경》〈우서虞書 익직益稷〉에 "신하는 짐의 고굉과 이목이 되어야 하니, 내가 백성들을 도우려고 하거든 네가 도와주

---

122 육부와 삼사 : '육부'는 수水·화火·금金·목木·토土·곡穀를 이르고, '삼사'는 정덕正德·이용利用·후생厚生을 이른다. 《춘추좌씨전》문공文公 7년조에 "육부와 삼사를 '구공九功'이라고 하고, 수水·화火·금金·목木·토土·곡穀을 '육부六府'라고 한다.[六府三事 謂之九功 水火金木土穀 謂之六府]"라고 하였다.

며, 내가 사방에 힘을 펴려 하거든 네가 해주며, 내가 옛사람의 상象을 관찰하여 일日·월月·성신星辰·산山·용龍·꿩[華蟲]을 그림으로 그리고, 종이宗彝·조藻·화火·분미粉米·보黼·불黻을 수놓아 다섯 가지 채색으로 오색의 비단에 드러내 옷을 만들려고 하거든 네가 밝혀 주어라. 내가 육률과 오성과 팔음을 듣고서, 잘 다스려졌는지 소홀히 했는지를 살펴 오성에 합치한 시가詩歌를 내고 들이려 하거든, 네가 듣고서 자세히 살펴라. 나의 잘못을 그대들이 도와 바로잡아 주어야 할 것이니, 그대들은 나의 면전에서만 따르고 물러나서 뒷말이 있어서는 안 될 것이다."라고 하였다.】

탕왕이 관형官刑을 제정하여 백관을 경계하는 말【《서경》〈상서商書 이훈伊訓〉에 "'감히 궁중에서 항상 춤을 추고 집에서 취하여 노래하는 행위가 있으면 이것을 무당의 바람이라 하고, 감히 재물이나 여색에 빠지고 놀이와 사냥을 늘 즐기는 행위가 있으면 이것을 음란한 바람이라 하며, 감히 성인의 말을 업신여기고 충직한 말을 거스르며 나이 많고 덕 있는 이를 멀리하고 완악한 아동들을 가까이하는 행위가 있으면 이것을 어지러운 바람이라 하는 것이니, 이 세 가지 바람과 열 가지 허물 중에 경사가 한 가지라도 몸에 지니면 집이 반드시 망하고, 나라의 군주가 몸에 한 가지를 지니게 되면 나라가 반드시 망하니, 신하가 이것을 바로잡지 않으면 그 형벌이 묵형墨刑이다.'라고 하여 선비들이 어릴 적에 자세히 가르치셔야 할 것입니다."라고 하였다.】

고종高宗이 부열傅說에게 명한 말【《서경》〈상서商書 열명 상說命上〉에 "아침저녁으로 가르침을 들려주어서 나의 덕을 도우라. 내가 쇠라면 너를 숫돌로 삼고, 큰 내를 건넌다면 너를 배와 노로 삼으며, 큰 가뭄이 든다면 너를 장맛비로 삼으리라. 너의 마음을 열어서 나의 마음을 윤택하게 하라. 만일 약이 눈앞이 캄캄할 정도로 독하지 않으면 병이 낫지 않고, 만일 맨발로 걸으면서 땅을 살펴보지 않으면 그 발이 부상을 당할 것이다. 너의 동료들과 함께 마음을 같이 하여 너의 임금을 바로잡아서, 선왕의 도를 따르고 우리 고후高后의 자취를 밟아서 만백성을 편안히 하도록 하라. 아! 나의 이 명령을 공경히 받들어 유종의 미를 거둘 수 있도록 하라."라고 하였다.】

부열이 진계進戒하는 것을 칭찬하는 말【《서경》〈상서商書 열명 중說命中〉에 "왕이 '훌륭하다, 부열아! 너의 말은 행할 수 있겠다. 네가 좋은 말을 해주지 않았다면 내가 듣고 행하지 못하였을 것이다.' 하였다."라고 하였다.】

또 부열에게 명하는 말【《서경》〈상서商書 열명 하說命下〉에 "왕이 '아! 부열아. 사해의 안이 모두 짐의 덕을 우러러본다면 이는 너의 가르침 덕분일 것이다. 팔다리가 있어야 사람이 되듯, 어진 신하가 있어야 성군이 되는 것이다. 옛날 선정인 이윤伊尹이 우리 선왕을 흥기시키기 위하여 이르기를 「내가 임금님으로 하여금 요순堯舜 같은 성군이 되게 하지 못한다면 마음의 부끄러움이 마치 시장에서 매를 맞는 것과 같으리라.」라고 하였고, 한 사람이라도 살 곳을 얻지 못하면, 「이는 나의 허물이다.」라고 하여, 나의 열조를 도와서 그 공이 황천皇天에 이르렀으니, 너는 부디 나를 밝게 보좌하여 아형阿衡으로 하여금 상나라에서 아름다운 공로를 독차지하지 못하게 하라.' 하였다."라고 하였다.】

성왕成王이 미자微子에게 명하여 상商의 후예를 대신하게 하는 말【《서경》〈주서周書 미자지명微子之命〉에 "너의 조상 성탕成湯이 능히 덕이 동일하고 성스럽고 광대하고 심원하시니, 황천皇天이 돌보아 도와주시거늘, 크게 황천의 명을 받아 백성들을 광대한 정사로 어루만지며 사악하고 포학한 걸桀을 제거하시니, 공이 당시에 가해지고 덕이 후손들에게 드리워졌다. 네가 그 도를 닦고 실천하여 오래전부터 훌륭한 명성이 있었으니, 공경하고 삼가는 마음으로 어버이에게 효도하며, 엄숙하고 공손한 태도로 신을 섬기고 사람을 다스리기 때문에 내가 너의 덕을 가상히 여기어 '순후해서 잊을 수 없다.'라고 하였노라. 상제는 흠향하시고 백성들은 화합하기 때문에 곧 너를 상공으로 세워 이 동하東夏를 다스리게 하노라. 경건한 마음을 가지고 가서 너의 교훈을 잘 펴고, 너의 장복章服과 명수命數를 신중히 하여 일정한 전례典禮를 철저하게 준수함으로써 왕실에 울타리 역할을 하도록 할 것이며, 네 열조烈祖의 도를 넓히고 네 백성들을 잘 다스림으로써 길이 네 지위를 편안히 지키어 나 한 사람을 도울 것이며, 대대로 덕을 누리면서 만방의 본보기가 되어 우리 주나라로 하여금 송나라를 싫어하는 일이 없게 하라. 아! 가서 아름답게 정치를 하여 짐의 명을 폐기함이 없도록 하라."고 하였다.】

강숙康叔을 책봉하는 말【《서경》〈주서周書 강고康誥〉에 "왕이 '아! 봉아. 공경할지어다. 원망을 살 일을 하지 말고, 나쁜 계획이나 상법이 아닌 것은 쓰지 말며, 이 성신한 도리를 단행하고 기민한 덕을 크게 본받을 것이니, 네 마음을 안정하고 네 덕을 살펴보며, 네 지모와 사려를 원대하게 가지며, 관대한 정사로 백성들을 편안하게 해준다면 너를 흠잡지도 끊지도 않을 것이다.' 하였다. 왕이 '아! 너 소자 봉아. 천명은 일정하지 않다는 것을 유념해야 하니, 너는 그점을 유념하여 내가 너의 향유함을 끊지 않도록 하라. 너의 복명을 밝히며 너의 청력을 높여서 백성들을 편안히 다스리도록 하라.' 하였다."고 하였다.】

채중蔡仲에게 명하여 후侯를 삼은 말【《서경》〈주서周書 채중지명蔡仲之命〉에 "왕이 '소자 호胡야! 너는 할아버지의 덕을 따르고 네 아버지의 행실을 고쳐서 바른 도리를 신중하게 잘 지켰으므로 그래서 나는 너에게 명하여 동토의 제후가 되게 하노니, 가서 너의 봉해진 나라에 취임하여 경건하게 정무를 볼지어다. 네가 앞사람들의 과오를 덮는 길은 오직 충과 효를 다하는 것뿐이니, 너는 네 자신으로부터 충과 효를 이행하는 길을 새로 걷기 시작하여 부지런하고 게으름 부리지 말아서 네 후손에게 법을 전할 것이며, 네 할아버지인 문왕의 올바른 교훈을 따르고 네 아버지처럼 왕명을 어기지 말도록 하라. 황천은 일정하게 친한 사람이 없어 오직 덕 있는 사람을 도와주시며, 민심은 일정하게 받드는 군주가 없어서 오직 은혜를 베푸는 이를 그리워하나니, 선을 하는 길은 동일하지 않으나 다 같이 훌륭한 다스림의 영역으로 귀착되고, 악을 하는 길은 동일하지 않으나 다 같이 혼란의 영역으로 귀착되나니, 너는 경계할지어다. 나라를 세움에 있어서는 반드시 그 시초를 삼가고 그 종말을 생각하여야 마침내 곤궁하지 않을 것이니, 종말을 생각하지 않으면 끝내 곤궁할 것이다. 네가 세워야 할 공적을 힘쓰며 너의 사방 이웃의 나라들과 화목하여 왕실의 울타리가 되며 형제의 나라들과 화합하며 백성들의 거처와 생업을 안정시키고 성취시키며, 대중의 도를 따르고, 총명을 일으켜 옛 법도를 어지럽히지 말도록 하라. 너의 보고 들음을 자상하게 해서 한쪽 편의 말로 법도를 고치지 않으면 나 한 사람이 너를 가상히 여길 것이다.' 하였다. 왕이 '아, 소자 호야. 너는 가서 짐의 명령을 폐기하지 말도록 하라.'고 하였다."라고 하였다.】

백관을 감독하여 바로잡는 글【《서경》〈주서周書 주관周官〉에 "지금 나 소자는 경건한 마음으로 부지런히 덕을 닦아 밤낮으로 게으름을 부리지 않으나 옛사람(堯舜)에는 미칠 수 없고, 전대의 법을 우러러 이에 순종하여 그 건관제도建官制度를 따라 이행하려 하노라. 태사太師·태부太傅·태보太保를 세우노니, 이것이 바로 '삼공'으로서 도를 논하고 국사를 경영하며 음양을 조화롭게 다스리는 책임을 가지니, 관직은 반드시 갖추어지지 않아도 오직 적합한 사람이어야 임명할 것이니라. 소사少師와 소부少傅와 소보少保를 '삼고三孤'라고 하니, 삼공에 다음가는 벼슬이 되어서 나라를 경영하는 도리와 조화를 넓혀 키우고, 천지의 가르침을 공경하고 믿어서 나 한 사람을 보필하는 책임을 가지느니라. 총재는 나라의 정치를 관장하니, 백관을 통솔하여 사해를 고르게 다스리느니라. 사도는 나라의 교육을 관장하니, 오전五典[123]을 펴서 조민兆民을 편안하고 화평하게 하느니라. 종백宗伯은 나라의 예를 관장하니, 신과 사람을 다스려 위아래를 화합하게 하느니라. 사마는 나라의 정사를 관장하니, 육사六師를 통솔하고 방기邦畿와 사방 나라들을 평온하게 다스리느니라. 사구司寇는 나라의 금법을 관장하니, 간특한 자를 다스리며 포악하여 난을 일으키는 자들을 형벌하느니라. 사공은 나라의 토지를 관장하니, 사민을 알맞게 거처시켜, 천시에 순응하고 지리地利를 일으키느니라. 육경六卿이 직을 나누었으니, 각각 그 소속 관원들을 통솔하고 구주九州의 목백牧伯을 창도하여 조민을 부후하게 이루어야 하느니라.……"라고 하였다.】

군진君陳에게 명하여 동교東郊를 나누어 바로잡도록 한 말【《서경》〈주서周書 군진君陳〉에 "군진아! 너의 착한 덕은 효도함과 공손함이니, 부모에게 효도하며 형제에게 우애한지라, 능히 정령을 베풀 수 있기 때문에 너에게 명하여 이 동교를 바로잡아 다스리게 하노니, 경건히 행하도록 하라. 옛적에 주공이 동교에서 만백성을 가르치고 보호하자, 백성들이 그 덕을 그리워하니, 동교로 가서 네가 맡은 바의 직무를 신중히 행하여 이에 앞서 다스리던 상도를 따라 주공의 가르침을 힘써 밝히면 백성들이 다스려질 것이다. 내 듣건대 '지극한 다스림은 향기가 신명을 감동시키니, 제사 지내는 서직이 향기로운 것이 아니라 밝은 덕이 향기로운 것이다.'라고 하였으니, 너는 부디 이 주공의 유훈遺訓을 본받아서 날마다 부지런하고 부지런할 것이며, 감히 편히 놀지 말도록 하라. 범인은 성인의 도를 보기 전에는 능히 보지 못할 듯이 여기다가 정작 성인의 도를

---

123 오전 : '부자유친父子有親', '군신유의君臣有義', '부부유별夫婦有別', '장유유서長幼有序', '붕우유신朋友有信'의 '오상五常'을 달리 이르는 말이다.

보고 나서는 또한 성인의 도를 따르지 않나니, 너는 이것을 경계할지어다. 비유하자면 너는 바람과 같고 하민은 풀과 같으니라. 정사를 도모하되 무슨 일이든 어렵게 여기지 않음이 없어서 폐지해야 할 것이 있고 일으켜야 할 것이 있을 적에 빼냈다 넣었다 하는 일을 너의 대중들로부터 헤아려서 여러 사람들의 말이 같거든 베풀어 시행하도록 하라. 너에게 좋은 꾀와 좋은 계책이 있거든 들어와 안에서 네 임금에게 고하고, 너는 곧 밖에서 순조롭게 행하면서 '이 꾀와 이 계책은 우리 임금님의 덕이다.'라고 하라. 아, 신하 된 자가 모두 이와같이 하여야 바로 어진 신하일 것이니 임금이 세상에 드러날 것이다."라고 하였다.】

　강왕康王이 제후에게 고하는 말【《서경》〈주서周書 강왕지고康王之誥〉에 "옛날 군주이신 문왕과 무왕께서 크게 공평하고 부유하게 하시며 처벌을 힘쓰지 아니하사, 지극함을 이루며 가지런히 하고 정성스럽게 하시어 밝은 정치를 천하에 밝히시자, 또한 웅걸스러운 용사들과 두 마음을 품지 않는 충신들이 왕가를 보호하고 다스려서 문왕과 무왕이 상제에게 바른 명을 받으시니, 황천이 그 도를 순히 하시어 사방을 맡겨 주셨다. 이에 문왕과 무왕께서 명하여 제후를 세워 번병藩屛을 세우신 것은 그 뜻이 아마도 우리 뒤의 사람에게 왕업을 전하기 위해서였으니, 지금 우리 한두 명의 백부들은 부디 서로 더불어 문왕과 무왕의 도를 돌아보고 염려하고 당신들의 선공이 선왕께 신하로 복종했던 일을 편안히 여겨, 비록 당신들의 몸은 밖에 있으나 당신들의 마음은 언제나 왕실에 두어서, 마음을 써서 행하는 도를 따르기를 조심스럽게 받들어서 네 임금인 나에게 부끄러움을 끼치지 말도록 하라."고 하였다.】

　필공畢公에게 명하여 동교東郊를 다스리게 한 말【《서경》〈주서周書 필명畢命〉에 "왕이 '……주공께서는 선왕을 도와 국가를 안정시키시고, 은나라의 완악한 백성들을 신중하게 다루어 그들을 낙읍으로 옮겨서 왕실과 가까이하게 하시니, 그 교훈에 감화되어, 지금 이미 36년이나 지나 세대가 이미 변하고 민속이 바뀌어 사방에 우려할 일이 없으니, 나 한 사람이 편안하노라. 천도에는 위아래가 교접하는 의의가 있고, 정치교화에는 풍속을 따라 변혁하는 이치가 있으니, 그 선을 선으로 여기지 않는다면 백성들이 사모할 바가 없을 것이다. 필공畢公은 힘써 덕을 행하고 능히 작은 일까지도 부지런히 하면서 4대에 걸쳐 보좌하되 정색正色으로 아랫사람들을 거느리자, 공의 말씀을 공경히 사법師法으로 하지 않는 이가 없어 필공의 아름다운 공적이 선왕보다 많으니, 나 소자는 의상을 드리우고 손을 마주 잡고 가만히 앉아서 그 이룬 치적만을 우러러보겠노라.' 하였다. 왕이 "아, 부사父師야. 지금 나는 공에게 주공이 하던 일을 경건히 명하노니, 임지로 갈지어다.' 하였다.……"라고 하였다.】

목왕穆王이 군아君牙에게 명하여 대사도大司徒로 삼는 말【《서경》〈주서周書 군아君牙〉에 "군아야! 네 할아버지와 네 아버지가 대대로 충정을 돈독히 하여 왕가에 힘을 다해 섬겨 그 이룩한 공적이 태상太常에 기록되어 있느니라. 나 소자가 문왕, 무왕, 성왕, 강왕이 남기신 기업을 이어 지킴은 또한 선왕의 신하들이 능히 보좌하여 사방을 다스리기 때문이니, 마음의 근심하고 위태로움이 마치 범의 꼬리를 밟는 듯하며, 봄에 살얼음을 건너는 듯하노라. 지금 너를 명하노니, 나를 도와 고굉股肱과 심려心膂가 되어서 네 선조가 옛날 충정으로 힘을 다해 섬겨 일을 이어서 할아버지와 아버지에게 욕됨이 없도록 하고, 오상五常을 크게 펴서 백성들을 융화하여 법칙을 갖도록 하라. 네 몸이 능히 바르면 감히 바르지 않을 자가 없을 것이다. 백성들의 마음은 중정中正하지 못하여 너의 중정을 취하느니라.……"라고 하였다.】

백경伯冏에게 명하여 태복정太僕正을 삼는 말【《서경》〈주서周書 경명冏命〉에 "왕王이 그 일을 따라서 '백경아! 나는 덕에 능하지 못하면서 선인을 이어 큰 임금의 자리에 앉았으니, 두렵고 불안해서 한밤중에 일어나 허물을 면할 것을 생각하노라. 옛날 문왕과 무왕에 있어서는 귀가 밝고 눈이 밝고 중정하고 통달하거늘, 대소신료들은 모두 충량할 것을 생각하며, 그 급시給侍와 진어進御와 복역종관僕役從官이라도 중정한 사람 아님이 없었다. 아침저녁으로 그 임금을 받들어 보필하였기 때문에 출입하고 기거함에 공경하지 않음이 없었고, 호령을 냄에 불선함이 있지 않았으니, 하민들이 공경하고 순종하며 만방이 모두 아름답게 여겼다. 나 한 사람이 선량하지 못하여 실로 좌우, 전후에 직위를 가진 현사들이 나의 미급한 점을 바로잡고, 과오를 바로잡고, 틀린 것을 바로잡고, 비망한 마음을 점검해서 선왕의 공열을 잘 계승할 수 있도록 해주는 것을 힘입고자 하노라. 지금 나는 너를 명하여 태복관太僕官의 대정大正을 삼노니, 군복群僕으로서 모시는 신하들을 바로잡아서 네 임금의 덕을 힘써 돕되, 교대로 그 미급한 점을 닦아 진취시키도록 하라. 네 요속僚屬들을 신중하게 선발하되, 말을 듣기 좋게 늘어놓는 사람, 얼굴빛을 보기 좋게 하는 사람, 진퇴부앙을 지나치게 공손히 하는 사람, 정당하지 못한 일로 아첨하는 사람을 쓰지 말고, 오직 길사만을 쓰도록 하라. 복신僕臣이 올바르면 임금이 능히 올바르게 되고, 복신이 아첨하면 임금이 스스로 성인이라 할 것이니, 임금이 유덕한 것도 신하 때문이고 부덕한 것도 신하 때문이니라. 너는 간사한 사람을 친근히 하여 이목의 관원에 채워서 군상을 선왕의 법도가 아닌 것으로 인도하지 말도록 하라. 그 사람을 길량으로 여기지 않고 화재로 사람을 길량하게 여기면 만일 이렇게 한다면 그 관직을 병들게 할 것이니, 너는 네 임금을 크게 공경하지 않는 것이라, 나는 너를 죄줄 것이다.' 하였다. 왕이 '아! 공경하여 네 임금을 상법으로 길이 돕도록 하라.' 하였다."라고 하였다.】

평왕平王이 진 문후晉文侯에게 하사하는 말【《서경》〈주서周書 문후지명

文侯之命〉에 "'부父인 의화義和야! 당신은 능히 당신의 훌륭하신 선조를 밝혀, 당신은 비로소 문왕과 무왕을 본받으니, 당신 임금을 회합시키고 계승시켜서 이전 문덕이 있는 사람에게 효도하도록 하라. 당신은 전공이 매우 닦여진지라 나를 간난에서 호위하였으니, 당신과 같은 분은 내가 아름답게 여기는 바이다.' 라고 하였다. 왕이 '부父인 의화義和야! 돌아가서 당신 민중을 보살펴 당신 나라를 편안하게 하라. 당신에게 거창주 한 동이와 붉은 활 하나와 붉은 화살 백개와 검은 활 하나와 검은 화살 백 개와 말 네 필을 하사하노니, 부父는 돌아가라!……' 하였다."라고 하였다.】

진 도공晉悼公이 위강魏絳에게 악기와 악인樂人을 하사하는 말【《춘추좌씨전》양공襄公 11년조에 "그대가 과인에게 여러 융적과 화친하여 중원의 제후를 바로잡도록 가르쳤기 때문에 8년 사이에 아홉 번 제후를 회합하면서 음악이 조화된 것처럼 화합하지 않음이 없었으니, 그대와 함께 이 음악을 즐기고자 하노라."라고 하였다.】

위강이 악기와 악인을 사양하는 말【《춘추좌씨전》양공襄公 11년조에 "융적과 화친한 것은 나라의 복이고, 8년 사이에 아홉 번 제후를 회합하였으되 제후 중에 순종하지 않는 자가 없었던 것은 임금님의 위엄과 여러 대부들의 공로이니, 신이 무슨 힘이 있었겠습니까. 그러나 신은 임금님께서 즐거움을 편안히 누리시되 끝마무리를 잘하기를 생각하시기 바랍니다.……"라고 하였고, "《서경》에 '편안할 때 위태로움을 생각하라.'[124]라고 하였습니다. 생각을 하면 대비가 있고 대비가 있으면 환란이 일어나지 않으니, 신은 감히 이로써 바르게 간하옵니다."라고 하였다.】

---

124 편안할……생각하라 : 이 부분은 《서경》의 흩어져서 전하지 않는 '일서逸書'에 대한 구절이다.

진 장로晉張老가 경卿의 지위를 사양하는 말【《국어》〈진어晉語에 "신은 위강만 못합니다. 위강의 지혜는 큰 벼슬을 맡을 수 있고, 그의 어짊은 공실을 이롭게 하는 것을 잊지 않고, 그의 용맹은 형벌에 잘못되지 않게 하고, 그의 학문은 그 선인의 직분을 폐지하지 않을 것이니, 만약 경의 지위에 있게 된다면 밖과 안이 반드시 화평할 것입니다."라고 하였다.】

위 태숙문자衛大叔文子가 사죄하는 말【《춘추좌씨전》양공襄公 26년조에 "신은 죄를 알고 있습니다. 신은 재능이 없어 굴레와 고삐를 걸머지고서 임금님을 시종하며 거가車駕를 보호하지 못하였으니 이것이 신의 첫 번째 죄이고, 국외로 나가신 분도 있고 국내에 계시는 분도 있으므로 신은 두 마음을 품고서 내외의 소식을 통고하여 임금을 섬길 수 없었으니 이것이 신의 두 번째 죄입니다. 두 가지 죄를 지었으니 어찌 감히 죽기를 잊었겠습니까?"라고 하였다.】

정 자산鄭子産이 고을을 사양하는 말【《춘추좌씨전》양공襄公 26년조에 "위로부터 아래로 내려오면서 둘씩 줄어드는 것이 예禮입니다. 신의 관직은 서열이 네 번째이고, 또 이것은 자전子展의 공입니다. 신은 감히 상례賞禮를 받을 수 없으니, 읍을 사양하기를 청합니다."라고 하였다.】

위 공손면여衛公孫免餘가 읍을 사양하는 말【《춘추좌씨전》양공襄公 27년조에 "오직 경만이 1백 개의 읍을 소유할 수 있는데, 신은 이미 60개의 읍을 가졌습니다. 아랫사람으로서 윗사람의 녹을 향유하는 것은 난리를 부르는 것이니 신은 감히 명을 들을 수 없습니다. 그리고 영자甯子는 읍이 많았기 때문에 죽었으니 신은 죽음이 빨리 미칠까 두렵습니다."라고 하였다.】

제 안자齊晏子가 집을 바꾸는[更宅]¹²⁵ 것을 사양하는 말【《춘추좌씨전》

---

125 집을 바꾸는 : 《춘추좌씨전》소공昭公 3년조의 "請更諸爽塏者"에 대한 주석에 "밝고 물기가 없고 깨끗한 곳으로 옮겨 실기를 청한 것이다.[請更易於爽明塏燥之

소공昭公 3년조에 "임금님의 선신先臣도 이 집에 살았습니다. 신은 선인의 뒤를 잇기에 부족하니 신에게는 이 집도 사치스럽습니다. 그리고 또 소인은 시장 가까이 살면서 아침저녁으로 구하는 물건을 얻을 수 있으니, 이것이 소인의 이익인데, 감히 이여里旅[126]를 번거롭게 하겠습니까?"라고 하였다.】

위 자어衛子魚가 회합에 따르는 것을 사양하는 말【《춘추좌씨전》정공定公 4년조에 "신은 사체의 힘을 다하여 옛 직책을 준행하는 것도 오히려 직무를 제대로 수행하지 못하여 형벌을 받을까 두려운데, 만약 다시 두 가지 직책을 겸임한다면 큰 죄를 부르게 될 것입니다. 그리고 또 대축大祝은 사직의 신을 섬기는 평범한 관리입니다. 사직의 신이 출동하는 경우가 아니면 대축이 국경을 나가지 않는 것이 관직의 제도입니다. 임금님이 군대를 거느리고 출정하는 경우이면 사직에 사악한 귀신을 물리치는 제사를 지내고 희생을 잡아 북에 피를 바르고서 대축이 사직의 신주를 모시고 수행하니, 이때에만 대축이 국경을 나갈 수 있습니다. 조회의 일로 임금이 출행할 경우에는 사단師團이 따르고, 경이 출행할 경우에는 여단旅團이 따르는 것이니 신이 따를 사유가 없습니다."라고 하였다.】

진 경중陣敬仲이 경卿을 사양하는 말【《춘추좌씨전》장공莊公 22년조에 "나그네로 타국에 붙어 사는 신이 다행히 용서를 받아 너그러운 정치를 하는 제나라에 살 수 있게 되었고, 교훈을 익히지 못한 신을 용서하시고 죄과를 사면하시어 신이 부담에서 벗어나게 하신 것이 바로 임금님의 은혜입니다. 이것만으로도 신이 얻은 것이 많은데, 무엇 때문에 감히 높은 지위를 욕되게 하여 관

地]"라고 하였다. '更宅'의 '更'은 '바꾸다[更易]'는 뜻이다.

126 이여 : 마을 사람을 말한다. 일설에는 경과 대부의 집을 돌보는 마을의 관리라고 한다.

리들의 비난을 부르겠습니까? 죽음으로써 고합니다."라고 하였다.】

제 위공齊威公이 제사 고기를 내렸지만 당堂 아래로 내려가 절하지 말라고 하는 말【《국어》〈제어齊語〉에 "천자의 위엄이 얼굴에서 지척도 떨어져 있지 아니한데, 소백인 제가 감히 천자께서 명하신 '너는 당 아래로 내려가 절하는 일은 말도록 하라.' 한 말씀을 받들 수 있겠습니까? 천자의 권위를 추락시켜 천자에게 수치를 남길까 두려우니 감히 당 아래로 내려가 절하지 않을 수 있겠습니까?"라고 하였다.】

제 관중齊管仲이 장공莊公에게 상경上卿의 예로 접대하는 것을 사양하는 말【《춘추좌씨전》 희공僖公 12년조에 "신은 천한 관원입니다. 제나라에는 천자의 두 수신守臣인 국씨國氏·고씨高氏가 있으니, 만약 봄과 가을철에 저들이 와서 왕명을 받든다면 어떤 예로써 저들을 대우하시겠습니까. 배신은 감히 사양하겠나이다."라고 하였다.】

장왕莊王이 관중管仲에게 명하는 말【《춘추좌씨전》 희공僖公 12년조에 "구씨야! 나는 그대의 공훈을 가상히 여기고 그대의 아름다운 덕을 보답하려는 것이다. 그대의 공덕을 독실히 기억해 잊지 않을 것이니 돌아가서 그대의 직무를 수행하여 짐의 명을 거역하지 말라."라고 하였다.】

정 촉지무鄭燭之武가 진 문공晉文公이 그에게 진 목공秦穆公을 만나게 한 것을 사양하는 말【《춘추좌씨전》 희공僖公 30년조에 "신은 장년 때에도 오히려 남만 못하였는데, 이제는 늙었으니 아무 일도 할 수 없습니다."라고 하였다.】

초 자서楚子西가 상읍商邑의 공公이 되는 것을 사양하는 말【《춘추좌씨전》 문공文公 10년조에 "신이 죽음을 면하였으나 또 신이 도망가려 한다는 참언이 있으니, 신은 사패司敗에게 가서 죽고자 합니다."라고 하였다.】

진 평공晉平公이 공손단公孫段에게 책서를 주며 명하는 말【《춘추좌씨전》소공昭公 3년조에 "자풍子豐이 진晉나라에 공로가 있었던 일을 나는 들은 뒤로 잊은 적이 없노라. 너에게 주현州縣의 땅을 주어 네 아버지의 옛 공훈에 보답하노라."라고 하였다.】

진 기해晉祁奚가 아들을 군위軍尉로 천거하는 말【《국어》〈진어晉語〉에 "사람들의 말에 '신하를 가리는 데는 임금만한 이가 없고, 아들을 가리는 데는 아버지만한 이가 없다.'고 합니다. 아들 오午가 어려서는 유순하면서 명령을 따르고 노닐 때는 일정한 방향이 있었으며 거처할 때는 일정한 장소가 있었으며 학문을 좋아하여 희롱하지 아니하였습니다. 성장해서는 힘써 기억하면서 아비의 명령을 따랐고 학업을 지키며 방탕하지 아니하였습니다. 관례를 하고는 화락하게 편안하며 공경을 좋아하고, 작은 일에 인애로 대하고 큰일에 안정하며, 정직하고 질박하면서 방심함이 없으며, 의가 아니면 변동하지 않고 위의 뜻이 아니면 거동하지 않았으니, 만약 큰일에 임하면 신보다 나을 것입니다. 신은 가릴 만한 아들을 추천할 것이니 임금님께서는 견주어 가리는 것이 옳습니다."라고 하였다.】

진 호언晉狐偃이 경卿을 사양하는 말【《국어》〈진어晉語〉에 "호모狐毛의 지혜가 저보다 낮고 그 나이도 많은데 호모가 벼슬에 있지 않으니, 감히 명령을 따르지 못하겠습니다."라고 하였다. 주注에 "모毛는 언偃의 형이다."라고 하였다.】

한 헌자韓獻子가 아들 무기無忌를 위해 공족대부公族大夫를 사양하는 말【《국어》〈진어晉語〉에 "여공厲公이 시해당한 난리에 무기가 공족으로 있었는데도 죽지 못했습니다. 신은 듣건대 '공로가 없는 사람은 높은 지위에 감히 처하지 못한다.'고 하였습니다. 지금 무기는 지혜가 능히 임금을 바로잡지 못하여 난리에 이르게 하였고, 인이 능히 임금을 구원하지 못했으며, 용맹이 능히 죽지 못했으니, 감히 임금의 조정을 욕되게 하여 한씨韓氏 종족을 더럽힐 수 있겠습니까? 공족대부를 사양하기를 청합니다."라고 하였다.】

진 조최晉趙衰가 경卿을 사양하는 말【《국어》〈진어晉語〉에 "난지欒枝는 바르고 삼가며, 선진先軫은 꾀가 있고, 서신胥臣은 들은 것이 많으니, 모두 보좌로 삼을 수 있습니다. 신은 그들만 못합니다."라고 하였다.】

제 포숙齊鮑叔이 재宰를 사양하는 말【《국어》〈제어齊語〉에 "저는 임금의 보통 신하입니다. 임금께서 저에게 은혜를 베풀어 춥거나 굶주리지 않게 해 주시니, 이는 임금의 하사함이었습니다. 만약 반드시 국가를 다스릴 자라고 한다면 제가 할 수 있는 것이 아니옵고, 만약 반드시 국가를 다스릴 자라고 한다면 관중일 것입니다. 제가 관중만 못한 것이 다섯 가지니, 관대하며 은혜를 베풀어 백성을 편안히 하는 것이 관중만 못하고, 국가를 다스리는 데 그 근본을 그르치지 않는 것이 관중만 못하고, 충성과 신의를 백성에게 능히 결성하게 하는 것이 관중만 못하고, 예의를 제정하여 사방에 본받게 할 수 있는 것이 관중만 못하고, 북채와 북을 잡고서 군문에 서서 백성으로 하여금 모두 용맹을 더하게 하는 것이 관중만 못합니다."라고 하였다.】

한나라가 제 회왕齊懷王 굉閎에게 봉토封土와 책문策文을 내리는 말 【《한서》〈무오자전武五子傳〉에 "아, 어린 아들 굉閎아! 동방의 봉토封土를 받아라. 짐은 하늘의 질서를 이어받아 옛일을 깊이 상고하여 너의 나라를 세워주고 동쪽의 땅을 봉해주니, 대대로 한나라의 울타리가 되어 돕도록 해라! 아! 명심해야 할 것이 있다. 짐의 조서를 공손히 받아라. 저 천명이란 늘 그대로 있는 것이 아니어서 사람이 덕을 좋아하면 밝히고 훤히 빛나게 할 수 있지만, 의로움을 도모하지 않는다면 군자라도 게을러지고 너의 마음을 다해 그 적중해야 할 도리를 진실로 그 가운데를 잡는다면 하늘의 복은 영원히 이어질 것이다.

만일 허물이 있거나 힘써 좋은 일을 행하지 않는다면 너의 나라에 재앙이 있을 것이고, 네 몸도 손상을 입게 될 것이다. 아! 나라를 보존하고 백성을 잘 다스리려면 정녕 삼가지 않을 수 있겠느냐? 너는 왕이 되었으니 이를 조심해야 할 것이다."라고 하였다.】

연왕燕王 단旦에게 봉토와 책문을 내리는 말【《한서》〈무오자전武五子傳〉에 "아, 아들 단아! 이 북방의 봉토를 받아라. 너의 나라를 짐은 하늘의 질서를 이어받아 옛일을 깊이 상고하여 너의 나라를 세워주고 북쪽 땅을 봉해주니, 대대로 한漢나라의 울타리가 되어 돕도록 하라! 아! 훈육씨薰鬻氏는 노인을 학대하는 짐승 같은 마음을 갖고 수시로 침범해 도적질하며, 변방의 백성을 간교하게 유혹한다. 짐의 장수에게 명하여 그들의 죄를 벌하게 하자 만부장과 천부장 등 32명의 장수 깃발을 내리고 군대는 달아났다. 훈육의 무리들이 옮겨가자 북방의 주군들이 평온을 얻었다. 너의 마음을 다하고 원한을 빚지 말며 은덕을 저버리지 말고 전쟁 준비를 소홀히 하지 말라. 교화되지 않는 사람을 주변에 불러들여서는 안 된다. 너는 왕이 되었으니 이를 조심해야 할 것이다."라고 하였다.】

광릉廣陵 여왕厲王 서胥에게 봉토와 책문을 내리는 말【《한서》〈무오자전〉에 "아, 아들 서야! 이 남방의 봉토를 받아라. 짐은 하늘의 질서를 이어받아 옛일을 깊이 상고하여 너의 나라를 세워주고 남쪽 땅을 봉해주니 대대로 한漢나라의 울타리가 되어 돕도록 하라! 옛 사람들의 말 중에 '장강의 남쪽 오호五湖 사이에 사는 사람들은 마음이 경박스럽고, 양주는 변방을 지키면서 삼대 때는 멀리 떨어진 험지이므로 정사와 가르침이 제대로 미치지 못한다.'라고 하였다. 아! 너의 마음을 다해 늘 삼가고 두려워하면서 은혜를 베풀고 공손해야 할 것이며, 가벼이 굴거나 안일함에 빠져서는 안된다. 또 소인배들을 가까이하지 말고 법과 원칙을 지켜야 할 것이다. 《서경》〈홍범〉에 '신하된 자는 감히 스스로 복을 내리지 않고, 위세를 부리지 않아야 뒷날에 부끄럼이 없을 것이다.'라고 하였다. 너는 왕이 되었으니 이를 조심해야 할 것이다."라고 하였다.】

舜命禹作司空語.【"咨禹, 汝平水土, 惟時懋哉."】

舜命棄作后稷語.【"棄, 黎民阻飢, 汝后稷播時百穀."】

舜命契作司徒語.【"契, 百姓不親, 五品不遜, 汝作司徒, 敬敷五教, 在寬."】

命皐陶作士語.【"皐陶, 蠻夷猾夏, 寇賊姦宄, 汝作士, 五刑有服, 五服三就, 五流有宅, 五宅三居, 惟明克允."】

命伯夷作秩宗語.【"咨伯, 汝作秩宗, 夙夜惟寅, 直哉惟清."】

命夔典樂語.【"夔, 命汝典樂, 教冑子, 直而溫, 寬而栗, 剛而無虐, 簡而無傲. 詩言志, 歌永言, 聲依永, 律和聲, 八音克諧, 無相奪倫, 神人以和."】

命龍作納言語.【"龍, 朕墍讒說殄行, 震驚朕師, 命汝作納言, 夙夜出納朕命惟允."】

美禹陳九功語.【"地平天成, 六府三事允治, 萬世永賴, 時乃功."】

勉皐陶作士語.【"皐陶, 惟兹臣庶, 罔或于予正, 汝作士, 明于五刑, 以弼五教, 期于予治, 刑期于無刑, 民協于中, 時乃功, 懋哉."】

又美皐陶語.【"俾予從欲以治, 四方風動, 惟乃之休."】

舜又命禹語.【"臣作朕股肱耳目, 予欲左右有民, 汝翼, 予欲宣力四方, 汝爲, 予欲觀古人之象, 日月星辰, 山龍華蟲, 作會宗彝, 藻火粉米, 黼黻絺繡, 以五彩彰施于五色作服, 汝明, 予欲聞六律五聲八音, 在治忽, 以出納五言, 汝聽. 予違汝弼, 汝無面從, 退有後言."】

湯制官刑, 儆戒百官語.【"敢有恒舞于宮, 酣歌于室, 時謂巫風, 敢有殉于
貨色, 恒于遊畋, 時謂淫風, 敢有侮聖言, 逆忠直, 遠耆德, 比頑童, 時謂
亂風, 惟茲三風·十愆, 卿士有一于身, 家必喪, 邦君有一于身, 國必亡, 臣
下不匡, 其刑墨, 具訓于蒙士."】

高宗命傅說語.【"朝夕納誨, 以輔台德. 若金, 用汝作礪, 若濟巨川, 用汝作
舟楫, 若歲大旱, 用汝作霖雨. 啓乃心, 沃朕心. 若藥弗瞑眩, 厥疾弗瘳. 若
跣弗視地, 厥足用傷. 惟暨乃僚, 罔不同心, 以匡乃辟, 俾率先王, 迪我高
后, 以康兆民. 嗚呼, 欽予時命, 其惟有終."】

美傅說進戒語.【"王曰, 旨哉, 說乃言惟服, 乃不良于言, 予罔聞予行."】

又命傅說語.【"說, 四海之內, 咸仰朕德, 時乃風. 股肱惟人, 良臣惟聖. 昔
先正保衡, 作我先王, 乃曰, '予弗克俾厥后惟堯舜, 其心愧恥, 若撻于市.
一夫不獲, 則曰時予之辜.' 佑我烈祖, 格于皇天. 爾尚明保予, 罔俾阿衡,
專美有商."】

成王命微子代商後語.【"乃祖成湯, 克齊聖廣淵, 皇天眷佑, 誕受厥命, 撫
民以寬, 除其邪虐, 功加于時, 德垂後裔. 爾惟踐修厥猷, 舊有令聞, 恪愼
克孝, 肅恭神人. 予嘉乃德, 曰篤不忘, 上帝時歆, 下民祗協, 庸建爾于上
公, 尹茲東夏. 欽哉, 往敷乃訓, 愼乃服命, 率由典常, 以蕃王室, 弘乃烈
祖, 律乃有民, 永綏厥位, 毗予一人, 世世享德, 萬邦作式. 俾我有周無斁.
嗚呼, 往哉惟休, 無替朕命."】

封康叔語.【"王曰, 嗚呼, 封, 敬哉, 無作怨, 勿用非謀非彝, 蔽時忱, 丕則
敏德, 用康乃心, 顧乃德, 遠乃猷, 裕乃以民寧, 不汝瑕殄. 王曰, 嗚呼, 肆
汝小子封, 惟命不于常, 汝念哉, 無我殄, 享明乃服命, 高乃聽, 用康乂
民."】

命蔡仲爲侯語.【"小子胡, 惟爾率德改行, 克愼厥猷, 肆予命爾侯于東土,
往卽乃封, 敬哉. 爾尚蓋前人之愆, 惟忠惟孝, 爾乃邁迹自身, 克勤無怠,
以垂憲乃後. 率乃祖文王之彝訓, 無若爾考之違王命, 皇天無親, 惟德是

輔, 民心無常, 惟惠之懷, 爲善不同, 同歸于治, 爲惡不同, 同歸于亂, 爾其戒哉! 愼厥初, 惟厥終, 終以不困, 不惟厥終, 終以困窮. 懋乃攸績, 睦乃四隣, 以蕃王室, 以和兄弟, 康濟小民. 率自中, 無作聰明, 亂舊章. 詳乃視聽, 罔以側言改厥度. 則予一人汝嘉. 王曰, 嗚呼, 小子胡, 汝往哉, 無荒棄朕命."】

董正百官語.【"今予小子, 祗勤于德, 夙夜不逮, 仰惟前代時若, 訓迪厥官, 立太師·太傅·太保, 兹惟三公, 論道經邦, 燮理陰陽. 官不必備, 惟其人. 少師·少傅·少保, 曰三孤, 貳公弘化, 寅亮天地, 弼予一人. 冢宰掌邦治, 統百官, 均四海. 司徒掌邦教, 敷五典, 擾兆民. 宗伯掌邦禮, 治神人, 和上下. 司馬掌邦政, 統六師, 平邦國. 司寇掌邦禁, 詰姦慝, 刑暴亂. 司空掌邦土, 居四民, 時地利. 六卿分職, 各率其屬, 以倡九牧, 阜成兆民云云."】

命君陳尹兹東郊語.【"君陳, 惟爾令德孝恭. 惟孝, 友于兄弟, 克施有政. 命汝尹兹東郊, 敬哉! 昔周公師保萬民, 民懷其德. 往愼乃司, 兹率厥常, 懋昭周公之訓, 惟民其乂. 我聞曰, 至治馨香, 感于神明, 黍稷非馨, 明德惟馨. 爾尙式時周公之猷訓, 惟日孜孜, 無敢逸豫. 凡人未見聖, 若不克見, 旣見聖, 亦不克由聖. 爾其戒哉! 爾惟風, 下民惟草. 圖厥政, 莫或不艱. 有廢有興, 出入自爾師虞, 庶言同則繹. 爾有嘉謀嘉猷, 則入告爾后于內, 爾乃順之于外, 曰, 斯謀斯猷, 惟我后之德. 嗚呼, 臣人咸若時, 惟良顯哉."】

康王誥諸侯語.【"昔君文武, 丕平富, 不務咎, 底至齊信, 用昭明于天下, 則亦有熊羆之士, 不二心之臣, 保乂王家, 用端命于上帝. 皇天用訓厥道, 付畀四方, 乃命建侯樹屛, 在我後之人. 今予一二伯父, 尙胥曁顧, 綏爾先公之臣, 服于先王. 雖爾身在外, 乃心罔不存王室, 用奉恤厥若, 無遺鞠子羞."】

命畢公保釐東郊語.【"惟周公左右先王, 綏定厥家, 毖殷頑民, 遷于洛邑, 密邇王室, 式化厥訓, 旣歷三紀, 世變風移, 四方無虞, 予一人以寧. 道有升降, 政由俗革, 不臧厥臧, 民罔攸勸. 惟公懋德, 克勤小物, 弼亮四世,正色率下, 罔不祗師言, 嘉績多于先王, 予小子垂拱仰成, 王曰, 嗚呼, 父師, 今予祗命公以周公之事, 往哉云云."】

穆王命君牙爲大司徒語.【"君牙, 惟乃祖乃父, 世篤忠貞, 服勞王家, 厥有成績, 紀于太常. 惟予小子, 嗣守文·武·成·康遺緒, 亦惟先王之臣, 克左右亂四方. 心之憂危, 若蹈虎尾, 涉于春冰. 今命爾予翼, 作股肱心膂, 纘乃舊服, 無忝祖考, 弘敷五典, 式和民則, 爾身克正, 罔敢弗正, 民心罔中, 惟爾之中云云."】

命伯冏爲大僕正語.【"伯冏, 惟予弗克于德, 嗣先人宅丕后, 怵惕惟厲, 中夜以興, 思免厥愆. 昔在文·武, 聰明齊聖, 小大之臣, 咸懷忠良, 其侍御僕從, 罔匪正人, 以旦夕承弼厥辟, 出入起居, 罔有不欽, 發號施令, 罔有不臧. 下民祗若, 萬邦咸休. 惟予一人無良, 實賴左右前後有位之士, 匡其不及, 繩愆糾謬, 格其非心, 俾克紹先烈. 今予命汝作大正, 正于群僕侍御之臣, 懋乃后德, 交修不逮, 愼簡乃僚, 無以巧言令色, 便辟側媚, 其惟吉士. 僕臣正, 厥后克正, 僕臣諛, 厥后自聖. 后德惟臣, 不德惟臣. 爾無昵于憸人, 充耳目之官, 迪上以非先王之典, 非人其吉, 惟貨其吉. 若時癏厥官, 惟爾大弗克祗厥辟, 惟予汝辜. 王曰, 嗚呼, 欽哉, 永弼乃后于彝憲."】

平王錫晉文侯語.【"父義和, 汝克昭乃顯祖, 汝肇刑文·武, 用會紹乃辟, 追孝于前文人, 汝多修, 扞我于艱, 若汝予嘉. 王曰, 父義和, 其歸視爾師, 寧爾邦, 用賚爾秬鬯一卣, 彤弓一, 彤矢百, 盧弓一, 盧矢百, 馬四匹, 父往哉云云."】

晉悼公賜魏絳樂語.【"子教寡人和諸戎·狄 以正諸華. 八年之中, 九合諸侯, 如樂之和, 無所不諧, 請與子樂之."】

魏絳辭樂語.【"夫和戎·狄, 國之福也, 八年之中, 九合諸侯, 諸侯無慝, 君之靈也, 二三子之勞也, 臣何力之有焉. 抑臣願君安其樂而思其終也云云. 書曰, '居安思危.' 思則有備, 有備無患, 敢以此規."】

晉張老辭卿語.【"臣不如魏絳. 夫絳之智, 能治大安, 其仁, 可以利公室不忘, 其勇, 不疚于刑, 其學, 不廢其先人之職. 若在卿位, 外內必平."】

衛太叔文子謝罪語.【"臣知罪矣, 臣不佞, 不能負羈絏, 以從扞牧圉, 臣之罪一也. 有出者, 有居者, 臣不能貳, 通外內之言以事君, 臣之罪二也. 有二罪, 敢忘其死."】

鄭子產辭邑語.【"自上以下, 降殺以兩, 禮也. 臣之位在四, 且子展之功也, 臣不敢及賞禮, 請辭邑."】

衛公孫免餘辭邑語.【"唯卿備百邑, 臣六十矣, 下有上祿, 亂也, 臣弗敢聞, 且甯子惟多邑故死, 臣懼死之速及也."】

齊晏子辭更宅語.【"君之先臣容焉, 臣不足以嗣之, 于臣侈矣. 且小人近市, 朝夕得所求, 小人之利也, 敢煩里旅."】

衛子魚辭從會語.【"臣展四體, 以率舊職, 猶懼不給, 而煩刑書, 若又共二, 徼大罪也. 且夫祝, 社稷之常隸也, 社稷不動, 祝不出境, 官之制也. [君以軍行, 祓社釁鼓, 祝奉以從, 於是乎出竟, 若嘉好之事, 君行師從, 卿行旅從, 臣無事焉.][127]"】

陳敬仲辭卿語.【"羈旅之臣, 幸若獲宥, 及於寬政, 赦其不閑於教訓, 而免於罪戾, 弛于負擔, 君之惠也, 所獲多矣. 敢辱高位, 以速官謗. 請以死告."】

齊威公對賜胙無下拜語.【"天威不違顏咫尺, 小白余敢貪天子之命無下拜, 恐殞越于下, 以遺天子羞, 敢不下拜."】

齊管仲辭莊王以上卿禮饗語.【"臣賤有司也, 有天子之二守國·高在, 若節春秋, 來承王命, 何以禮焉? 陪臣敢辭."】

莊王命管仲語.【"舅氏, 余嘉乃勳, 應乃懿德, 謂督不忘, 往踐乃職, 無逆

---

127 [君以軍行……臣無事焉] : 저본에는 '若嘉好之事 臣無事焉'으로 되어 있으나, 《춘추좌씨전》 정공定公 4년조에 의거하여 말을 보충하였다.

朕命."】

鄭燭之武辭文公使見秦穆公語.【"臣之壯也, 猶不如人, 今老矣, 無能爲
也已."】

楚子西辭爲商公語.【"臣免於死, 又有讒言, 謂臣將逃, 臣歸死于司敗也."】

晉平公策命鄭公孫段語.【"子豐有勞于晉國, 余聞而弗忘, 賜女州田, 以胙
乃舊勳."】

晉祁奚薦子爲軍尉語.【"人有言曰, '擇臣莫若君, 擇子莫若父.' 午之少也,
婉以從令, 遊有鄉, 處有所, 好學而不戲. 其壯也, 强志而用命, 守業而不
淫. 其冠也, 和安而好敬, 柔惠小物, 而鎭定大事, 有直質而無流心, 非義
不變, 非上不擧, 若臨大事, 其可以賢於臣也. 臣請薦所能擇, 而君比義
焉."】

晉狐偃辭卿語.【"毛之智賢于臣, 其齒又長, 毛也不在位, 不敢聞命." 注,
"毛, 偃之兄."】

韓獻子爲子無忌辭公族大夫語.【"厲公之亂, 無忌備公族, 不能死, 臣聞
之, 曰, '無功庸者, 不敢居高位.' 今無忌智不能匡君, 使至于難, 仁不能
救, 勇不能死, 敢辱君朝, 以忝韓宗, 請退也."】

晉趙衰辭卿語.【"欒枝貞愼, 先軫有謀, 胥臣多聞, 皆可以爲輔, 臣弗若
也."】

齊鮑叔辭宰語.【"臣, 君之庸臣也, 君加惠于臣, 使臣不凍餒, 則是君之賜
也. 若必治家者, 則非臣之所能也. 若必治國家者, 則管夷吾乎. 臣之所不
若夷吾者五, 寬惠柔民, 弗若也, 治國家不失其柄 弗若也. 忠信可結于百
姓, 弗若也. 制禮義可法于四方, 弗若也. 執枹鼓立于軍門, 使百姓加勇焉,
弗若也."】

漢齊王閎封策語.【"於戲, 小子閎, 受玆靑社. 朕承天序, [維稽古]^128, 建爾

---

128 [維稽古] : 저본에는 없으나, 《한서》 〈무오자전武五子傳〉에 의거하여 '維稽古'

國家, 封于東土, 世爲漢藩輔. 於戲, 念哉, 恭朕之詔. 惟命不于常, 人之好德, 克明顯光, 義之不圖, 俾君子怠, 悉爾心. 允執其中, 天禄永終, 厥有愆不臧, 迺凶于乃國, 害于爾躬. 於戲, 保國乂民, 不可敬與! 王其戒之."】

燕王旦封策語.【"於戲, 小子旦, 受茲玄社, [朕承天序, 惟稽古]¹²⁹, 建爾國家, 封于北土, 世爲漢藩輔, 於戲, 薰鬻氏虐老獸心, 以姦巧邊甿, 朕命將率, 徂征厥罪, 萬夫長, 千夫長, 三十有二帥, 降旗奔師, 薰鬻徙域, 北州以安, 悉爾心, 母作怨, 毋作棐德, 毋乃廢備, 非教士, 不得徵, 王其戒之."】

廣陵王胥封策語.【"於戲, 小子胥, 受茲赤社, [朕承天序, 惟稽古]¹³⁰, 建爾國家, 封于南土, 世世爲漢藩輔. 古人有言曰, 大江之南, 五湖之間, 其人輕心, 揚州保疆, 三代要服, 不及以政, 於戲, 悉爾心, 祇祇兢兢, 乃惠乃順, 毋侗好逸, 毋邇宵人, 惟法惟則. 書云, '臣不作福, 不作威, 靡有後羞.' 王其戒之."】

3자를 보충하였다.

129 [朕承天序 惟稽古]:《한서》〈무오자전武五子傳〉에 의거하여 '朕承天序 惟稽古' 7자를 보충하였다.

130 [朕承天序 惟稽古]:《한서》〈무오자전武五子傳〉에 의거하여 '朕承天序 惟稽古' 7자를 보충하였다.

부록附錄

《문칙》 발문

이 책은 처음 진천민본陳天民[131]本을 얻어 강음江陰에서 기록을 하였는데 서문과 끝 1판이 결락되었다. 지금 5년이 지나 이에 막경행본莫景行本을 얻어 송강松江과 사강泗江 가에서 보충하니 지정至正 기해년 [1359] 6월이다. 도종의陶宗儀[132]는 적다.

附錄

《文則》跋語

此書始得陳天民本, 錄於江陰, 缺序及末一版, 今五年矣. 乃得莫景行本補足之於松江, 泗江之上, 至正己亥六月也, 陶宗儀志.

---

131 진천민 : '천민'은 명나라 정치가인 진가빈陳嘉賓(?~?)의 자이다. 하남河南 향시에서 2등으로 과거에 급제하였고, 1574년 회시會試에 급제하였다.

132 도종의(?~1369) : 중국 원나라 말 명나라 초의 학자로, 그의 저서《철경록輟耕錄》에는 원나라 시대의 법령 제도 및 지정 말년의 동남東南 병란에 관한 일들이 자세히 기록되어 있으며, 서화書畵, 문예文藝의 고정考訂 등도 참조할 만하다. 그밖의 저서로《서사회요書史會要》,《남촌시집南村詩集》등이 있다.

문장의 법칙
文則

2024년 01월 15일 초판 1쇄 발행

저자	진규
번역	박상수
교정	박병훈
윤문	전병수

발행인	전병수
편집·디자인	배민정

발행   도서출판 수류화개
등록 제569-251002015000018호 (2015.3.4.)
주소 세종시 한누리대로 312 노블비지니스타운 704호
전화 044-905-2248
팩스 02-6280-0258
메일 waterflowerpress@naver.com
홈페이지 http://blog.naver.com/waterflowerpress

© 도서출판 수류화개, 2024

값 18,000원
ISBN 979-11-92153-19-3 (93800)